Robert Gordian

Die Witwe

Odo und Lupus, Kommissare Karls des Großen

Sehr verehrte Leserin, sehr verehrter Leser,

unsere Welt wird immer schnelllebiger, unser Alltag immer hektischer. Gerade deshalb sind die schönen, unbeschwerten Momente, in denen wir innehalten und uns zurücklehnen, so kostbar.

Ich persönlich greife in solchen Momenten gerne zu einem guten Buch. Eine spannende und unterhaltsame Geschichte hilft mir, schnell abzuschalten. Beim Lesen vergesse ich die Sorgen des Alltags.

Doch manchmal ist es gar nicht so einfach, ein gutes Buch zu finden. Dabei gibt es so viele Autorinnen und Autoren, die mit ihren Geschichten die Leser in ihren Bann ziehen. Solche Highlights der Unterhaltungsliteratur bringt jetzt die vielseitige UNIVERSO-Taschenbuchreihe zusammen. Die von uns sorgfältig ausgewählten Bücher reichen von frechen Frauenromanen über spannende Krimis bis hin zu großen Liebesgeschichten und historischen Romanen.

Die kleine, aber feine UNIVERSO-Auswahl möchten wir gerne auch mit Ihnen teilen. Mir bleibt nur, Ihnen viel Spaß und Entspannung beim Lesen und Träumen zu wünschen.

Herzlichst
Ihr

Siegfried Lapawa
Verleger Karl Müller Verlag

Robert Gordian

Die Witwe

Odo und Lupus, Kommissare Karls des Großen

Vierter Roman

UNIVERSO

Über den Autor

Robert Gordian, geboren 1938 in Oebisfelde, studierte Journalistik und Geschichte und arbeitete als Fernsehredakteur, Theaterdramaturg, Hörspiel- und TV-Autor, vorwiegend mit historischen Themen. Seit den neunziger Jahren verfasst er historische Romane und Erzählungen. Robert Gordian lebt in Eichwalde, einem Vorort Berlins.

Genehmigte Lizenzausgabe
Karl Müller Verlag – SILAG Media AG,
Liebigstr. 1–9, 40764 Langenfeld

Titelbildgestaltung: Nele Schütz Design, München
Umschlaggestaltung: SILAG Media AG, 2014

PEFC zertifiziert
Dieses Produkt stammt aus nachhaltig bewirtschafteten Wäldern und kontrollierten Quellen
PEFC/32-31-039
www.pefc.de

Dieses Buch wurde auf Pamo Classic von Arctic Paper gedruckt.

ISBN-Nr. 978-3-95674-187-6
Printed in EU 2014

Am Ende dieses Buches finden Sie ein Personenverzeichnis und in einem Glossar zahlreiche Wort- und Sacherklärungen.

1. Kapitel

Dem edlen Volbertus, Prior im Kloster N., entbietet sein treuer Vetter Lupus den Heilgruß!

Dieser Bericht, mein Teurer, wird Dich das Grausen lehren. Deshalb empfehle ich Dir dringend, Deine Seele durch Gebete zu stärken, bevor Du Dich an die Lektüre machst. Auch ich habe in den letzten Wochen immer wieder Trost im Herrn suchen müssen, damit mich das Unglück, das nicht nur anderen, sondern mir selbst im Übermaß zustieß, nicht niederwarf und damit ich die Kraft fand, dem Tod und seiner hässlichen Schwester, der Rache, ins Antlitz zu blicken. Denn einen Fall von Blutrache will ich Dir schildern, so ungewöhnlich, dass Du Vergleichbares nicht einmal bei den Chronisten des sechsten und siebenten Säkulums, der Zeit der Finsternis und der Gesetzlosigkeit unter den Merowingerkönigen, finden wirst. *O tempora, o mores!* möchte man mit einem alten heidnischen Schriftsteller ausrufen und an den Zuständen dieser Welt verzweifeln.

Was mich dabei am meisten bedrückt: Von Anfang an waren wir, Odo und ich, am Ort des Geschehens, und doch konnten wir das Schreckliche nicht aufhalten. Schlimmer noch: Unser Erscheinen hat alles erst richtig in Gang gesetzt – so wie der Fuß absichtslos gegen einen Stein tritt, der den Abhang hinab rollt und einen anderen anstößt, der wiederum einen dritten ins Rollen bringt und so fort. Dabei wollten wir das genaue Gegenteil! Unser Herr Karl, der große König der Franken und Langobarden, hat uns ja ausgesandt, um Ordnung und Frieden zu stiften und dafür zu sorgen, dass die Gesetze beachtet werden. Als Königsboten waren wir seit dem Frühjahr unterwegs, diesmal in entlegenen Gebieten des Reiches, an den Ufern der Saale und der Unstrut. Gott kann bezeugen, dass wir erfolgreich waren. Wir hatten Grund, mit uns zufrieden zu sein. Da aber führte uns unser Weg zuletzt noch in dieses Unglückstal.

Hätten wir uns das erspart! Wir hatten ja nicht einmal ein Mandat, sondern es war unser freier Entschluss, die Grafschaft zu besuchen, die eigentlich noch gar keine ist, denn in dieser gottverlassenen Gegend ist es bisher kaum gelungen, die fränkische Verfassung durchzusetzen. Die Menschen leben hier fast noch so wie vor zweihundertfünfzig Jahren, als der letzte König der Thüringer, Hermenefred, sich der fränkischen Übermacht beugen und seinem Thron entsagen musste. Das störte allerdings bisher niemanden, und der Herr Pfalzgraf, der unsere Einsätze lenkt, hatte uns ausdrücklich aufgetragen, uns nur um die höher entwickelten, für die Grenzsicherung und den Handelsverkehr wichtigen Gaue zu kümmern. Ein so winziges, unbedeutendes Eckchen des riesigen Reichsgebietes konnte vernachlässigt werden.

Wir wussten nur, dass ein Herr Rothari, ein alteingesessener Adaling (so bezeichnen sich hier die Edlen), vor ein paar Jahren auf einer Reichsversammlung von König Karl beauftragt wurde, gräfliche Pflichten wahrzunehmen. Ob er es tat, war niemandem bekannt, nicht einmal den nächsten Nachbarn.

Es gab allerdings auch keine Klagen über ihn. So hätten wir eher Grund gehabt, solche gar nicht erst herauszufordern und ihn und seinen Stamm in ihrer Abgeschiedenheit dämmern zu lassen, bis wenigstens eine Straße durch die Wälder geschlagen war, auf der eine königliche Abordnung bequem und standesgemäß dahin ziehen konnte.

Nun war es indessen gerade diese Straße, um deretwillen wir an dem schönen, warmen Augusttag zu Herrn Rothari unterwegs waren. Es gehört, wie Du weißt, auch zu unseren Aufgaben, den Zustand der Straßen und Wege zu überprüfen, wo aber solche nicht vorhanden oder in unzulänglichem Zustand sind, dem dafür verantwortlichen Amtsträger Weisungen zu erteilen. Ein Graf Hademar, den wir zuletzt besucht hatten, ein kraftvoller und dem Fortschritt zugewandter Mann, hatte uns darauf aufmerksam gemacht, dass bisher nichts geschehen sei, um Rotharis Gebiet an die nächste Reichsstraße anzuschließen. Nicht einmal mit Rodungen sei begonnen worden.

Dies konnte Nachlässigkeit, aber auch Absicht sein. Wir beschlossen, der Sache nachzugehen. Versteckte Winkel, die kaum einen Zugang haben, sind leichte Beute für äußere Feinde und bevorzugter Unterschlupf von Verschwörern, Fahnen- und Landflüchtigen, natürlich auch von Räubergesindel. Wir wollten den Grafen auf diese Gefahren aufmerksam machen und ihn an seine Pflichten erinnern.

Ein Bote wurde vorausgeschickt, um unsere Ankunft zu melden, und Herr Hademar befahl einem seiner Grenzwächter, uns zu führen. Auf kürzestem Wege sollte er uns, das heißt Odo, mich und die fünf Männer unseres Gefolges, in jenes Gebiet bringen, das ich den Tannengrund nennen will, weil ich dieses prächtige Nadelholz dort in erstaunlicher Artenvielfalt vorgefunden habe.

Wie immer, lieber Vetter, bin ich genötigt, die Namen von Orten und Personen zu ändern, um jedem Verdacht vorzubeugen, ich könnte Amtsgeheimnisse ausplaudern. Zwar weiß ich, dass Du verschwiegen bist und dass Du diesen Bericht nur Brüdern zu lesen gibst, die Dein volles Vertrauen besitzen … aber wer weiß? Ein Judas findet sich überall, um uns Frommen zu schaden, und so könnte ich, wenn die wirklichen Namen genannt werden, schnell meinen schönen Vertrauensposten verlieren. Ihr aber würdet nichts Spannendes mehr zu lesen bekommen, sondern müsstet Euch mit den Schriften begnügen, welche die Abenteuer unserer lieben Heiligen auf der Suche nach Gott schildern.

Ich erspare es mir, den Weg zu beschreiben. Wie zu erwarten war eigentlich keiner vorhanden. Es war nur ein Trampelpfad, der bergauf und bergab durch dichten Wald und noch dichteres Gebüsch führte. Missmutig stapften und stolperten wir dahin, mit Schwertern und Messern wuchernde Zweige abhauend, unsere alle Augenblicke strauchelnden Tiere hinter und her zerrend. Es gibt keine zweite so wüste und wilde Gegend wie dieses Waldgebirge der Thüringer!

Man muss erlebt haben, wie dort ein Gewitter herauf kommt. Plötzlich, am hellen Nachmittag, ist die Sonne verschwunden. Der eben noch makellos blaue Himmel verfinstert sich. Gelbschwarze Wolken ballen sich drohend. Mitten am Tage wird es Nacht. Da und dort zucken Blitze hervor, gefolgt zuerst nur von leisem Grollen, dann von sich näherndem Gepolter, schließlich von ohrenbetäubendem, durch das Echo der Berge vervielfachtem Krachen. Da kommt auch Wind auf, eine Bö jagt die andere, fährt in die Kronen der Bäume, peitscht die Äste. Über und um uns rauscht und braust es. Die ersten Regentropfen spritzen uns in die Gesichter. Der Grenzwächter, unser Führer, schreit uns zu, dass nicht weit entfernt eine Höhle sei, in deren Schutz wir den kommenden Wolkenbruch abwarten könnten. Wir beschleunigen unsere Schritte. Der Trampelpfad windet sich einen Hang hinauf. Seitlich fallen die Wände schroff ab. Wir erreichen den Kamm, folgen der letzten Biegung des Pfades und treten hinaus auf eine Felsenplattform.

Doch da fahren wir schon erschrocken zurück. Impetus, Odos Grauschimmel, scheut und steigt hoch.

Im düsteren Schlund des Höhleneingangs steht reglos eine hohe Gestalt. Sie trägt ein langes, leichenweißes Gewand, das nur ihren Kopf fast völlig verhüllt. Der tobende Wind scheint sie nicht zu berühren. Acht bis zehn Schritte verharren wir vor ihr, unschlüssig, starrend. Dann sehen wir im zuckenden Licht der Blitze, wie die Gestalt den rechten Arm hebt. Und hören, wie sie die folgenden Worte hervorstößt:

„Der Himmel brennt und der Boden schwankt,
Feuer und Wasser mischen sich.
Fremde, beachtet das Zeichen, flieht
die Bäume, welche vom Himmel gefallen,
versperrend den Grund, wo die Blutquelle strömt.
Wehe, furchtbare Fehde naht!
Wilder Hass zündet ruchlose Tat!“

Die schrille Stimme kämpfte gegen das Brausen des Windes. Unwillkürlich schlug ich das Kreuz. Eine Hand krallte sich in den Ärmel meiner Kutte. Herum fahrend blickte ich in das totenblasse Gesicht unseres Dieners Rouhfaz, der stammelte: „Befehlt, dass wir umkehren, Vater! Fort von hier!“ Unser Führer, der Thüring hatte sich hinter einem Felsblock hingekauert.

Nur einer von unserem Wachtrupp, ein alter Eisenfresser, der den Teufel schon hundertmal am Schwanz gepackt hatte, trat ein paar Schritte vor und rief:

„He, was willst du von uns? Warum sollen wir fliehen? Platz da, Gespenst!“

„Zurück, Fulk!“, rief Odo, der alle Kraft brauchte, um seinen schnaubenden Hengst zu halten.

Doch Fulk hörte nicht oder wollte nicht hören. Mit einem Sprung war er bei der weißen Gestalt. Er packte sie und warf sie zu Boden.

Sie schrie gellend. Ohne Zweifel, es war eine Frau. Mühsam erhob sie sich und machte ein paar schwankende Schritte. Auch ich rief Fulk den Befehl zu, von ihr abzulassen. Aber er lachte nur höhnisch, und mit einem Ruck riss er ihr das Gewand vom Leibe.

Im selben Augenblick krachte es hinter uns. Alles war plötzlich in gleißendes Licht getaucht. Eine Kiefer, vom Blitz getroffen, stand da als Riesenfackel in prasselnder Lohe.

Unwillkürlich hatten wir alle die Köpfe herum geworfen. Als ich jetzt wieder zum Eingang der Höhle blickte, bemerkte ich, dass die Frau unseren Schreck benutzt und sich zur Flucht gewandt hatte.

Sie eilte in die Höhle hinein und ich sah sie gerade noch schattenhaft an einer vom Feuer beleuchteten Innenwand forthuschen und verschwinden. Es war ein eigenartig torkelnder Schatten, man konnte meinen, dass die Person sich mit kurzen, grotesken Sprüngen vorwärts bewegte. Neben dem Stein vor der Höhle, auf dem sie gestanden hatte, um größer zu erscheinen, lag noch das weiße Obergewand.

„Satanshure!“, schrie Fulk ihr nach. „Ich kriege dich noch!“

Es war aber weder Zeit, die seltsame Warnerin zu verfolgen noch ihren Worten nachzusinnen. Der auflodernde Baum, keine hundert Fuß von uns entfernt, hatte unsere Ordnung vollkommen aufgelöst. Die verängstigten Tiere waren kaum noch zu halten. Zwei Pferde versuchten, den Hang hinab zu fliehen und hätten sich wohl zu Tode gestürzt, wären sie nicht von ihren Herren an Mähnen und Schwänzen gepackt und zurück gerissen worden. Odo hatte den Hals seines Impetus umklammert und die beiden rasten im Kreis herum. Nur Grisel, mein guter Eselshengst, bewahrte die Ruhe, wie meist in unsicherer

Lage.

Schließlich öffneten sich die Schleusen des Himmels und sintflutartig strömte Regen herab. Wir flohen alle in die Höhle. Allerdings blieben wir in der Nähe des Eingangs in einem breiten, feuchten und kühlen Gewölbe, das größtenteils mit Wasser gefüllt war. Weit hinten schienen mehrere Gänge und Schächte zu münden. In einem von ihnen musste die Fliehende verschwunden sein. Vielleicht versteckte sie sich dort drinnen, vielleicht hatte die Höhle auch einen zweiten Ausgang. Es fiel aber niemandem ein, sich darum zu kümmern. Wir starrten hinaus auf den niederrauschenden Regen und warteten. Nach einer Weile stellten wir fest, dass zwei Männer fehlten: Helko, der Anführer unseres Wachtrupps, und der Einheimische, der uns hergebracht hatte.

„Der Kerl ist geflohen“, sagte Fulk, „und Helko versucht, ihn zu fangen. Feiger Hund, dieser Thüring! Ängstigt sich vor einer lahmen Alten!“

„Hoffentlich hast du sie nicht beleidigt“, stöhnte Rouhfaz. Er zog seinen Glatzkopf zwischen die spitzen Schultern und spähte furchtsam ins Innere der Höhle. „Sie ist vielleicht eine Zauberin und die Herrin das Berges.“

„Zauberin!“, lachte Fulk verächtlich. „Der hab ich das Zaubern verleidet.“

„Ja, spotte nur! Der Blitz hat schon neben uns eingeschlagen. Vielleicht stürzt auch noch die Höhle ein.“

„Dann mach nur schnell, dass du hinaus kommst!“ Fulk nahm einen Schluck Bier aus seinem altmodischen Trinkhorn, das er immer am Gürtel und zur Hand hatte.. „Los! Hinaus! Worauf wartest du?"

Rouhfaz zog es aber vor, der Gefahr zu trotzen und im Trockenen zu bleiben.

Odo hatte das weiße Gewand aufgehoben und ließ es durch seine Finger gleiten.

„Feines Tuch! Woanders gehen die Hexen in Lumpen. Hier scheinen sie im Wohlstand zu leben."

„Du glaubst auch, das war eine Hexe?", fragte ich.

„Was glaubst denn du? Etwa ein Engel?"

„Vielleicht war es eine von diesen weisen Frauen, den Seherinnen und Ratgeberinnen. Die soll es hier ja immer noch geben."

„Das meine ich doch: eine Zaunreiterin. Die weisen Frauen sind ein bisschen heruntergekommen."

„Hast du alles verstanden, was sie uns zurief?"

„Nun, was mich betrifft, so habe ich immer noch Schwierigkeiten mit ihrem seltsamen Diutisk. Dazu der Lärm und der Wind … Mir schien, es war eine Warnung. Was wollte sie?"

Er wartete aber meine Antwort nicht ab, weil noch einmal ein Blitzschlag die Tiere erschreckte. Er musste sich um Impetus kümmern.

Du hast Dich vielleicht schon gewundert, lieber Vetter Volbertus, weil ich das Orakel der thüringischen Pythia wörtlich wiedergeben konnte. Ich will mich nicht mit meinem Gedächtnis brüsten. Als Odo mich aber in diesem Augenblick fragte, wiederholte ich im Stillen die Worte und brachte sie wirklich noch zusammen. Um sie nun nicht zu verlieren, nahm ich die Schreibtafel, die ich stets bei mir trage, um Wichtiges und Bewahrenswertes gleich zu notieren, und ritzte die Worte in das Wachs. So blieben sie bis heute erhalten und ich konnte sie in diese Erzählung einfügen.

Kaum waren Tafel und Griffel wieder in der großen Tasche meiner Kutte verwahrt, hörte der Regen auf und wir konnten die Höhle verlassen. Es ist eigentümlich für diese Gegend – ich habe es dann noch öfter erlebt –, dass ein Unwetter ebenso plötzlich abzieht, wie es herannaht. Die Wolkendecke zerriss, die Sonne lugte hervor, der Wind flaute ab und vom Regen blieben nur schmale Rinnsale übrig und glänzende Tropfen auf Blättern und Halmen. Frischer und heiterer war alles ringsum. Die Vögel, die vorher schon träge verstummt waren, begrüßten vielstimmig den verjüngten Tag. Bald war es allein noch die zerstörte Kiefer, die an das Gewitter erinnerte. Der starke Wind hatte das Feuer gelöscht. Als halb verkohlter, gespaltener Stumpf ragte sie in den blauen Himmel.

Wir sammelten uns vor dem Eingang der Höhle. Unser Thüring blieb nach wie vor verschwunden. Wir hatten schon eine Weile unruhig gewartet, als Helko zwischen den Bäumen hervortrat und fluchend gestand, dass ihm der Bursche entwischt sei.

„Schlechte Sitten“, bemerkte Odo. „Er hätte sich wenigstens verabschieden können. Vorwärts, Männer, wir müssen weiter!“

„Ohne Führer?“, rief Rouhfaz angstvoll.

„Du kannst ja hierbleiben. Falls du es vorziehst, Meister Rouhfaz, es dir in der Höhle gemütlich zu machen … in der Gesellschaft der Hexe …“

Ein Gelächter brach aus auf Kosten des Kahlkopfs. Damit löste sich endlich die Spannung, die die meisten von uns seit der Ankunft vor der Höhle beherrscht hatte. Wir zogen noch einmal die Riemen unseres Gepäcks fest und ergriffen die Zügel unserer Tiere. Und indem wir uns Odo und seinem viel gerühmten, auf Erkundungsgängen und Jagden erprobten Spürsinn anvertrauten, setzten wir uns erneut in Bewegung.

„Du hattest richtig verstanden, die Frau vor der Höhle warnte uns“, sagte ich etwas später zu ihm, als der Weg breiter wurde und wir aufsitzen und ein Stück nebeneinander reiten konnten. „Sie forderte uns sogar auf zu fliehen.“

„Nun, das muss uns nicht weiter kümmern“, erwiderte er leichthin. „Diese Zaunreiterinnen sehen überall Unglück. Vielleicht wollte sie uns auch nur neugierig machen und ihre Dienste anbieten. Wir hätten sie nicht verscheuchen sollen. Vielleicht weiß sie etwas und wäre uns nützlich gewesen.“

„Besser ist es, man traut ihnen nicht“, fühlte ich mich verpflichtet zu sagen. „Sie treiben viel heidnischen Unfug.“

„Jetzt bist du zu streng, mein frommer Freund. Ob es dir gefällt oder nicht … so eine hat mir mal das Leben gerettet.“

„Tatsächlich?“

„Das war in Sachsen, nach einer verlorenen Schlacht. Ganz am Anfang, als wir noch seltener siegten. Unser ruhmreicher Karl und sein christliches Gefolge nahmen tapfer Reißaus, während ich auf dem Schlachtfeld liegen blieb. Mit einem Pfeil im Oberschenkel und einer Schwertwunde in der Schulter. So eine Hexe, die sich auf Kräuter, Sprüche und Zauberei verstand, hat mich geheilt. Übrigens war sie noch jung, es gibt nämlich auch junge unter ihnen. Sie hauste im Wald, weil sie ihre Familie verloren und Angst vor den Franken hatte."

„Die du ihr natürlich genommen hast."

Odo lächelte von der Höhe des Pferderückens auf mich Eselsreiter herab und strich sich den schwarzen, glänzenden Schnurrbart.

„Konnte ich widerstehen, Vater? Sie war eine Schönheit, ein echtes Naturkind. Und ich war ihr ja auch etwas schuldig."

„Die vor der Höhle war alt und hässlich", mischte sich Fulk, der hinter uns ritt, ins Gespräch. „Eine Vettel, schrundig wie der Arsch eines Bocks."

„Hast du sie dir denn genauer angesehen?", fragte ich.

„Freilich. Es wurde ja gerade hell, als ich dem Weib den Fetzen herunter riss. Sie versuchte, mit dem Arm ihr Gesicht zu verdecken. Ich sah nur die eine Hälfte, doch das genügte schon. Kein Auge! Stattdessen ein totes Loch. Und eine gewaltige Schramme quer drüber." Er lachte. „Die hat ihr vielleicht der Teufel gemacht. Vielleicht ist sie seine Mutter. Es heißt ja, der Teufel schlägt seine Mutter, wenn es mal schön ist und mal regnet."

„Und wovor warnte sie uns nun?", fragte mich

Odo. „Warum sollen wir verschwinden?"

„Willst du den Spruch noch einmal hören?"

Ich nahm die Schreibtafel in die Hand.

„Also pass auf! ‚Der Himmel brennt und der Boden schwankt, Feuer und Wasser mischen sich …'"

„Nun, das musste uns nicht erst die Hexe verkünden. Das Gewitter haben wir miterlebt."

„Das ist wohl auch nur eine Eingangsformel. Die entfesselten Elemente versinnbildlichen die menschlichen Leidenschaften. Höre weiter. ‚Fremde, beachtet das Zeichen, flieht die Bäume, welche vom Himmel gefallen …'"

„Klingt schon geheimnisvoller. Aber ich fürchte, nach solchen Bäumen können wir lange Ausschau halten."

„Warte. Es gibt noch eine Erläuterung. ‚Versperrend den Grund, wo die Blutquelle strömt.' Mit dem ‚Grund' wird wohl das Tal des Rothari gemeint sein, der Tannengrund, wohin wir unterwegs sind."

„Und wo nach schöner, alter Landessitte viel Blut fließt."

„Ja, aber erst in der Zukunft. Am Schluss wird sie nämlich deutlicher. ‚Wehe, furchtbare Fehde naht! Wilder Hass zündet ruchlose Tat!'"

„Ein Fall von Blutrache. Umso besser! Da gibt es etwas für uns zu tun, Vater. Ich fing schon an, mich zu ärgern, dass wir hier über die Berge klettern, nur wegen einer läppischen Straße."

Als wollte die Straße, die noch nicht gebaute, ihr Recht behaupten, ging es auf einmal steil und gefährlich abwärts. Wir mussten wieder aus den Sätteln.

Eines der beiden Lastpferde glitt aus. Gepäckstücke fielen herab und es gab einen kurzen Aufenthalt. Zum Glück hatten wir vorsorglich unseren Wagen zurückgelassen. Hier wäre er schon nach kurzer Zeit mit zerbrochenen Rädern stecken geblieben.

Als es weiterging, fiel ich etwas zurück, sodass ich die Spitze des Trupps aus den Augen verlor. Da vernahm ich auf einmal Rufe und Flüche. Ich beeilte mich, Anschluss zu gewinnen und erreichte kurz darauf einen Felsvorsprung, von wo mein Blick auf den Eingang eines Passes fiel, etwa fünfzig Schritte unter mir. Dort sah ich Odo, Helko, Fulk und die anderen. Sie kamen nicht weiter.

Der Weg, an dieser Stelle nur knapp zehn Fuß breit, war durch mehrere, kreuz und quer liegende, entwurzelte, übereinander gestürzte Bäume vollkommen unpassierbar geworden.

Es sah nicht so aus, als seien die Bäume vom Himmel gefallen. Ein Sturm, wohl schon ein früherer, musste sie umgeworfen haben. Der Boden ringsum war aufgewühlt und das herausgerissene Wurzelwerk der Buchen und Fichten ragte seitwärts aus dem Gebüsch.

Als ich hinabstieg, fand ich alle schon wütend und stumm bei der Arbeit. Es galt, die Hindernisse so weit beiseite zu räumen, dass ein ausreichend breiter Durchgang entstand. Auch ich packte gleich mit an, hob und stemmte, schwitzte und fluchte und zerschrammte mir die Haut an den Händen. Aber sei es, dass wir, da der Tag sich schon neigte, zu hastig und planlos zu Werke gingen oder dass wir zu ungeschickt waren und uns sogar gegenseitig behinderten … nachdem wir eine Weile wie entfesselte Zyklopen geschuftet hatten, war das Gewirr von Stämmen, Kronen, Ästen und Zweigen nicht weniger undurchdringlich als vorher. Wir sahen ein, dass wir so nicht zum Ziel kamen und verschnauften.

„Diese Unglücksbäume scheinen verzaubert zu sein!“, schimpfte Odo, während er die Tunika, die er abgelegt hatte, wieder überwarf. „Vielleicht ist es Brennholz für die Hölle. Mich würde nicht wundern, wenn die sich hier in dieser verdammten Gegend befände.“

„Vielleicht wird uns bald heiß“, bemerkte Fulk und blinzelte argwöhnisch zu den Hängen hinauf. „Das ist bestimmt eine Falle. Sobald es dunkel wird, werden sie kommen. Banditen, Schnapphähne. Befehlt, Herr Odo, dass alle die Waffen bereit halten.“

„Befehlt lieber, dass wir umkehren!“, heulte Rouhfaz. Der Ärmste zitterte am ganzen Leibe, teils vor Erschöpfung, teils aus Angst.

„Zur Umkehr ist es zu spät!“, sagte Odo barsch. „Und was faselst du von Banditen, Fulk? Hätten die sich so viel Mühe gemacht, um uns aufzuhalten?“

„Ja, glaubst du denn“, fragte ich erstaunt, „dass die Bäume nicht hier, an dieser Stelle gefallen sind? Vom Sturm entwurzelt?“

„Das glaube ich, Vater. Die Verwüstung ist künstlich gemacht. Hast du etwas entdeckt?“ rief er Helko zu, der seitlich in das Gebüsch eingedrungen war und jetzt wieder den Kopf heraus steckte.

„Dort hinten endet ein Hohlweg!“, rief er. „Über den haben sie die Bäume heran geschleift. Es gibt auch noch Fußspuren. Und das hier ...“

Er warf uns ein längliches Holz zu, in dem wir die abgebrochene Deichsel eines Bauernkarrens erkannten.

„So ist alles klar“, sagte Odo. „Dazu wurden wohl an die zwanzig Knechte gebraucht. Und warum so viel Aufwand? Um vor uns die Tür zuzuschlagen. Denn was dahinter geschieht, scheint nichts für Kommissare des Königs zu sein.“

„Meinst du, dass es Rothari selbst war?“

„Wer sonst? Von dem Boten wusste er, dass wir kommen. Wahrscheinlich hat er uns auch die Hexe entgegen geschickt.“

„Nein“, entgegnete ich, „das bezweifle ich. „Denn mir scheint, dass wir jetzt in der Lage sind, ihren Spruch zu entschlüsseln. Die vom Himmel gefallenen Bäume, die uns den Weg versperren ... das bedeutet nichts weiter als Bäume, die nicht gewachsen sind, wo wir sie vorfinden. Ein deutlicher Hinweis! Wäre die Frau mit denen im Einverständnis, die hier eine Sperre durch Unwetter vortäuschen wollen, hätte sie den wohl unterlassen.“

„Aber auch sie wollte, dass wir verschwinden.“

„Vielleicht wollte sie gerade das Gegenteil.“

„Wie?“

„Hast du nicht vorhin selbst gesagt: ‚Umso besser, wenn es etwas zu tun gibt!‘? Werden Gerichtsleute fliehen, wenn sie erfahren, dass irgendwo in der Nähe ‚Blutquellen‘ fließen?“

„Da hast du wohl Recht, mein scharfsinniger Freund“, sagte Odo und knetete seine Nasenspitze, was bei ihm immer ein Zeichen für erhöhte Denkarbeit ist. „Ja, so wird es sein … so und nicht anders. Die schlaue Alte sagt uns ein Sprüchlein auf, das uns lüstern macht. Sie lässt uns etwas von dem Brei schnuppern, den man hier anrichtet. Sie weckt unsere Esslust, weil sie weiß, dass die Köche uns nicht bei Tisch haben wollen. Sie rät zum Verzicht und meint: Langt zu! Nun, sie soll sich in uns nicht getäuscht haben. Noch nie ließ man Odo von Reims, den Königsvasallen, vor der Tür stehen, wenn er sich irgendwo zu Gast lud. Seid also unverzagt, Männer, wir finden den Eingang! Allerdings wird das Mahl, das uns dann erwartet, nicht sehr schmackhaft sein. Lasst uns deshalb zur Stärkung erst einmal das Rebhuhn und die beiden Hasen verzehren, die wir heute erlegt haben!“

Wie so oft hatte Odo die richtigen Worte gefunden. Schon hatten sich Grimm und Verzagtheit unter uns breit gemacht. Der Leib, wenn auch dem Geiste untertan, ist ein übler Rebell, dem es nur allzu oft und zu leicht gelingt, sich zum Herrn aufzuwerfen. Die Aussicht, uns die Bäuche zu füllen und die Glieder zur Ruhe auszustrecken, belebte uns und hob die Stimmung bis zur Fröhlichkeit. Alle wurden geschäftig, pfiffen und sangen. Da uns nichts anderes übrig blieb, als hier unser Nachtlager zu errichten, war bald in der Nähe ein geeigneter Platz ausgemacht, ein hübsches Fleckchen neben einem Rinnsal von Bach, am Fuße eines hoch ragenden Felsens.

Odo und Helko entrollten die Zeltbahn. Rouhfaz und zwei Männer des Wachtrupps machten sich an das Rupfen und Enthäuten der Jagdbeute. Fulk und ich trugen Steine für die Kochstelle zusammen. Und schon kramte Fulk, unser Feuermeister, aus seinen Taschen das Säckchen mit Zunder, den Feuerstein und den Nagel hervor, die drei magischen Gegenstände, mit deren Hilfe er, kaum dass man derweil auch nur dreimal Luft holen konnte, eine kräftige, züngelnde Flamme entfachte. Ich hockte daneben und warf trockene Späne hinein.

Das Feuer prasselte auf – und erlosch.

Ein Birkhahn, von einem Pfeil durchbohrt, war wie ein Stein vom Himmel gefallen.

Im selben Augenblick hörten wir über uns ein Gelächter. Hoch oben auf dem Felsen stand breitbeinig, noch den Bogen im Anschlag, der Jäger und blickte auf uns herab.

2. Kapitel

Vor Schreck und weil mich ein glühender Span ins Auge getroffen hatte, setzte ich mich ins Gras. Die meisten von uns sprangen auf, Alle starrten nach oben.

„Kein schlechter Schuss, wie?“, rief der Jäger. „Der Hahn gehört euch! Aber das ist kein guter Platz für ein Nachtlager.“

„Wisst Ihr denn einen besseren?“, rief Odo hinauf.

„Ich weiß einen!“, war die Antwort. „vorausgesetzt dass ihr ehrliche Leute seid!“

Der Mann trat vom Rande des Felsens zurück und verschwand. Odos Beispiel folgend, ergriffen bald alle ihre Waffen, die sie vorher, um bei der Arbeit nicht behindert zu werden, abgelegt hatten. Auch ich sprang auf die Beine und nahm ein Messer, das ich zwischen den Falten der Kutte verbarg, Es konnte ja sein, dass der Mann nicht allein war und dass im nächsten Augenblick eine Bande hinter dem Felsen hervorbrach.

Diese Befürchtung erwies sich als unbegründet. Der Jäger erschien in unserer Mitte nur in Gesellschaft eines struppigen Hundes, der sich gleich auf den Birkhahn stürzte und diesen – ohne Rücksicht darauf, dass er uns gerade geschenkt worden war – von unserer Feuerstelle riss und seinem Herrn zu Füßen legte.

Der Mann war wohl an die vierzig Jahre alt, stark, gerade gewachsen und wohlgenährt. Er gehörte also zum Herrenstand, denn die gewöhnlichen Leute in diesem kargen Gebirge sind in der Regel magere, schwächliche, krumme Gestalten, die auch nicht allein auf die Jagd gehen. Auf dem breiten Nacken des Adalings saß ein kugelförmiger Kopf mit kurz geschnittenem Vollbart, die Nase war klein und fast kindhaft aufgeworfen, hinter den halb geschlossenen Lidern bewegten sich flinke Augen. Die Kniehosen, die geschnürten Lederstrümpfe, das ärmellose Wams waren die hier übliche Jägerkleidung, zu der jedoch ein prächtiger Gürtel mit goldener Schnalle nicht recht passen wollte. Der Beutesack des Jägers war schlaff, nur der Kopf eines Baummarders lugte hervor.

„Heil und Glück auf dem Weg!", rief der Thüring und wandte sich damit gleich an Odo, den er wie jedermann sonst ohne Zögern als unseren Anführer ausmachte. Obwohl ich ja ranggleich bin, lasse ich meinem stattlichen Gefährten auch gern den Vortritt, wenn es gilt, erst einmal Eindruck zu machen. Odo erwiderte den Heilgruß. Worauf der Thüring fortfuhr:

„Woher und wohin, wenn die Neugier erlaubt ist?"

„Aus Franken und zum Grafen Rothari."

„Hoho, zum Grafen!" Der Jäger gab sich erstaunt. „Ich wusste gar nicht, dass Rothari Graf ist. Wir leben hier noch nach der alten Ordnung, Sind deshalb nicht weniger fromm und treue Gefolgsleute des Herrn Königs. Ihr wollt also meinen Nachbarn Rothari besuchen. Ich bin Garibald, der Herr vom Rabennest. So nannten schon meine Ahnen unsere Felsenburg. Darf ich Euern Namen erfahren?"

„Odo von Reims, Vasall des Königs. Das ist der Diakon Lupus, aus altfränkischem Adel. Die Männer dort sind unser Gefolge."

Wie immer bei der Begegnung mit Fremden vermieden wir zunächst, unseren Amtstitel zu nennen, um weder gleich zu große Achtung noch Hass und Feindschaft herauszufordern. Herr Garibald gab sich erfreut über die Bekanntschaft und wünschte uns nochmals Heil und Glück auf dem Wege.

„Glück auf dem Wege!", sagte Odo und wies auf die hundert Schritte entfernte Stelle, wo die Baumungetüme den Durchgang versperrten. „Mir scheint, Ihr wollt Euch über uns lustig machen."

„Das würde ich nicht sagen, Herr Odo", erwiderte der Thüring geschmeidig. „Ich meine es ernst. Denn habt Ihr nicht Glück, da ich durch Zufall vorüber komme und Euch in ein anständiges Quartier führen werde? Dies ist zwar eine raue Gegend, doch leben hier Menschen, die die Gastfreundschaft hoch halten. Ihr nehmt doch meine Einladung an …"

„Ist Euer Rabennest weit von hier?"

„Nicht eine Meile. Es geht allerdings ein Stück bergauf. Wir werden aber vor Sonnenuntergang am Ziel sein."

„Und wie kommen wir dann weiter?"

„Der bequemste Weg ist dieser hier … durch den Pass. Was Ihr dort seht", er deutete auf die Verwüstung, „ist vor drei Tagen geschehen. Ein Unwetter, dass man fürchten musste, das Ende der Welt sei gekommen. Dabei sind wir hier manches gewöhnt. Nun, wenn Rothari der Graf vom Tannengrund wäre, hätte er wohl die Bäume schon wegräumen lassen. Doch er kümmert sich nicht darum. Das macht aber nichts, seid ohne Sorge. Morgen schicke ich Knechte her, die erledigen das. Dann könnte Ihr weiter reisen … es sei denn, Ihr würdet es vorziehen, noch ein paar Tage meine Gäste zu bleiben. Macht Euch nun fertig!"

Er hob den Hahn auf und steckte ihn in seinen Beutesack.

„Den lasse ich gleich für Euch zubereiten. Ich habe auch fränkischen Wein, der Euch schmecken wird. Es soll Euch bei mir an nichts fehlen!"

Natürlich war es verlockend, unter ein Dach zu kommen, statt mitten im Wald zu nächtigen, von Bären und Wölfen umlauert. So luden wir das Gepäck wieder auf und machten uns marschfertig. Herr Garibald ging unter uns herum, als seien wir gute alte Bekannte, fasste da und dort zu, beklopfte die Hälse der Pferde und begutachtete das Sattelzeug.

Damit er uns nicht verstand, sagte Odo zu mir auf romanisch: „Die Knechte, die er schicken wird, um den Weg frei zu machen … das werden vermutlich dieselben sein, die ihn versperrt haben. Oder bist du anderer Meinung?"

„Wahrscheinlich hast du Recht", erwiderte ich in derselben Sprache. „Das Unwetter vor drei Tagen hat er erfunden. Es ist auch kein Zufall, dass er uns heute hier getroffen hat."

„Den Birkhahn hat er natürlich nicht aus der Luft geschossen, sondern herunter geworfen."

„Was will er von uns?"

„Das ist doch klar. Verhindern, dass wir weiterkommen – zu Rothari. Dem scheint er nicht gerade gewogen zu sein."

„Was den umgekehrten Fall einschließt."

„Gewiss."

„Rothari ist der Vertreter des Königs. Und wer ist dieser Garibald?"

„Das werden wir hoffentlich bald herausbekommen."

„Hoffentlich!" Plötzlich packte mich Kleinmut. „Glaubst du wirklich, dass es klug ist, ihm auf seine Felsenburg zu folgen? Wir würden nicht die erste königliche Abordnung sein, die irgendwo in der Wildnis, in einem gottverlassenen Winkel des Reiches umkommt."

Meine besorgte Miene reizte Odo zum Lachen.

„Und was schreckt dich daran? Dann werden wir Märtyrer sein. Zugrunde gegangen im Dienste des christlichsten aller Könige."

„Schöne Aussichten …"

„Das will ich meinen. Man wird unsere Knochen sammeln, Kirchen für uns bauen und das Volk wird uns anbeten. Als heiliger Odo und heiliger Lupus werden wir Wunder tun. Können wir die Ewigkeit angenehmer verbringen?"

Wir erreichten das Rabennest bei Einbruch der Dämmerung.

Ein steinerner Wall begrenzt den vorderen Teil der Anlage, einen Wirtschaftshof mit zehn, zwölf Hütten, die sich ohne erkennbare Ordnung unter Fichten und Tannen ducken. Es war die Stunde, in der das Vieh von der Weide kam, und wir mussten uns zwischen Kühen und Schafen durch das enge Tor drängen.

Herr Garibald rief einen Knecht herbei und gab ihm Befehle. Dabei bediente er sich der Sprache der Sorben, die nun wiederum uns nicht bekannt war. Der Mann verschwand und gleich darauf war es ein ganzer Schwarm von Knechten und Mägden, der uns umringte. Sie ergriffen die Zügel unserer Tiere und bemächtigten sich unseres Gepäcks. Auch unsere Waffen wollten sie fortnehmen und es bedurfte entschiedenen Widerstands, um wenigstens dies zu verhindern. Wir schrien die Leute an und wehrten sie ab, doch bald bemerkten wir, dass sie uns nicht verstanden. Sie taten nur, was ihnen befohlen war. Einige waren auch stumm, wenn nicht gar die meisten. Sie antworteten uns mit rauen oder kreischenden Lauten und heftigen Gesten. Eine junge Magd, die meinen Grisel wegführte, und die ich fragte, wo ich ihn finden könne, lallte etwas und riss den Mund auf, damit ich hineinsehen konnte. Man hatte ihr die Zunge herausgeschnitten.

Nach dieser wenig erbaulichen Anfangszeremonie begaben wir uns zum Herrenhaus. Wir gelangten nun in das eigentliche Rabennest, eine höchst wunderliche Felsenburg, teils natürlich gewachsen, teils künstlich gebildet. Hinter einem mannshohen Palisadenzaun, der den äußeren Wall verdoppelt und die Wohnstatt der Herren zum Wirtschaftshof und den Behausungen der Untergebenen abgrenzt, betritt man auch hier wie vor der Höhle eine nackte Felsenplattform. Sie fällt nach drei Seiten so steil ab, dass es für einen Feind unmöglich ist, von dort einzudringen. In der Mitte erhebt sich noch einmal ein Felsen, gleich einem riesenhaften gekrümmten Finger, dessen Spitze über den Abgrund ragt. Irgendwann wurden ungefüge und unregelmäßige Stufen hinein gehauen, sodass man sogar dort hinaufsteigen und über den Tannengrund Ausschau halten kann. An diesen Felsen lehnen sich Häuser – das große, schmucklose, roh gezimmerte Saalhaus und ein paar kleine Gebäude als Schlafhäuser. Eine nur kniehohe Mauer läuft zum Schutz der Bewohner und ihrer Tiere am Rande der Felsenplattform entlang.

Lebhaftes Treiben herrschte auch hier. Eine Rotte junger Männer vergnügte sich lärmend vor einem der Schlafhäuser. Längs der Wand war eine Reihe von Strohpuppen aufgestellt, nach denen die Burschen Speere und Lanzen warfen. War eine getroffen, johlten sie, und der erfolgreiche Schütze belohnte sich mit einem Schluck aus dem tönernen Krug, in dem sich wohl Bier befand. Einige waren schon betrunken, sie schwankten und benahmen sich ziemlich hemmungslos. Als sie uns erblickten, erhoben sich spöttische Rufe und Gelächter. Dies galt vor allem mir und meinem Mönchsgewand. Wenn auch der größte aller Glaubensprediger, Bonifatius, gerade im Land der Thüringer lange und segensreich wirkte, so konnte er doch in solche rauen Ecken nicht vordringen. Hier dünstet noch immer das krasseste Heidentun.

Der Anblick dieser Horde ließ die Befürchtungen, die mich beim Aufbruch plagten, erneut wach werden. Auch Odos Miene verfinsterte sich. Helko, Fulk und die beiden anderen Männer unseres Wachtrupps hielten die Hand am Schwertgriff. Rouhfaz, der unsere Schatulle mit dem Geld und den Urkunden trug, wich nicht von Odos Seite. Er fasste sogar seinen Mantel an, vielleicht wollte er sich notfalls unter ihm verkriechen.

„Ist das Euer Gefolge?", fragte Odo den Hausherrn.

„Nein, das ist nur mein Neffe Hug mit ein paar Freunden", sagte Garibald. „Sie sind alle Söhne von Adalingen, stammen aus guten Familien. Ihr seht, unsere jungen Leute sind nicht träge und müßig. Das könnte hier auch gefährlich werden. Hug!", rief er. „Hug, komm her! Es sind Gäste da."

Einer der jungen Männer, der in den Händen ein Bündel Lanzen trug, löste sich aus dem Haufen und kam näher. Es war ein hübscher, schlanker Bursche, der die gleiche kecke Stupsnase wie sein Onkel hatte. Wohl um seine Würde als Anführer zu bekräftigen, hatte er einen Helm aufgestülpt, unter dem rotblonde Locken hervorquollen.

„Heil", sagte er, nicht gerade freundlich.

„Das ist Herr Odo aus Franken mit seinem Gefolge", erklärte Garibald.

„Ich sehe, ihr übt euch im Waffengebrauch", sagte Odo, weil Hug ihm ungeniert ins Gesicht starrte und wohl auf eine Anrede wartete. „Etwas Besseres könnt ihr nicht tun. Der König braucht tüchtige Kriegsleute."

Die Miene des Jünglings verzog sich zu einem verächtlichen Grinsen.

„Meint Ihr den Frankenkönig?"

„Welchen sonst?", fragte Odo verblüfft.

„Ich glaube nicht, dass ich Lust habe, dem zu dienen."

„Was redest du da?", fuhr ihn Garibald an. „Denk nach, ehe du sprichst!"

„Und wem würdest du dienen?", fragte Odo.

„Keinem. Ich werde befehlen!"

„Ah, ich verstehe. Du duldest niemanden über dir. Nicht einmal den König."

„Vielleicht werde ich selber König."

„Neffe!", sagte Herr Garibald tadelnd. Und an Odo gewandt: „Ein junger Mann, achtzehn Jahre alt. Er hat Träume ..."

„Seid unbesorgt!", sagte Hug mit lauter Stimme, damit es auch seine Freunde hören konnten. „Ich komme euch Franken nicht ins Gehege. Werde mein eigenes Reich erobern! Wir schließen einen Grenzvertrag ab und werden gut mit einander auskommen."

„Nun, wenn es so ist, bin ich beruhigt", entgegnete Odo. „Ich werde König Karl berichten, dass er bald einen neuen Nachbarn bekommt. Und wo?"

Dem Jüngling missfiel der spöttische Ton und er erwiderte gereizt:

„Ihr fragt wo? Hinter der Saale. Dort, wo ihr Franken euch nicht hin traut."

„Du sprichst vom Land der Sorben?"

„Wovon sonst?" Sein Grinsen war jetzt böse und hasserfüllt. „Das dreckige Pack stört uns schon lange.

Wenn wir erst genug Leute sind, schlagen wir los. Uns entgeht keiner, wir kriegen sie alle. Tot oder lebendig! Ihr glaubt es nicht? Sperrt die Augen auf!"

Er fuhr herum und schleuderte aus dem Stand eine Lanze auf eine der etwa vierzig Schritte entfernten Strohpuppen. Er traf sie und sie fiel um. Die jungen Männer grölten Beifall.

Hug streckte Odo eine Lanze hin.

„Macht es nach!"

Mein Amtsgefährte zögerte einen Augenblick und schien zu überlegen, ob er sich mit diesem anmaßenden Jüngling in einen Wettbewerb einlassen sollte. Lauernde Blicke trafen ihn, schon wurde höhnisch gelacht. Schließlich nahm Odo die Lanze, zielte kurz und schleuderte sie. Auch er traf eine der Puppen, die umkippte.

„Gib mir auch eine!", sagte Helko und streckte den Arm nach einer Lanze aus. Unser waffengewandter Sachse verfehlte ebenfalls nicht, und Hug, den das ärgerte, suchte jetzt nach einem Ziel, mit dem er die beiden übertreffen konnte. Seine Blicke huschten umher und plötzlich schwang er die Lanze hoch über den Kopf und warf sie durch das offene Tor auf den Wirtschaftshof, der voller Menschen und Tiere war. Er traf einen jungen Hund, der ein Ferkel jagte. Der Hund lag zuckend in seinem Blut.

„Genug!", rief Garibald. „Das geht jetzt zu weit, Neffe!"

„Es war ein Sorbenhund", sagte Hug. Er wandte sich feixend ab und schlenderte zu seiner Horde zurück.

„Ihr müsst ihm verzeihen, meine Herren", sagte Garibald. „Ein junger Kerl, strotzt vor Kraft, weiß manchmal nicht, wohin damit. Auch die anderen sind brave Burschen. Vergessen nie, dass sie Thüringer und dass die da drüben von alters her unsere Feinde sind. Ab und zu machen sie einen Ausflug über die Saale. Wenn wir es nicht tun, tun es ja die anderen. In Grenzgebieten darf man nicht zimperlich sein. Man muss sich Achtung verschaffen – nur darauf kommt es an! Hug ist leider ein bisschen zu tollkühn, das macht mir Sorgen. Ich habe Angst, dass ihm etwas zustößt. Mir selbst hat das Schicksal Söhne versagt, deshalb hänge ich an meinen Neffen. Seit kurzem bin ich ja auch ihr Muntwalt. Sie haben ihren Vater verloren."

Bei diesen Worten seufzte er tief. Ich fragte aus Höflichkeit:

„Ist er gestorben? An einer Krankheit?"

„Oh, nein, nicht an einer Krankheit, Herr Lupus! Er wurde ermordet. Man hat meinen armen Bruder umgebracht."

Er senkte den Kopf und seufzte abermals. Mit einem raschen Blick seiner flinken Augen, von unten herauf, schien er die Wirkung seiner Worte zu prüfen.

„Umgebracht?", fragte Odo. „Hier oben? In Euerm Rabennest?"

„Nicht hier. Auf einem Heereszug nach Sachsen."

„So ist er gefallen. Ich habe gehört, es hätte in diesem Jahr überhaupt keine Kämpfe gegeben."

„Das ist richtig. Er wurde auch nicht von einem Sachsen, sondern von einem Thüring erschlagen. Auf einem Erkundungsgang."

Odo und ich tauschten einen Blick.

„Dafür gibt es Zeugen?", fragte ich.

„Es gibt einen."

„Und habt Ihr gegen den Täter geklagt?"

„Bei wem?" Herr Garibald lächelte bitter. „Der Mörder gehört zu Rotharis Gefolge. Aber der Graf, wie Ihr ihn zu nennen beliebt, hält keine Gerichtsversammlungen ab. An wen soll man sich wenden mit seiner Klage? Wir sind ja keine Barbaren mehr, wollen nicht Blut mit Blut vergelten. Aber das Wergeld steht uns zu … mir und den beiden Waisen, dem Hug und dem Allard. Wo soll man es einklagen? Wer schafft Gerechtigkeit? Aber ich will Euch nicht mit unseren Missständen langweilen. Das geht Euch nichts an, Ihr seid Reisende. Außerdem noch Rotharis Gastfreunde. Ich will mich nicht über ihn beschweren, habe auch sonst keinen Grund dazu. Wir stehen gewöhnlich recht gut miteinander, wollen sogar unsere Kinder verheiraten. Aber lassen wir das! Ihr seid hungrig und durstig. Höchste Zeit für den Willkommenstrunk. Tretet ins Haus ein!"

Wir hatten den Fuß noch nicht auf die kurze Freitreppe gesetzt, als wir auf einmal hinter uns einen gellenden Schrei hörten. Er kam von der anderen Seite des Palisadenzauns. Wir wandten die Köpfe und sahen gleich darauf eine junge Magd, die fast nackt war. Sie rannte durch das offene Tor, geradewegs auf uns zu.

„Frau Bathilda!", schrie sie. „Helft! Helft mir! Er schlägt mich! Er wird mich umbringen!"

Ein junger Kerl mit verwildertem Haar und Bart, fettleibig und auf dünnen Beinen, bekleidet nur mit einer Hose, die aber von einem silberglänzenden Gürtel gehalten wurde, stürzte hinter dem Mädchen her. Er erwischte sie an den Fetzen ihres zerrissenen Hemdes und brüllte: „Gib mir den Ring zurück, du Hure!"

„Lasst mich los, Herr Allard, ich habe ihn nicht!"

„Ich werde dich so lange prügeln, bis du ihn hergibst!"

Er griff in das Haar des Mädchens und zwang sie vor sich auf die Knie. Hug und sein Haufen johlten Beifall.

„Herr Garibald, helft! Seid barmherzig!", rief die Magd in fließendem Diutisk, wenn auch mit wendischer Betonung. „Ich habe seinen Ring nicht gestohlen! Er hat ihn gestern der Tungla geschenkt und gesagt, dass sie jetzt seine Kebse ist!"

„Du lügst!", schrie der Bursche und schlug sie.

„Ihr wart zu betrunken, Ihr wisst es nicht mehr!", heulte das Mädchen.

„Lass sie gehen!", befahl Garibald. Er trat auf die beiden zu, ergriff den Burschen am Arm und stieß ihn beiseite.

„Und du, steh auf!", herrschte er das Mädchen an. „Pack dich! Verschwinde, schamloses Weibsbild! Wir werden noch feststellen, wer gestohlen hat. Schuld seid ihr selbst, ihr verfluchten Huren, weil ihr ständig um ihn herum streicht und alles herzeigt und ihm Augen macht!"

Unter dem Hohngelächter der jungen Männer

stahl die Magd sich davon. Bevor sie aber hinter dem Zaun verschwand, drehte sie sich noch einmal um und schrie etwas in ihrer sorbischen Sprache, das wie eine Verwünschung klang. Einer der Burschen warf einen Stein nach ihr, verfehlte sie aber.

„Mein älterer Neffe Allard", sagte Herr Garibald, der zu uns zurückkehrte. „Er erlaubt sich ab und zu einen Spaß mit den Mägden. Ich war in seinem Alter nicht anders ... Ihr wohl auch nicht, Herr Odo. Das wird sich ändern, wenn er erst einmal verheiratet ist. Er ist mit Rotharis Tochter verlobt, der Eddila."

Inzwischen war Allard heran geschlendert. Später erfuhr ich, dass er erst zwanzig Jahre alt war. Man musste ihn für älter halten, denn sein Gesicht war verquollen, bläuliche Ringe umgaben die Augen, und die Nase, auch sie nach Art der Rabennest-Leute gen Himmel gestülpt, war purpurfarben. Zweifellos war dieser junge Mann ein Sklave, nämlich der Trunksucht, die man in dieser Gegend recht häufig antrifft. Hier gibt es viele würdige Nachkommen unserer Vorfahren, der Germanen, von denen ja schon der römische Schriftsteller Tacitus sagte, man brauche ihnen nur ausreichend zu trinken zu geben, um sie ebenso leicht durch ihre eigenen Laster wie durch Waffengewalt zu bezwingen.

Allard war auch jetzt nicht mehr nüchtern. Er zog seinen Gürtel straff, rülpste vernehmlich und sagte:

„Heil! Ah, sind das die hohen Gerichtsherren?"

„Was für Gerichtsherren?", fuhr ihn Garibald an. „Was redest du? Wie kommst du darauf? Es sind Reisende, die ein Obdach suchen. Hohe Persönlichkeiten, gewiss. Aber keine Gerichtsherren!"

„Verzeiht, ein Irrtum", stammelte Allard, „ich hab nur gedacht ..."

„Was hast du gedacht?", fragte Odo.

„Ich ... oh, ich habe nur bei Rothari ..."

„Er ist sein Gefolgsmann", erklärte Garibald. „Vielleicht hat er irgend etwas aufgeschnappt. Von Gerichtsherren oder dergleichen. Vermutlich hat er es falsch verstanden. Ich habe noch nicht mit ihm gesprochen. Er ist nämlich heute erst gekommen."

„Gestern, Onkel!"

„Nun, meinetwegen ... dann eben gestern. Aber wir hatten noch keine Gelegenheit, miteinander zu reden. Rothari erlaubt ihm von Zeit zu Zeit, heraufzusteigen und uns zu besuchen. Er hat seine arme Mutter getröstet ... in ihrer Verzweiflung über den Verlust des Gemahls."

„Meine Mutter getröstet?"

Allard lachte auf, beherrschte sich aber gleich, weil Garibald ihm einen funkelnden Blick zuwarf. „Ach ja, meine Mutter ... Ich hab sie getröstet, sie weint sehr viel."

„Er selbst gehörte in diesem Jahr mit zum Heerbann", fuhr Garibald fort, offensichtlich bemüht, Allard so wenig wie möglich zu Worte kommen zu lassen. „Da oblag ihm die traurige Pflicht, seinen Vater im fremden Land zu begraben. Er kennt natürlich den Mörder, ist ja in derselben Gefolgschaft."

„Irmo war es, der Schurke!", stieß Allard hervor. „Ich werde ihn ..."

„Schweig jetzt, Allard! Die Herren wissen schon,

was geschehen ist. Wir wollen sie nicht mit unseren Sorgen belästigen. Tretet ins Haus ein, lasst Euch bewirten!"

Endlich gelangten wir nun in das Saalhaus. Hier gab es Bänke für unsere müden Glieder, die seit dem frühen Morgen nicht zur Ruhe gekommen waren.

Aber noch war es uns nicht vergönnt, uns niederzulassen. Zunächst mussten wir die Hände von gut einem Dutzend Männern drücken, bärtigen, finster blickenden Schraten, der Gefolgschaft des Hausherrn. Der Größe nach aufgereiht, standen sie hinter der Tür und erwarteten uns bereits, nachdem sie offenbar vorausgeahnt hatten, dass Herr Garibald uns zufällig auflesen würde. Auch der Willkommenstrunk wartete schon. Als der Hausherr jetzt nämlich einem der Männer auftrug, zu seiner Gemahlin, Frau Bathilda, zu eilen, damit sie den „römischen Becher" und einen Krug Wein bringe, teilte sich die Reihe der Schrate und wie durch ein Wunder trat ein hutzliges Weiblein hervor, das die gewünschten Dinge in Händen hielt. Hinter der edlen Frau Bathilda erschien ein holdselig lächelndes junges Geschöpf mit einem pausbackigen Engelsgesicht. Es trug die Schalen mit Brot und Salz.

Herr Garibald ließ keine Peinlichkeit aufkommen, sondern belobigte seine Gemahlin, weil sie sich beim Anblick der Gäste am Tor gleich ihrer Pflichten besonnen habe. Das Engelsgesicht war seine einzige Tochter Meinrade, von der wir gleich erfuhren, dass sie dem Sohn des Rothari verlobt war.

Nun ging der Willkommensbecher von Mund zu

Mund, dargereicht von der edlen Frau, die jedem von uns ein zahnloses Lächeln schenkte. Es war tatsächlich ein römischer Glaspokal, vermutlich das beste Stück in der Wirtschaft, doch war am Rande schon so viel abgesplittert, dass man kaum eine Stelle fand, wo man trinken konnte, ohne sich die Lippen zu ritzen. Am Wein dagegen war nichts zu bemängeln. Er war recht süß und stammte aus Italien, wohin die Thüringer seit den Zeiten der Langobardenherrschaft gute Verbindungen pflegen.

Bevor wir tranken, hielt Herr Garibald, wie es üblich ist, eine kurze Anrede. In einem Atemzug lobte er den „Herrn Christus“ und den alten Gewittergott Donar, weil der eine unsere Wege gelenkt, der andere aber die Bäume geknickt hatte, sodass wir infolge aller dieser göttlichen Unternehmungen Gäste im Rabennest sein konnten. Ich verzichtete auf religiöse Spitzfindigkeiten, die mir im Augenblick nicht angebracht schienen. Offenbar hatte ja weder Jesus noch Donar etwas mit der Sache zu tun. Nachdem wir uns mit Blicken verständigt hatten, machte uns Odo den Spaß, Garibald noch einmal alle Künste der Heuchelei abzufordern.

„Wir danken Euch für Eure Gastfreundschaft“, erwiderte er die Anrede. „Da Ihr weder wusstet noch ahntet, mit wem Ihr es zu tun haben würdet, ist das Verdienst, fremde Reisende in Eure Burg aufzunehmen, umso größer. Ihr kennt unsere Namen. Nun sollt Ihr auch wissen, was unseres Amtes ist. Euer Neffe hat das Richtige getroffen. Wir sind *missi dominici,* Königsboten. Wir reisen im Auftrag unseres

Herrschers, des Königs Karl, als dessen Stellvertreter."

Herr Garibald spielte nun wirklich vollendet den Überraschten. Er wurde nicht fertig mit seinem „Ha!" und „Hoho!", in das auch die hutzlige Hausherrin und der Chor der Schrate einstimmten.

„Stellvertreter des Königs!", rief er. „So hohe Gäste im Rabennest? Wie komme ich zu einer solchen Ehre?

„Nun, Ihr sagtet es doch", erwiderte Odo. „Durch Jesus und Donar. Die beiden können sich sonst zwar nicht ausstehen, doch ausnahmsweise, um Euch eine Freude zu machen, haben sie sich zusammengetan."

Es gab Gelächter und auch wir selbst wurden heiter. Es geschah uns ja nicht zum ersten Mal, dass man uns unter ein Dach und an einen Tisch lockte, um uns als Richter günstig zu stimmen. In diesem Fall war es mit sehr viel Aufwand und sogar etwas Witz geschehen, wenn auch nicht schlau genug, um uns vollends zu täuschen. Wir nahmen uns vor, gute Miene zu machen und abzuwarten. Es würde sich schon herausstellen, ob Garibald Anspruch auf ein Wergeld hatte, das Rothari ihm offenbar nicht zusprechen wollte.

So verflüchtigten sich die düsteren Ahnungen. Frau Bathilda zog sich in die Küche zurück, um das Mahl vorzubereiten. Den Römerpokal nahm sie mit, doch waren wir schon mit Kannen und Bechern versehen. Ein kleiner Zwischenfall hob die Stimmung noch mehr.

Das holde Engelsgesicht, die Tochter des Hausherrn, ging mit dem Weinkrug herum und schenkte uns ein. Wir standen dabei scherzend im Kreise, und da bemerkte ich, dass unserem Helko die Hände zitterten, als er ihr seinen Becher hinhielt. Er starrte sie an wie eine Himmelserscheinung. Das verwirrte die Jungfrau und während sie zaghaft den Blick zurückgab, verschüttete sie etwas Wein. Rasch wandte sie Helko den Rücken … da aber geschah es, dass zwei Hunde herbei rannten, um aufzulecken, was zu Boden getropft war Sich balgend gerieten sie zwischen die Beine der Jungfrau, die aufschrie und hintenüber fiel. Helko sprang vor, um sie zu halten. Weil sie jedoch den Krug schützen wollte und ihn mit beiden Armen hoch in die Luft hielt, war es ihm ganz unmöglich, sie an den Handgelenken, den Ellbogen oder an einer anderen Stelle zu packen, wo Zucht und Sitte solches erlauben. So griff er unerschrocken nach den Erhebungen, welche die Maler und Bildhauer bei der Jungfrau Maria meist weglassen, und hielt diese so wacker fest, dass nicht nur der Fall des lieblichen Engels verhindert, sondern sogar der Krug gerettet wurde.

„Das nenne ich eine kühne Tat!“, rief Odo anerkennend und auch wir anderen spendeten lachend Beifall, nur Herr Garibald nicht, der Meinrade streng befahl, sich zu ihrer Mutter in die Küche zu scheren. Dabei hätten uns ihre heftig erglühten Pausbäckchen jetzt, da es immer dunkler wurde, den Kienspan ersetzen können.

Ach, wäre es doch so lustig weiter gegangen …

3. Kapitel

Es verwunderte uns nicht mehr, dass wir kaum an den Tischen Platz genommen hatten, als schon die Schüsseln herein getragen wurden. Die Hasen und Hühner mussten selbst ihre Felle abgeworfen und sich in höchster Geschwindigkeit an den Bratspießen gedreht haben, um in so kurzer Zeit knusprig und duftend zum Verzehr bereit zu sein. Auch unser Birkhahn hatte sich in Windeseile in einen Braten verwandelt und dabei außerdem noch die Gesellschaft mehrerer Artgenossen bekommen. Es gab außerdem Schinken und Würste in Menge sowie im Rauch gedörrte Rinderzunge, einen besonderen Leckerbissen, auf den sie sich hier verstehen und dem ich daher gern und ohne besondere Hemmungen zusprach.

Während des Essens wurde kaum geredet, weil alle vollauf beschäftigt waren. Gewiss waren solche Genüsse im Rabennest keine Alltäglichkeit und man widmete sich ihnen mit Andacht. Die Schrate schlugen die letzten Zähne, die ihnen geblieben waren, gierig in das Fleisch und mümmelten heftig, wobei sie das nächste Stück schon mit eifersüchtigen Blicken beäugten. Selbst die Horde des Hug vergaß zu lärmen und Schabernack zu treiben. Nur ab und zu flog ein Knochen über den Tisch, um das Gegenüber zu treffen, oder es setzte im Streit um einen besonders fetten Happen ein paar Knuffe und Püffe.

Herr Garibald, wenngleich selbst große Mengen von Fleisch verzehrend, wachte mit seinen flinken, hinter den halb geschlossenen Lidern lauernden

Augen aufmerksam über die Ordnung im Saal, und immer mal wieder hob er warnend den Kopf oder drohend die Faust. Er hatte sein Festgewand angelegt und saß zwischen Odo und mir in der Mitte des Tisches der Herren, der zu den langen Tafeln der Gefolgsleute quer gestellt war und an dem noch seine Neffen lümmelten.

Zwischen ihm und Allard war etwas Platz frei gelassen und ein leerer Becher auf den Tisch gestellt worden. Alle – und wohl besonders wir – sollten so an den Vater der Brüder erinnert werden, der vor kurzem noch hier zu sitzen pflegte. Die meiste Zeit hockte nun aber der struppige Hund des Hausherrn an seiner Stelle auf der Bank und schnappte nach allem, was er erwischen konnte.

Hinter den beiden Reihen der Pfeiler, die das Dachgebälk trugen, standen noch ein paar Tische, an denen, nach alter Sitte abseits, die weiblichen Mitglieder der Familie und ein paar betagte Verwandte saßen. Neben der Hausherrin bemerkte man die Mutter des Garibald, eine Greisin mit den starren Augen und ruckenden Kopfbewegungen einer Glucke, auch mit der Fressgier einer solchen. Zwischen ihrer Mutter und ihrer Großmutter saß lieblich und frisch, mit vom Bratenfett glänzenden Pausbacken Jungfrau Meinrade.

Nachdem er gesättigt war, wurde der Hausherr gesprächig, so wie überhaupt nun nach und nach an den Tischen eine lebhafte Unterhaltung in Gang kam. Herr Garibald war sichtlich bemüht, aus unserer Anwesenheit so viel Vorteil wie möglich zu ziehen. Als die Rede auf unser Vorhaben kam, den Bau einer Straße zu befördern, griff er das Thema eifrig auf.

„Wenn ich Graf wäre, meine Herren, wäre die Straße längst gebaut – das schwöre ich Euch! Ich will ja nichts gegen Rothari sagen, er ist ein Adaling und wir werden unsere Kinder gemeinsam verheiraten … doch für ein solches Amt ist er nicht der richtige Mann. Dazu fehlt ihm die nötige Entschlossenheit! Hier macht jeder, was ihm beliebt und was ihn vorteilhaft dünkt, das gemeinsame Wohlergehen ist ihnen nicht mehr wert als ein Dreck. Ja, als ein Dreck, meine Herren Königsboten! Was könnte nicht alles getan werden, wenn Abgaben und Bußen in die richtigen Hände kämen! Wenn der Heerbann einem fähigen Befehlshaber unterstellt würde! Der König bekäme Geld in Fülle und das Aufgebot würde immer vollzählig sein. Auch das Königsgut würde vermehrt, wenn man Missetäter und Zinsschuldner mit der nötigen Härte bestrafte. Aber es wird ja nicht einmal Gericht gehalten! Es kann einer sogar lustig morden und muss nicht einmal Wergeld zahlen. Bardo, mein armer Bruder …“ Herr Garibald blickte mit gramvoller Miene auf den leeren Becher. „… der wird nicht gerächt, aber der Mörder wird von Rothari, wie zur Belohnung, zum Anführer seiner Gefolgschaft befördert! Könnt Ihr Euch vorstellen, wie viel Mühe es mich kostet, meine Neffen von einer blutigen Fehde zurückzuhalten? Sind sie dazu nicht sogar verpflichtet? Bin ich selbst nicht dazu verpflichtet, um die befleckte Ehre der Familie zu reinigen?

Da seht Ihr, wohin es führt, wenn eine starke Hand fehlt, die im Namen des Königs die Dinge ordnet. Ich hatte schon keine Hoffnung mehr, aber nun ändert sich vielleicht doch noch alles. Wie froh bin ich, dass Ihr gekommen seid und ..."

Herr Garibald verstummte plötzlich und blickte nach der Tür, wohin sich jetzt gleichzeitig aller Augen wandten. Dort war gerade eine Frau erschienen. Sie kam nicht auf ihren Füßen herein, sondern wurde, auf einem Armstuhl sitzend, von zwei Knechten getragen.

Die Erscheinung war ungewöhnlich genug, um nicht nur von uns Fremden, sondern auch von allen anderen im Saal mit großer Aufmerksamkeit begafft zu werden. Es war eine noch junge, sehr schöne Frau, die hoch aufgerichtet, die Arme auf die Lehnen des Stuhls gestützt, herein schwebte. Stolz trug sie den Kopf erhoben, unbewegt war ihre Miene. Das Stirnband konnte ihr braunes Haar kaum bändigen, es wallte so dicht auf die Schulter herab, dass es die eine Hälfte des Gesichts vollständig bedeckte. Die andere, sichtbare Hälfte war edel gezeichnet, doch sehr blass, das dunkle Auge blickte ernst, der Mund mit den ebenfalls bleichen Lippen war fest verschlossen. Bekleidet war die junge Frau mit einem langen dunklen Gewand, das auch ihre Füße bedeckte. Die Mitte des Leibes umschloss ein Gürtel mit goldenen Beschlägen, an dem Glücksbringer und ein Kamm, jedoch keine Schlüssel hingen.

Die beiden Knechte, die mit dem leichten Gewicht ihrer schlanken, fast zierlichen Herrin wenig Mühe hatten, trugen den Stuhl an den Tisch der Frauen.

„Meine Schwägerin Luitgard“, sagte Herr Garibald. „Die Witwe meines unglücklichen Bruders. Die Mutter der beiden Knaben dort.“

Die beiden „Knaben“ Allard und Hug, die diese Worte mitgehört hatten, lachten auf, verstummten aber sofort nach einer heftigen Geste ihres Onkels. Zweifellos handelte es sich um ihre Stiefmutter, denn Frau Luitgard konnte nicht viel älter sein als sie selbst.

„Sie ist die Tochter eines Adalings aus sehr alter Familie“, erläuterte uns Herr Garibald. „Hermenefred, der letzte König der Thüringen, „zählt zu ihren Ahnen.“

Die Knechte rückten den Stuhl an eine Schmalseite des Tisches, sodass Frau Luitgard uns zugewandt saß. Odo erhob sich und machte ihr eine Reverenz. Ich folgte seinem Beispiel. Sie dankte jedem von uns mit einem leichten Neigen des Kopfes, ohne jedoch die Miene zu verziehen oder die Lippen zu bewegen.

In diesem Augenblick rief einer aus der Horde der jungen Adalinge uns zu:

„Wenn Ihr den Nachfahren König Hermenefreds aufsucht, vergesst nicht, einen Sack Korn mitzunehmen – zum Mahlen!“

Die jungen Kerle brachen in ein höhnisches Gelächter aus, doch nur kurz, denn Garibalds Faust krachte so hefig auf den Tisch, dass die Schüsseln tanzten und Becher umkippten und ihren Inhalt auf den Boden ergossen.

Wir nahmen wieder Platz, und als wollten alle den peinlichen Zwischenruf rasch vergessen machen, setzten sie ihre Gespräche fort. Auch der Hausherr tat, als sei nichts gewesen.

„Hättet Ihr meine Schwägerin Luitgard früher gekannt, würdet Ihr wahrhaftig betroffen sein. Sie war eine Frohnatur, lachte und sang den ganzen Tag lang . Und nun seht sie Euch an … wie blass, wie betrübt sie ist. Seit dem Tode ihres Gemahls tut sie kaum noch den Mund auf. Ihr einziger heißer Wunsch ist, den Mörder endlich bestraft zu sehen. Obwohl es sich um ihren Bruder handelt."

„Ihren Bruder?", fragten Odo und ich wie aus einem Munde.

„Ja. Dieser Irmo – Allard nannte Euch ja vorhin schon den Namen – ist der ältere Bruder meiner Schwägerin. Sie hasst ihn! Nun, das versteht sich für eine Frau, die ihren Gemahl über alles liebte. Könnte sie tun, wonach ihr der Sinn steht, würde sie selber blutige Rache nehmen. Daran zweifle ich nicht im Geringsten! Doch wir wachen natürlich darüber, dass sie vernünftig bleibt. Am meisten erfüllt mich mit Sorge, dass sie kaum noch isst und trinkt. Ich habe den dunklen Verdacht, sie darbt mit Absicht, um ihrem Gemahl so schnell wie möglich ins Grab zu folgen. Ach, nicht einmal dort werden sie vereint sein!"

Herr Garibald schüttelte bekümmert den Kopf und zerdrückte eine Träne im Augwinkel.

Ich beobachtete Frau Luitgard verstohlen. Sie saß in der Tat stumm wie eine Statue da. Regungslos war das marmorbleiche Gesicht, soweit es der braune Haarvorhang preisgab. Man hatte Speisen vor sie hingestellt, auch einen Becher mit Wein für sie gefüllt, doch sie rührte nichts an. Die anderen Frauen am Tisch, die Hausherrin und die Alte, schwiegen jetzt ebenfalls, nachdem sie vorher lebhaft geschwatzt hatten, und sie warfen der Witwe verstohlene, wenig freundliche Blicke zu. Auch Meinrade hatte ihr Engelsgesicht verzogen, als sei das Hühnerkeulchen, das sie benagte, mit Essig getränkt.

Es versteht sich von selbst, dass die Witwe auch meinen Freund Odo beschäftigte. Als Verehrer des weiblichen Geschlechts, der – Gott sei es geklagt – seine freie Zeit bei Hofe vor allem damit verbringt, die Prinzessin Rotrud anzuseufzen und Abenteuer mit edlen Frauen zu suchen, hatte er zweifellos nicht erwartet, in dieser Wildnis eine solche Kostbarkeit vorzufinden. Er begann sogleich, Garibald auszufragen und sich näher nach ihr zu erkundigen. Wir erfuhren, dass Frau Luitgard wohl an die zweiundzwanzig Jahre alt war und erst seit zwei Jahren im Rabennest lebte. Bardo, Garibalds älterer Bruder, hatte damals seine Gemahlin, verloren, die wirkliche Mutter von Allard und Hug, und bei Herrn Meginfred, dem Nachkommen der Könige, um seine Tochter geworben. Die Werbung wurde dankbar aufgenommen, und gleich nach der Verlobung feierte man Hochzeit.

„Man war dankbar für die Werbung?", fragte Odo, als habe er nicht richtig gehört.

„Oh ja!", erwiderte Garibald. „Meginfred rechnete es sich zur Ehre an, mit den Herren vom Rabennest verwandt zu werden."

„Und die Braut? War sie ebenfalls dankbar? Wenn Euer Bruder älter als Ihr war, konnte er kaum ihren Wünschen entsprechen."

„Sie bewunderte seine Güte, seinen Verstand und seinen Heldenmut. Das waren die Quellen ihrer Liebe."

„War sie auch damals schon Witwe?"

„Wie kommt Ihr darauf? Sie war Jungfrau!"

„Doch immerhin schon zwanzig Jahre alt."

„Sie war wählerisch, wollte nicht jeden. Und ihr Vater ließ ihr den Willen."

„Gab er ihr auch eine gute Mitgift?", erkundigte ich mich.

Herr Garibald zögerte mit der Antwort und nahm einen Schluck aus seinem Becher. Dann erwiderte er:

„Meinem Bruder kam es nicht auf die Mitgift an. Wir sind wohlhabend."

„Dann zahlte er wohl einen hohen Brautpreis."

Jetzt war unser Gastgeber leicht aus der Fassung gebracht.

„Ihr stellt die Frage, mein christlicher Herr, als handle es sich dabei um ein Unrecht. Ist es nicht auch bei euch Franken üblich, dem Muntwalt einen Brautschatz zu überreichen?"

„Wieviel hat sie gekostet?", fragte Odo unverblümt.

„Wie soll ich das jetzt noch wissen! Ich habe mich nicht darum gekümmert, mein Bruder regelte das allein. Aber die Herren vom Rabennest waren nie kleinlich. Ihrem Vater, der leider verarmt und etwas herunter gekommen ist, wurde jedenfalls aus der Not geholfen. Dafür war sie meinem Bruder sehr dankbar und liebte ihn umso mehr."

„Auch dies war eine Quelle ihrer Liebe."

„Gewiss. Und ich möchte hinzufügen, dass wir sie niemals ihrer Armut wegen verachtet, sondern immer ihrer vornehmen Herkunft wegen geehrt haben."

„Ist sie so vornehm, dass man sie tragen muss?"

„Das nicht. Sie hat sich vor einiger Zeit die Füße verletzt und ist seitdem etwas unsicher auf den Beinen. So sitzt sie meistens und geht ihrer Lieblingsbeschäftigung nach, der Weberei. Sie macht sehr hübsche Stoffe. Natürlich darf sie im Rabennest bleiben, wir schicken sie nicht zu ihrem Vater zurück. Denn dort würde sie nichts Gutes erwarten. Ich habe sogar die Munt übernommen! Auch die beiden Knechte dort habe ich ihr überlassen, als Helfer und Träger. Der unglückliche Bardo pflegte sie selbst auf seinen Armen zu tragen … so liebte er sie."

Herr Garibald seufzte wieder tief, doch nicht aus Kummer, so schien es mir diesmal, sondern weil es ihm gelungen war, uns auf alle unsere Fragen so klar und zufriedenstellend Bescheid zu geben.

„Nun macht Ihr uns allerdings noch neugieriger", sagte Odo. „Wenn es so war, wie Ihr behauptet … warum missgönnte dieser Irmo seiner Schwester ihr Glück? Welchen Grund hatte er, ihren Gemahl zu töten?"

„Das will ich Euch sagen!", antwortete Herr Garibald hitzig.

Er sagte es uns aber nicht, weil er in diesem Augenblick einen bewaffneten Knecht sah, der von draußen herein kam und stracks auf ihn zu ging.

„Was gibt es?“
„Da sind Männer am Tor und begehren Einlass.“
„Männer, sagst du? Wer ist es? Kennt ihr sie?“
„Der junge Herr Thankmar ist es und …“
„So spät? Was will er?“
„Er und …“
„Schickt ihn sein Vater?“
„Ja.“
„Nun, dann lasst ihn herein!“
Der Hausherr wandte sich mit heiterer Miene wieder an uns.
„Rotharis Sohn, Meinrades Verlobter. Der Herr Graf hat wohl von Eurer Ankunft gehört und ist beunruhigt. Schickt bei Nacht seinen Sohn herauf. Grämt sich, weil er den Pass nicht geräumt und Euch Euerm Schicksal überlassen hat. Worauf wartest du? Ich sagte doch, lasst ihn ein! Er soll seinem Vater berichten, wie man im Rabennest hohe Gäste empfängt.“
Die letzten Sätze waren wieder zu dem Wächter gesprochen. Der hatte sich nicht von der Stelle gerührt.
„Der junge Herr Thankmar ist nicht allein gekommen.“
„Nicht allein? Wer ist bei ihm?“
„Herr Irmo.“
So lange hatten nur wenige aufgemerkt. Als jetzt der Name Irmo fiel, verstummten alle Gespräche.
Unwillkürlich blickte ich zu der Witwe hin, deren Hand sich mit einer Geste der Überraschung aufs Herz legte.
Herr Garibald aber fuhr zornig auf und rief:

„Sagtest du – Irmo? Was will der hier? Ich habe ihm verboten, den Fuß in das Rabennest zu setzen."

„Daran haben wir ihn schon erinnert, Herr."

„Lass ihn nur herein kommen, Onkel!", rief Allard. „Er hat wohl gehört, dass Gerichtsherren hier sind. Vielleicht will er ein Geständnis machen."

„Wenn nötig, helfen wir dabei nach!", schrie Hug. Die jungen Adalinge grölten Beifall.

„Er sagt, man muss ihn vorlassen, weil er ein Abgesandter ist", fuhr der Knecht fort. „Er hat eine Botschaft vom Herrn Grafen für die hohen fränkischen Herren."

„So, eine Botschaft!", höhnte Garibald. „Das Klagelied des schlechten Gewissens! Ich meine, dass auch Rotharis Sohn es singen kann. Lasst ihn ein – der andere bleibt draußen!"

„Allein will Herr Thankmar nicht herein kommen. Nur wenn Ihr auch Herren Irmo gestattet …"

„Dann sollen sie beide zum Teufel …"

„Erlaubt!", sagte Odo und erhob sich. „Ich werde ans Tor gehen und dort die Botschaft entgegen nehmen."

Hätte er es getan! Was wäre uns alles erspart geblieben.

Doch bei Herrn Garibald siegte sogleich die Neugier über die Strenge und er hielt meinen Amtsgefährten am Gürtel fest.

„Bleibt! Ihr seid mein Gast und ein hoher Würdenträger. Ich kann nicht zulassen, dass Ihr dieses Mannes wegen vom Tische aufsteht. Er ist es nicht wert, drum nehmt wieder Platz! Für Euch will ich eine Ausnahme machen. Führe beide herein!", gebot er dem Wächter.

Nun erhob sich ein lebhaftes Gemurmel. Ringsum sah man gespannte Mienen. Herr Garibald stärkte sich mit einem vollen Becher. Allard und Hug steckten die Köpfe zusammen und flüsterten miteinander. Bei der Witwe bemerkte ich weitere Zeichen von Unruhe. Sie konnte die marmorstarre Haltung nicht mehr bewahren, sondern rutschte auf ihrem Stuhl hin und her, faltete und entfaltete die Hände und blickte immer wieder zur Tür hin.

Zwei junge Herren traten ein. Der ältere, ohne Zweifel Herr Irmo, war sehr groß und von kraftvoller Gestalt, hatte riesige Fäuste und sogar ohne Brünne die breite Brust eines Panzerreiters. Er sah seiner Schwester ähnlich, nur waren seine Züge gröber und kantiger. Auch ihm wallte dichtes braunes Haar auf die Schultern. Sein leuchtend blauer weiter Mantel, am Hals mit einer Vogelkopffibel befestigt, ließ vorn einen silberbeschlagenen Gürtel sehen, an dem ein Schwert hing. Ich wurde beim Anblick dieses Mannes gleich an die Lieder unserer Sänger von Drachentötern und Walkürenerweckern erinnert. Ungeachtet – und vielleicht gerade wegen – des schlimmen Leumunds, der ihm vorausging, schien er der fleischgewordene Held jener alten heidnischen Sagen zu sein.

Herr Irmo ließ einen kühnen und, wie mir schien, etwas spöttischen Blick über die Versammelten gleiten und wandte sich dann an uns am Ehrentisch.

„Heil! Ich grüße den Hausherrn und seine Gäste."

Herr Garibald blickte an ihm vorbei auf den anderen jungen Adaling und sagte:

„Heil, Thankmar! Der Sohn Rotharis ist immer willkommen im Rabennest. Begrüße deine Verlobte und setze dich zu uns, damit meine hohen Gäste dich kennenlernen."

Der Angesprochene war in Verlegenheit. Bescheiden hielt er sich hinter seinem Gefährten, der ihn um Haupteslänge überragte. Er hatte einen prächtigen blonden Lockenkopf, helle Augen und angenehme freundliche Züge, aber sein Körperbau war etwas schwächlich und seine Haltung recht linkisch. Auch ihm hing ein Schwert an der Seite, doch wie ein Spielzeug, für das er noch nicht groß genug war. Er stotterte sogar ein wenig, als er antwortete:

„Ich danke Euch, Herr Garibald, aber wir haben nicht die Absicht, uns aufzuhalten."

„Was deinen Begleiter betrifft, so ist mir das recht", gab der Hausherr zurück, Irmo noch immer keines Blickes würdigend. „Nur deinetwegen wurde er eingelassen. Ich sehe ihn lieber gehen als kommen."

„Euer Wunsch soll erfüllt werden", antwortete Irmo an Thankmars Stelle, „sobald ich mich meines Auftrags entledigt habe. Zuvor aber will ich meine Schwester begrüßen."

Er wandte sich Frau Luitgard zu, deren dunkles Auge, wenn ich mich bei dem schwachen Licht nicht täuschte, von Tränen umflort war, und sagte:

„Heil, teure Schwester! Wir haben uns lange nicht gesehen. Ich hoffe, dass deine Leiden erträglich sind. Wenn nicht, wird dir bald Hilfe zuteil."

Der Hauch eines Lächelns huschte über die Züge der edlen Frau. Von Hass und Rachsucht war nichts zu bemerken. Zu meiner Verwunderung machte auch der junge Herr Thankmar der Witwe eine tiefe Verbeugung, während er seine Braut Meinrade, die ihm ein Schmollmündchen zog, nicht einmal zu bemerken schien. An unserem Tisch lösten Irmos Worte Empörung aus.

„Er wagt es, hier unverschämte Reden zu führen", grollte Allard. Und Hug zückte einen Dolch, fuchtelte mit ihm herum und krähte:

„Vielleicht will er ein bisschen gekitzelt werden!"

„Sage, was du zu sagen hast, und verschwinde dann!", donnerte Garibald.

Irmo trat nun an unseren Tisch und wandte sich an Odo und mich.

„Ich grüße nochmals die Herren Königsboten! Ein Gefolgsmann des Grafen Hademar hatte uns gestern Eure Ankunft angekündigt. Doch nahmen wir an, Ihr würdet erst in den nächsten Tagen eintreffen. Von einem Hirten erfuhren wir, dass Ihr am Eingang des Tannengrunds aufgehalten wurdet. Herr Rothari bedauert dies und schickt seinen Sohn Thankmar und mich, Irmo, Sohn des Meginfred, den Anführer seiner Gefolgschaft, um Euch Herberge anzubieten und Euch noch heute Abend zu seinem Haus zu geleiten."

„Das hättet ihr euch ersparen können!", rief Garibald. „Die Herren haben bereits Unterkunft, wie ihr seht!"

„Es sind Männer von hohem Rang und Vertreter

des Königs!“, erwiderte Irmo und blickte zum Dachgebälk hinauf, als richtete er dorthin seine Antwort. „Sie können nur Gäste des Herrn Grafen sein.“

„Habt ihr das alle gehört?“, schrie Hug. „Nur der Herr Graf ist ihrer würdig!“

Die Bande antwortete mit frechem Gejohle. Auch die Schrate glotzten grimmig, begnügten sich aber mit dumpfem, feindseligem Gemurmel.

Mein Amtsgefährte, dem Irmo sichtlich gefiel, weil er von gleichem Holz wie er selbst zu sein schien, hatte natürlich keine andere Wahl, als die Einladung für den Augenblick abzulehnen.

„Ich danke Euch“, sagte Odo, „doch wie Ihr seht, sind wir hier unter einem gastlichen Dach. Es wäre ungerecht unserem Wirt gegenüber, würden wir heute Abend noch aufbrechen. Herr Garibald rettete uns aus einer großen Verlegenheit.“

„Falls Ihr damit den gesperrten Pass meint“, erwiderte Irmo, „so fragen wir uns, wer dafür verantwortlich ist. Er war gestern Abend noch frei! Herr Rothari hatte eine Überprüfung aller für Euch in Frage kommenden Wege befohlen – gleich als die Nachricht von Euerm Besuch zu uns gelangt war.“

„Was ihr Überprüfung nennt, kennt man schon“, sagte Herr Garibald, immer beharrlich an Irmo vorbei starrend. „Und wer verantwortlich ist? Ein Unwetter. Oder unterstellt mir Rothari, dass ich Bäume ausreiße und auf den Weg werfe, um Gerichtsherren aufzuhalten? Dazu hätte er mehr Grund als ich!“

„Jedenfalls war es kühn von Euch, die Herren in Euer Haus zu locken“, sagte Irmo zum Dachgebälk.

„Sie könnten hier manche Entdeckung machen."

„Ja!", schrie Allard. „Sie haben sogar schon eine gemacht – den leeren Platz hier am Tisch, der einem Ermordeten gehörte!"

Vom übermäßig genossenen Bier ermutigt und durch die Speisen gekräftigt, war Allard aufgesprungen. Kampflustig starrte er Irmo an. Der aber beachtete ihn ebenso wenig wie seinen Onkel und wandte sich wieder an uns.

„Draußen warten zuverlässige Männer. Die Nacht ist hell, der Weg nicht weit. Wir nehmen eine bequeme Abkürzung. Um Eurer Sicherheit willen hält der Herr Graf es für dringend geboten, dass Ihr Euch heute noch zu ihm begebt."

Ein wildes Geschrei und Geschimpf erhob sich, verstummte aber gleich, als Odo die Hand hob und um Ruhe bat. Wir hatten uns noch einmal verständigt und Odo sagte zu Irmo:

„Ihr habt unsere Antwort gehört. Einsehen werdet Ihr, dass wir Eurer Einladung nicht folgen können, ohne Herrn Garibald schwer zu beleidigen. Wir können hier keine Gefahr entdecken und gäbe es eine, so wären wir in der Lage, sie abzuwenden. Richtet dem Grafen unseren Dank und unsere Hoffnung aus, ihm bald – vielleicht morgen schon – zu begegnen."

„Es ist Eure Entscheidung. Wir fügen uns."

Irmo legte die Hand an den Knauf seines Schwertes und verneigte sich knapp. Dann gab er Thankmar ein Zeichen, der ihm zur Tür folgte. Hier drehte Irmo sich nochmals um.

„Wir werden noch eine Weile vor dem Tor auf

Euch warten … falls Ihr es Euch überlegt.“

„Überlegt es Euch lieber nicht!“, schrie Hug. „Das ist einer, der Männer nachts im Wald aus dem Wege räumt!“

Das war eine Herausforderung.

Alle hielten den Atem an und warteten auf die Antwort.

Aber auch diesmal gelang es Irmo, sich zu beherrschen. Er wollte schon schweigend das Haus verlassen, als plötzlich der junge Thankmar, der ihm bisher wie ein Schatten gefolgt war, ein paar Schritte zurück in den Saal machte und mit heftigen Worten gegen Hug losfuhr.

„Das ist niedrig! Das ist gemein! Wer bist du? Ein Niemand gegen einen wie ihn! Neidisch bist du, weil er Anführer einer Gefolgschaft ist, in die du nicht aufgenommen wurdest.“

„Was habe ich in eurer Gefolgschaft zu suchen?“, höhnte Hug. “Bin mein eigener Herr, habe selber eine!“

„Meinst du die Räuber und Brandstifter dort?“

Diese Frage hatte Irmo gestellt und mit einer verächtlichen Geste auf die Horde der jungen Adalinge gedeutet. Die brüllten auf und mehrere sprangen auf die Beine und griffen nach ihren Waffen.

Doch schon war Herr Garibald bei ihnen und mit Zurufen wie „Genug!“ und „Die Waffen weg!“ und „Das wird anders geregelt!“ stieß und drückte er sie auf die Bänke zurück. Dann stapfte er nach der Tür, und feuerrot im Gesicht, mit keuchendem Atem und diesmal Irmo fest ins Auge fassend presste er hervor:

„Mach, dass du fortkommst und lass dich hier nie wieder blicken! Halte dich aber bereit! Zu früh hast du triumphiert und geglaubt, dass du deiner Strafe entgehen kannst. Vor diesen hoch gestellten Männern dort wirst du Rechenschaft ablegen müssen!“

„Davor habe ich keine Furcht“, erwiderte Irmo ruhig, seinerseits nun Garibald, den er um ein halbes Haupt überragte, mit einem kalten, abschätzigen Blick musternd. „Ich trete guten Mutes vor jedes Gericht. Nandolf, Euer Zeuge, hat sich dem Grafen zu Füßen geworfen. Hat gestanden, dass er von Euch genötigt wurde, mich zu beschuldigen. Weil er als Pächter von Euch abhängig ist. Ihr habt also keinen Zeugen mehr. Auf dem Ding werde ich den Gerichtsherren sagen, warum Ihr klagt. Ihr wollt Euch bereichern – das ist alles. Um Bardo, Euern Bruder, ist es nicht schade. Aber ich war es nicht, das haben die Sachsen besorgt. Weil er zu gierig auf Beute aus war. Und für die Raubgier der Herren vom Rabennest Zeugen zu bringen, wird leicht sein. Hundert, wenn nötig! Falls Ihr dennoch auf Eurer Lüge besteht, muss ein Zweikampf entscheiden. Wollt Ihr es mit mir aufnehmen, Garibald?“

„Der Tote hat Söhne hinterlassen!“

„Ah, Ihr meint den feigen Trunkenbold Allard? Und Hug, das großmäulige Bürschlein dort, das es vielleicht mit sorbischen Weibern, Greisen und Kindern aufnimmt, nicht aber mit thüringischen Männern?“

Hug packte abermals seinen Dolch, doch Allard legte ihm die Hand auf die Schulter und sagte mit einem boshaften Grinsen:

„Lass, Bruder! Dieser Sohn des Totschlägers Meginfred, der seine Tochter verkaufen musste, um das Wergeld aufzubringen, wird nicht mehr lange das große Wort führen. Mein künftiger Schwiegervater Rothari muss mir eine Bedingung erfüllen, sonst platzt die Hochzeit. Sobald ich Eddila geheiratet habe, werde ich Anführer der Gefolgschaft … ich selbst! Und der Kerl dort wird auf der Stelle davongejagt."

Beifälliges Gemurmel erhob sich und Allard grinste nun auch Irmo an, um die Wirkung seiner Worte zu kosten.

Der aber antwortete ganz ruhig: „Armer Tor! Du scheinst nicht zu wissen, dass die Hochzeit, von der du redest, nie stattfinden wird. Herr Rothari hat sich eines Besseren besonnen."

„Was fällt dir ein? Das ist eine Frechheit!"

„Wie kommst du darauf?", rief Garibald..

„Der alte Verlobungsvertrag ist hinfällig", sagte Irmo.

„Wie? Davon weiß ich nichts!"

„Dann lasst Euch aufklären. Vor zehn Jahren, als er ihn abschloss, konnte der Herr Graf noch nicht ahnen, wen er zum Bräutigam seiner Tochter machte. Heute weiß er es: einen faulen, versoffenen, verhurten Lümmel, der weder zum Kampf noch zu einem anderen Dienst taugt. Für so einen ist ihm seine Tochter zu teuer! So teuer jedenfalls, dass er den Brautpreis heraufsetzen muss."

„Den Brautpreis heraufsetzen? Um wieviel?"

„Ihr könnt ihn nicht mehr bezahlen."

„Was?"

„Darüber solltest du noch nicht reden, Irmo", warf Thankmar vorwurfsvoll ein.

„Und warum nicht? Der Bursche dort macht sich falsche Hoffnungen. Höchste Zeit, dass er die Wahrheit erfährt."

„Und wer soll die Braut bekommen?", schrie Garibald. „Wer ist für sie gut genug?"

„Habt Ihr das noch nicht erraten?", antwortete Irmo mit breitem Lächeln.

„Du? Und womit bezahlst du, Bettler?"

„Er hat schon bezahlt!", kreischte Hug. „Mit einem Mord! Und jetzt bekommt er, was er verdient!"

„Rette dich, Irmo!"

Frau Luitgard hatte den Schrei ausgestoßen.

Aufspringend streckte sie den Arm vor, und als gehorchte sie dieser beschwörenden Geste, fuhr die von Hug geschleuderte Klinge in das Holz des Türpfostens. Irmo konnte noch rasch zur Seite treten. Odo sprang auf und erwischte Hug, der einen zweiten Dolch vom Gürtel riss. Mit einem Faustschlag streckte er ihn zu Boden und rief:

„Was steht Ihr noch da? Wollt Ihr umgebracht werden? Macht, dass Ihr fortkommt! Geht! Verschwindet!"

Irmo hatte sein Schwert schon halb aus der Scheide gezogen. Doch er besann sich und stieß es zurück.

„Da seht Ihr, was Euch hier oben geschehen kann. Kommt lieber mit mir! Ich warte auf Euch!" Ein letzter Blick traf Frau Luitgard. „Danke, Schwester! Du hast mir das Leben gerettet!“

Er drehte sich um und mit einem Satz war er draußen. Hinter ihm wallte der Mantel hoch auf.

Der junge Thankmar warf seinerseits Frau Luitgard einen letzten und – wie mir schien – leidenschaftlichen Blick zu und folgte ihm.

Die schöne Dame jedoch sah ich wanken und hilfesuchend die Lehne des Stuhls fassend, auf den sie sich mehr fallen als sinken ließ.

An wen erinnerte sie mich nur?

Ich fand keine Zeit, darüber nachzudenken. Noch waren die ungebetenen Gäste nicht fort und das Gelage war nicht zu Ende.

Solange sich Irmo und Thankmar im Saal befanden, hatte Odo den sich windenden Hug im eisernen Griff seiner Fäuste gehalten. Jetzt ließ er ihn los und nahm wieder neben mir Platz. Um Allard kümmerte er sich nicht. Er konnte nicht ahnen, dass auch der einen Dolch schleudern würde – einen, der traf und der vergiftet war.

Den vollen Becher in der Hand, stolperte Allard nach der Tür und rief Irmo nach:

„Warte doch, stolzer Held! Ich muss dir noch etwas sagen, glücklicher Bräutigam! Die Braut kannst du haben, ich schenke sie dir! Nimm sie dir nur, die fromme Hure! Ich habe mit ihr schon manches stille Gebet gesprochen!“

Er ließ ein trunkenes, schallendes Lachen hören.

Auch jetzt verstummten Lärm und Stimmengewirr. Die Horde feixte. Die Schrate glotzten. Alle warteten auf den Donnerschlag.

Nur Allard in der Tür lachte immer noch. Aber auf einmal stieß er einen glucksenden Laut aus, als habe er sich an seinem Gelächter verschluckt, und wich zurück in den Saal.

Zuerst erschien Thankmar an der Treppe des Saalhauses.

„Sprichst du von meiner Schwester Eddila?“, rief er. „Komm heraus, Verleumder! Bezahle dafür!“

Er fasste nach seinem Schwert, brachte es aber, ungeschickt wie er war, nicht heraus. Höhnisches Lachen erscholl und Hug schrie: „Hört euch das Hähnchen an! Es kräht schon!“

Da flog Thankmar plötzlich zur Seite. Der Stoß eines kräftigen Arms hatte ihn aus dem Bereich befördert, auf den das Licht durch die Saaltür fiel und wo er ein allzu bequemes Ziel geboten hätte.

„Lass! Das ist meine Sache!“, rief Irmo.

Schon stand er selbst in dem hellen Kreis, und jetzt war er nicht mehr der Abgesandte des Grafen. Jetzt war er ein beleidigter Krieger, der seine Worte nicht mehr sorgfältig wählte, sondern nur noch verletzen und herausfordern wollte.

„Komm her, du räudiger Kater!“, rief er. „Du ekliger Wurm! Du spinnenbeiniges Ungeziefer! Was für Gebete kannst du schon gesprochen haben, kraftloser Sack! Heraus zu mir, Ehrloser! Stelle dich!“

Im Saal erhob sich ein heilloses Durcheinander. Hug und die anderen jungen Adalinge sprangen über die Tische und drängten sich in der Mitte um Allard.

Kannen und Krüge zerbrachen. Getretene Hunde

winselten. Fünf, sechs Schwerter wurden Allard hingestreckt. Er aber hielt mit beiden Händen den Becher gepackt, steckte die purpurfarbene, himmelwärts strebende Nase hinein und beugte sich weit nach hinten, um ihn bis auf den letzten Tropfen zu leeren.

Irmo stand bereits breitbeinig in der Tür, das blanke Schwert in der Hand.

„Wo bleibst du, feiger Hund? Komm zu mir, damit ich in dich hineinsteche und das Bier wieder aus dir herausläuft! Denn Blut kannst du nicht mehr in dir haben, sonst würdest du dich wie ein Mann benehmen!“ Er wandte sich auflachend an die Versammelten. „Der Vogel scheint flügellahm zu sein! Adler waren sie nie. Aber ein Rabennest ist das auch nicht mehr. Das sind nur noch furchtsame Sperlinge!“

Jetzt verlor auch Herr Garibald die Beherrschung. Er zerrte Allard aus dem Haufen hervor, schlug ihm den Becher aus der Hand und schüttelte ihn.

„Hörst du das? Hörst du, wie uns der Mörder deines Vaters verhöhnt? Unter dem eigenen Dach? In der eigenen Burg?“

Auch feigen und trägen Leuten geschieht es, dass sie ein Anfall von Heldenmut packt. Meist handelt es sich dabei freilich um Tollkühnheit. Das wilde Geschrei, die blinkenden Waffen, das reichlich getrunkene Bier – dem Allard genügte das. Er packte eines der Schwerter, ließ die Klinge ein paarmal fauchend die Luft teilen und schrie mit überkippender Stimme:

„Ich mache dich fertig, du Mörder! Du Sohn eines

Mörders! Du Enkel von Mördern!“

„Meine Ahnen waren Könige!“, rief Irmo mit seinem breiten Lachen. „Aber deine waren wohl Schnecken. Sonst würdest du nicht so langsam sein!“

Da stürmte ihm Allard schon entgegen und Irmo sprang über die drei Stufen der Treppe zurück, hinaus auf die Felsenplattform. Die Kämpfer entschwanden unseren Blicken, doch gleich darauf hörten wir das Klirren des Stahls. Fackeln wurden nun von den Pfeilern gerissen und alles drängte hinaus – die Horde des Hug, die Schrate, unsere eigenen Leute, sogar die Frauen. Zuletzt entschwebte Frau Luitgard, von ihren Knechten hinaus getragen.

Nur Odo und ich waren noch im Saal.

„Wir müssen etwas tun“, sagte ich.

„Da kann man nichts tun“, erwiderte Odo.

„Nichts?“

„Nichts.“

„Ja, willst du denn zusehen bei den Schlächtereien?“

„Nein. Wir sollten vermeiden, dabei Zeugen zu sein.“

„Odo!“ Ich packte ihn am Arm. „Ahnst du denn nicht, was da draußen geschehen wird? Dieser Irmo wird Allard besiegen. Dann aber werden sie über ihn her fallen und ihn totschlagen.“

„Das ist das Wagnis, das er eingeht. Er konnte nicht anders. Ich glaube aber, er wird einen Ausweg finden. Ja, ich bin sicher, er wird sich retten.“

„Und ich fürchte, er ist verloren!“

„Du bist eben eine ängstliche Pfaffenseele.“

„Und was bist du? Bist du nicht auch hier als Kommissar, der den Auftrag hat, Zweikämpfe, Raufereien, Blutfehden und dieses ganze gesetzlose Treiben zu stoppen?"

„Da hast du Recht. Doch auch ich bin ein Nachfahr von Königen." Er schob mich mit einer vornehmen Geste von sich, zog die Tunika glatt und richtete den Gürtel. „Und wäre ich jetzt bei Hofe und würde man Rotrud, meine Braut, beleidigen, so würde ich sämtliche Vasallen des Königs vor meine Klinge fordern – und wären es ihrer hundert! Das ist nun einmal eine Frage der Ehre, da kann man nichts machen."

„Kannst du nicht einmal vergessen, dass du ein Nachfahr der Merowingerkönige bist?"

„Nie!"

„Und einsehen, dass so ein Kampf um die Ehre genauso unsinnig und verstiegen ist", fügte ich boshaft hinzu, „wie dein Anspruch, Bräutigam der Prinzessin Rotrud zu sein?"

In Odos Augen blitzte es auf und er stieß mir seine gewaltige Nase so heftig entgegen, dass ich erschrocken zurückfuhr.

„Sag noch ein Wort und es gibt hier drinnen gleich eine Leiche. Schneller als draußen!"

Ich fuhr mit der Hand in die Tasche und zog mein Gebetbuch hervor.

„Nur zu!", rief ich wütend. „Bring mich um! Den Einzigen, der hier Vernunft bewahrt. So bleibt mir nur eine Hoffnung – Gott! Ihn werde ich um Hilfe bitten."

„Ich glaube nicht, dass Gott es mit den Vernünftigen hält“, sagte Odo und beugte sich nieder, um unter den Tischen inmitten von Haufen abgenagter Knochen, zerbrochenen Bechern und verlorenen Schuhen den Krug mit italienischem Wein zu suchen, um sich nachzuschenken.

Ich hielt es für sinnlos, noch länger mit ihm zu streiten, machte kehrt und stürzte hinaus.

4. Kapitel

Was draußen geschah, glich mehr einer Jagd als einem Kampf.

Im Licht des zunehmenden Mondes und der Fackeln, die einige Zuschauer in den Händen hielten, hasteten die beiden Kämpfer zwischen Saalhaus und Palisadenzaun hin und her. Gleich sah ich, dass Allard schon fast am Ende war. Sein Atem ging rasselnd. Bei jedem Hieb, dem er standhalten musste, entfuhr ihm ein kläglicher Schrei. Hatte er einen Schlag pariert, wich er zurück, sechs, acht, zehn Schritte, bis sein Gegner ihn einholte und ihn erneut zur Abwehr zwang. Wenn die Schwerter gegeneinander krachten, hatten die dünnen Beine Mühe, den plumpen Körper im Gleichgewicht zu halten.

Dabei war Allard im Vorteil. Er hielt in der Linken sogar einen Schild, den ihm noch jemand zugereicht haben musste. Allerdings wurde er dadurch auch schwerer und langsamer, und da er selber keine Schläge austeilen konnte, war Irmo auf solchen Schutz nicht angewiesen. Ich hatte den Eindruck, dass der starke, überlegene Mann seinen jämmerlichen Widersacher nur hetzen und zur Aufgabe zwingen, nicht aber verwunden wollte. Dies entsprach dem Gebot der Klugheit und war wohl der Ausweg, den Odo gemeint hatte. Längst hätte Irmo den Schild zertrümmern und mit einem vernichtenden Hieb den ungleichen Kampf beenden können. Doch immer noch einmal trieb er Allard über den Felsengrund, stellte ihn, zwang ihn zur Gegenwehr, ließ ihn aber wieder entkommen. Schon ging Allard nicht mehr rückwärts, sondern drehte sich schamlos um und rannte davon. Aber mit ein paar raubtierhaften Sprüngen, mit wehendem Mantel einen Bogen beschreibend, schnitt ihm Irmo die Bahn und wieder klirrten die Schwerter. Allard wankte bereits, gleich musste er fallen.

Was würde dann geschehen? In dem gespenstischen Halblicht sah ich die hassverzerrten Gesichter der jungen Adalinge, hörte ich das Geschrei für Allard und die Drohungen gegen Irmo, und ich erschrak vor den Schwertern, Dolchen und Lanzen, die ringsum bereit gehalten wurden. Da besann ich mich meiner Amtspflicht, und hinter dem Rücken der Zuschauer rannte ich hin und her, um unsere Leute zu suchen. Offen gestanden, traute ich denen im Augenblick mehr zu als dem vielbeschäftigten Weltenlenker.

Ich fand sie aber nicht schnell genug – schon stieg ein Entsetzensschrei zum Nachthimmel. Das dem Allard entfallene Schwert glitt über den Felsboden und blieb liegen. Der Trunkenbold selber sank erschöpft auf die Knie. Irmo sah den Kampf für beendet an und wollte sein Schwert in die Scheide stecken. Doch da sprang plötzlich Hug in den Kreis. Seinen Helm aufgestülpt, einen Schild vorgestreckt, vom Geheul seiner Horde angetrieben, stürmte er vor.

Im ersten Augenblick musste der Angegriffene weichen. Natürlich war Hug genauso wenig ein ebenbürtiger Gegner für ihn wie Allard, so wild er auch dreinschlug. Allerdings war es jetzt schwerer für

Irmo, den Kampf zu beherrschen. Hug schrie ihm Beleidigungen zu, die erneut seinen Zorn reizten, und drohte, ihn in den Abgrund zu stürzen. Tatsächlich war Irmo unversehens bis an den Rand der kniehohen Mauer gedrängt. Nun blieb ihm doch nichts anderes übrig, als mit aller Kraft zuzuhauen. Die Stücke des zerschmetterten Schildes flogen dem toll gewordenen Milchbart um die Ohren. Erschrocken wich er zurück und verlor den Helm, der scheppernd über den Boden rollte.

Inzwischen hatte sich Allard wieder aufgerafft. Jemand hatte sein Schwert aufgehoben und brachte es ihm. Jetzt sah ich auch Garibald, wie er bei ihm stand und ihm Zeichen gab. Er deutete auf Irmos ungedeckte Flanke. Allard packte mit beiden Händen das Schwert, schwang es hoch über seinen Kopf und stürzte mit schlingernden Schritten vorwärts. Ehe Irmo noch aufmerksam wurde, fuhr ihm die Klinge in die Schulter. Er schwankte ein wenig und drehte sich um, doch da war Allard bereits entwaffnet.

Ein weiterer Kämpfer war in den Kreis gesprungen.

Der junge Thankmar hatte Allard die Waffe entrissen, nun aber sah er gleich zwei Schwerter vor seinen Augen tanzen. Zwei Burschen von der Horde des Hug drangen gegen ihn vor. Der schmale Jüngling musste nach links und rechts Schläge abwehren. Er tat es mit verzweifeltem Mut, doch ohne Hoffnung, länger als wenige Atemzüge lang standzuhalten. Schon war er verletzt – da sah ich, wie sich Meinrade zwischen den Schraten nach vorn drängte. Gellend schrie sie:

„So helft ihm doch! Ist den niemand da, der ihm

beisteht?“

Nun hielt es auch unseren Helko nicht mehr unter den Zuschauern. Er konnte das Engelsgesicht nicht unglücklich sehen. Mit einem wilden sächsischen Kampfruf sprang er an die Seite des Thankmar und setzte dessen Gegnern so heftig zu, dass sie zurück wichen und, sich gegenseitig behindernd, übereinander stürzten.

Das rief aber gleich die nächsten herbei. Eine mehrfache Übermacht bedrängte Thankmar und Helko, neben dem ich plötzlich auch Fulk bemerkte. Er wollte die Verteidigung der Waffenehre einer königlich-fränkischen Abordnung wohl nicht einem Sachsen allein überlassen. Schon war er mitten im Getümmel und schaffte sich Platz nach Art der Franken, so wie sie das seit Jahrhunderten überall tun, wo gerauft und gefochten wird.

Jeder Versuch, die Leidenschaften jetzt noch zu zügeln, war zum Scheitern verurteilt. Als Garibald unsere Männer im Kampfgewühl sah schwante ihm, was für Unannehmlichkeiten daraus für ihn entstehen konnten. Er bemühte sich nun, die Kämpfer zu trennen, und drängte die Schrate, seine Gefolgschaft, zum Eingreifen. Sie rückten aber nur zögernd vor, um gleich wieder kehrtzumachen, sobald eine scharf geschlagene Klinge die Luft vor ihren Nasen erzittern ließ.

Ich selbst gab nicht auf und versuchte es doch noch mit einem Gebet. Ich flehte zum Herrn, er möge die Glieder der Händel Suchenden ermüden, auf dass alle friedsam würden und voneinander abließen.

Doch mein Gebet hatte nicht die nötige Kraft. Ich wurde dabei auch von einem Kämpfer, der zurück sprang, umgerissen und schlug hart mit dem Kopf auf den Fels. Dies erzeugte ein gewaltiges Dröhnen, doch selbst davon wurde Gottes Ohr nicht erreicht.

Als ich mich – etwas benommen – wieder erhob, sah ich, wie Irmo, dessen rechte Schulter von dem heimtückischen Hieb des Allard getroffen war, sich eines neuen Angriffs des Hug erwehrte. Nun führte er das Schwert mit der Linken, viel weniger kraftvoll, wie sich denken lässt. Mit Mühe parierte er die wütenden Schläge, die Wunde schien ihn arg zu behindern. Hug drängte ihn jetzt gegen den schmalen Felsen, der sich inmitten der Plattform erhob. Um nicht zu straucheln, musste Irmo auf die unterste der dort eingeschlagenen Stufen springen. Im selben Augenblick näherte sich auf ein Zeichen des Hug einer der jungen Adalinge. Zu zweit griffen sie den Verwundeten an und nötigten ihn, noch eine weitere Stufe hinaufzusteigen. Da hörte er plötzlich über sich die Stimme des Allard.

„Wo bleibst du denn, Hurenbräutigam? Ist dir der Weg zu steil … für die Ehre deiner lüsternen Betschwester?“

Wahrhaftig, ganz oben auf dem Felsen lauerte Allard, kniend, mit beiden Händen das zum Schlag erhobene Schwert haltend. Arglistig hatten die Brüder ihren Widersacher auf die steile Treppe zwischen sich gebracht. Unten drohten ihm mittlerweile vier, fünf Schwertspitzen - oben jedoch erwartete ihn ein einziger wuchtiger Hieb auf den ungeschützten Schädel, den er hinauf steigend nicht parieren konnte. Aber er musste ja hinauf, musste die neue Schmähung vergelten! Und so sahen wir, wie er begann, den schmalen Fels, der einem gekrümmten Finger glich, zu erklimmen. Langsam stieg er Stufe um Stufe hinauf, deren jede fast eineinhalb Fuß hoch war. Dabei hielt er den Körper so, dass die linke, die gesunde Seite den Stufen zugekehrt war, damit er sich ab und zu anlehnen konnte. Die verwundete Seite aber war nach außen gekehrt und vom Mantel verdeckt.

Unten erstarb jetzt alle Kampfeslust. Kein Auge wollte eine Bewegung des einsamen Kletterers verpassen. Fünfzehn Stufen ging es hinauf. Und nur eine Handbreit fehlte noch, um den Kopf in den Schlagbereich des Schwertes zu bringen.

Irmo erkannte dies und hielt im Aufsteigen inne. Als grauer Schatten hob seine Gestalt sich kaum von dem Felsen ab, während über ihm sein Gegner mit dem zum Schlag erhobenen Schwert wartete – scharf gezeichnet vor dem vom Mondlicht überstrahlten Himmel.

Eine Hand berührte mich an der Schulter. Odo stand neben mir. Er sah mich an und deutete mit dem Kopf hinter sich. Ich drehte mich um und bemerkte Frau Luitgard, wie sie, weit hinter den Gruppen der Gaffer einsam auf ihrem Stuhl sitzend, die Hände mit seltsamen Schlangenbewegungen umeinander wand und dazu die Lippen bewegte. Zweifellos raunte sie eine Beschwörung.

Dann ging alles sehr schnell. Unter dem Mantel des Irmo zuckte es und gleich darauf blinkte über ihm etwas im Mondschein. Allard heulte auf und ließ das Schwert los, das herab fiel und klirrend über die Stufen herunter purzelte. Gleich darauf hatte Irmo die letzten Stufen erklommen. Wie ein Bär warf er sich auf Allard, der immer noch heulte. Es gab einen kurzen Kampf, das Geheul verstummte. Irmo erhob sich zur vollen Größe. Allard blieb neben ihm liegen, und wir dachten natürlich, dass er tot war.

Unterdessen war niemandem aufgefallen, dass Hug sich entfernt hatte. Jetzt sahen wir ihn aus einem der Häuser auftauchen, einen Bogen in Händen, einen Köcher mit Pfeilen umgehängt. Odo begriff als Erster, was der Bursche im Schilde führte. Beinahe wäre ich abermals niedergeworfen worden, als er mich und ein paar andere zur Seite stieß, und auf Hug losrannte.

Zu spät – der Bogen war schon gespannt, das Ziel auf der Kuppe des Felsens fast unverfehlbar. Der Pfeil schnellte von der Sehne und hätte wohl auf die kurze Entfernung sicher getötet, wenn der Schütze, der Odo auf sich zu stürzen sah, den Abschuss nicht überhastet hätte. So verfehlte der Pfeil Irmo und schwirrte hart über den neben ihm liegenden Allard hinweg. Gleich darauf war Odo bei Hug. Er entriss ihm den Bogen, spannte diesen über sein Knie und zerbrach ihn.

Oben aber erhob sich Allard zu unser aller Erstaunen, taumelte zwei Schritte rückwärts und schrie:

„Seid ihr da unten noch bei Verstand? Wollt ihr mich umbringen? Hört auf damit! Wartet nur, wenn ich …“

Der Rest war ein unnatürlich kreischender Laut im Augenblick des höchsten Entsetzens. Irmo hatte sich vorgebeugt und einen Arm ausgestreckt. Mir schien, dass er Allard packen und festhalten wollte. Doch der war am Rande der schmalen Kuppe ausgeglitten und abgerutscht. Schaurig hallte sein Schrei aus dem Abgrund herauf.

Einen Augenblick lang waren alle stumm. Dann schrien ein paar Frauen auf und gleich darauf erhob sich ein allgemeiner Tumult.

Herr Garibald stürzte auf mich zu.

„Habt Ihr das gesehen? Er hat ihn hinab gestoßen!"

„Aber mir schien, er wollte ihn festhalten …"

Es war sinnlos zu widersprechen. Niemand hörte auf mich.

„Du hast es doch auch gesehen!"

„Ja, ja, ganz deutlich."

„Hast du es gesehen?"

„Hab ich. Natürlich."

„Er hat den Arm ausgestreckt und ihn hinab gestoßen."

„Genauso war es."

„Auch du bist Zeuge! Umgebracht hat er ihn. Erst den Vater, jetzt den Sohn."

Die Horde des Hug versammelte sich am Fuße des Felsens.

„Komm herunter!", rief Hug. „Wir wollen den Helden auf den Schild heben!"

„Wollen ihn zum König ausrufen!", höhnte ein anderer.

„Zum König der Mörder!", schrie ein Dritter.

Er wurde hart gepackt und beiseite gestoßen.

„Niemand wage, ihn anzurühren!“, sagte Odo so laut, dass alle es hören konnten. „Und nun Platz gemacht!“

Mein Amtsgefährte hatte sein Schwert gezogen und mit der flachen Klinge teilte er Hiebe aus. Die jungen Kerle wichen zurück. Odo sprang auf die erste Stufe und hatte im nächsten Augenblick die steile Treppe erstiegen.

Oben sahen wir ihn an den Rand der Kuppe treten und einen Blick in den Abgrund werfen. Dann sprach er kurz mit Irmo und gleich darauf machten sich die beiden an den Abstieg. Odo erlaubte dem Verwundeten, seine Schulter als Stütze zu benutzen. Er nahm die Stufe zuerst und Irmo, die linke Hand aufgestützt, folgte. So gelangten sie nach unten und gingen, beide gleich groß und alle anderen überragend, an den finster starrenden, böse Bemerkungen machenden jungen Adalingen vorüber wie die heidnischen Heldenzwillinge Castor und Pollux an der Herde der zwar noch stampfenden, schnaubenden, aber gebändigten Rosse.

Nur Herr Garibald trat ihnen entgegen.

„Irmo, Sohn des Meginfred!“, rief er. „Du hast zwei Söhne unserer Familie getötet. Dafür wirst du uns Rechenschaft geben – so oder so!“

„Im Falle des Allard ist Eure Beschuldigung unzutreffend“, erwiderte Odo an Irmos Stelle.

„Mein Neffe liegt unten im Abgrund!“

„Ja …“

„Er wurde hinab gestürzt!“

„Hinab gestürzt!“, grollten die Schrate.

„Nein“, sagte Odo. „Er wurde nur durch ein Messer verwundet, damit er das Schwert fallen ließ. Danach erhob er sich und trat selbst an den Rand der Kuppe, weil er Angst vor einem weiteren Pfeilschuss hatte. Das bestätigen auch seine letzten Worte, die alle gehört haben. Schickt möglichst gleich einen Suchtrupp ab. Es könnte ja sein, dass er noch lebt. Außerdem gibt es Verletzte, denen man helfen muss. Dieser Mann wurde an der Schulter getroffen …“

„Verrecken soll er!“, schrie Garibald.

Im selben Augenblick sah er, wie wenige Schritte entfernt seine Tochter Meinrade Thankmar ein Tuch um die blutende Hand wickelte.

„Weg von dem!“, fuhr er sie an. „Dein Vetter liegt unten in der Schlucht und du sorgst dich um seine Mörder!“

„Seine Mörder?“, widersprach der junge Mann heftig. „Seid Ihr von Sinnen? Was fällt Euch ein?“

„Schweig und verschwinde! Verlasse das Rabennest!“

„Erst muss ich seine Wunde versorgen!“, rief Meinrade. „Er ist mein Verlobter.“

„Das war er!“, donnerte Garibald. „Auch ich bin der Meinung, dass meine Tochter zu teuer ist – für einen wie diesen, der an der Seite unseres Feindes das Schwert zieht!“

Die Jungfrau brach in Tränen aus. Der junge Mann strich ihr tröstend über das Haar.

„Gräme dich nicht“, sagte er. „Du bekommst einen andern. Ja, du verdienst einen Besseren. Der dort …“

Er deutete auf unseren Helko, der auf einem Holzstoß hockte. „ … das ist mein neuer Waffengefährte. Er hat mir im Kampf geholfen. Ohne ihn wäre es mir schlecht ergangen. Er hat mehrere Wunden. Bitte kümmere dich um ihn. Wir müssen jetzt fort.“

„Ja“, sagte Irmo. „Es wird Zeit für uns.“

„Mit dieser Verletzung?“, wandte Odo ein.

„Es wird gehen. Weit ist es ja nicht. Für Eure Hilfe danke ich Euch. Meinen Auftrag habe ich überbracht. Schließt Euch uns an, wenn Ihr wollt. Warten können wir jetzt nicht mehr.“

Er legte die Hand auf die Schulter eines jungen Gefährten und langsamen Schrittes gingen die beiden auf das Palisadentor zu. Draußen, vor dem Haupttor, wartete ihr Gefolge, das man nicht eingelassen hatte.

„Öffnet ihnen und lasst sie hinaus!“, befahl Herr Garibald einem Knecht.

Und als wir so standen und ihnen nachblickten, fügte er zwischen den Zähnen hinzu:

„Besser wäre es, sie in Eisen zu legen:“

Die Suche nach Allard – oder dem, was von ihm übrig war – blieb zunächst erfolglos. Er musste sehr tief hinab in ein Gehölz gestürzt sein, das sich unterhalb des Rabennests am Berghang ausbreitete. Dort in der Nacht nach ihm zu fahnden, war ein sinnloses Unterfangen. Die ausgesandten Knechte kehrten bald unverrichteter Dinge zurück. Herr Garibald beschimpfte und schlug sie, nannte sie feige und niederträchtig, weil sie den Unglücklichen, ob tot oder noch lebendig, dem umher streifenden Raubgetier auslieferten. Aber er schickte sie kein zweites Mal aus, sondern beschloss, den Morgen abzuwarten. Aus den Schlafhäusern des Herrenhofs waren die ganze Nacht lang, mal heftig, dann wieder gedämpft, das Gejammer der Frauen und die dumpfen Reden der Männer zu hören.

Es bedarf kaum der Erwähnung, dass auch wir wenig Ruhe fanden. Im Saalhaus schütteten uns die Mägde Stroh auf und wir breiteten unsere Felle und Decken aus. Doch die Waffen wurden bereit gelegt und je zwei von uns hielten am Eingang Wache. Dass vom Burgherrn keine Gefahr ausging, glaubten wir weiterhin. Unberechenbar aber war die Bande des Hug, dem Odo zwei heimtückische Anschläge vereitelt hatte. Wer konnte ahnen, was diese gewalttätigen und gewissenlosen jungen Hitzköpfe ausheckten?

Ich war zufrieden, als ich das Los für die erste Wache zog. Nach allem, was sich ereignet hatte, war mein Geist viel zu aufgeregt, um sich dem Bedürfnis des Körpers nach Schlaf zu ergeben. Vor dem Saalhaus auf den Stufen hockend, das Messer wieder zwischen den Falten der Kutte, lauschte ich auf die Stimmen und spähte argwöhnisch nach den Gestalten, die noch von Zeit zu Zeit zwischen den Häusern hin- und her huschten.

Allerdings kam ich nicht dazu, über einige Verdachte und Vermutungen nachzusinnen. Daran hinderte mich Helko, der Gefährte meiner Wache, der als Einziger von uns allen nicht missgestimmt war. Im Gegenteil, obwohl er den Kopf und den Oberschenkel mit blutgetränkten Binden umwickelt trug, war er vergnügt wie ein Zeisig. Er sang sogar leise vor sich hin, irgendwelche Lieder aus seiner sächsischen Heimat. Dazwischen unterhielt er mich mit Jagderlebnissen. Ich ahnte schon, was mit ihm los war und er gestand es mir schließlich auch. Er hatte sich in das Engelsgesicht verliebt, und da die Verlobung der Jungfrau nun gekündigt war, machte er sich Hoffnungen.

Ich wusste nicht, ob ich ihn beneiden oder bedauern sollte. Es ist schon ein kleines Wunder, wie das Lächeln oder die Tränen einer pausbäckigen Jungfrau einen jungen Mann verwandeln können, sodass er nicht einmal die Schmerzen spürt, die ihm seine Wunden verursachen. Die Liebe zu Gott, ich gestehe es aufrichtig, hat bei mir nie eine so betäubende Wirkung gehabt. Dennoch seufzte ich insgeheim über die Einfalt des armen Jungen. Konnte er, der verwaiste und mittellose Sohn eines kleinen sächsischen Edelings, Garibalds Tochter je zur Frau gewinnen?

Noch einen anderen hatte ein Weib in Unrast versetzt, doch es war keine fröhliche wie bei Helko. Auch Odo konnte nicht schlafen. Er erhob sich nach einer Weile und trat vor die Tür. Barfuß, nur mit Hose und Tunika bekleidet, schritt er ziellos auf und ab. Als ich ihn ansprach, knurrte er abweisend. Lange stand er an der Mauer und blickte auf das mondbeschienene Tal und die Hügelkette am Horizont. Doch immer wieder schielte er auch nach den Schlafhäusern hin.

Die geheimnisvolle Witwe war es natürlich, die ihm nicht aus dem Sinn ging. Vielleicht hoffte er, dass sie plötzlich hinter dem Sackvorhang einer der Türen auftauchen und ihm ein Zeichen geben würde. Dergleichen geschieht ihm ja zuweilen an Orten, wo wir rasten, und manchmal sind es, wie ich beobachten konnte, gerade die bei Lichte unnahbarsten und scheinbar tugendhaftesten Frauen, die im Dunkeln zu rasenden Messalinen werden. Doch in dieser Nacht blieb ihm ein Gunstbeweis versagt, und schließlich verschwand er brummend wieder im Saalhaus.

Bis zum Morgen ereignete sich nichts mehr. Unsere Ängste erwiesen sich glücklicherweise als unbegründet. Es dämmerte schon, als mich doch noch der Schlaf übermannte. Odo musste mich heftig rütteln, um mich zu wecken.

Inzwischen war die Sonne längst aufgegangen. Die Knechte hatten Allard gefunden und herauf gebracht. Es war sein Leichnam, wie zu erwarten, den sie vor der Treppe des Saalhauses auf einer Decke niedergelegt hatten. Der Körper war blutbesudelt und in der Mitte fast zerstört und überhaupt nicht mehr füllig, weil die Eingeweide zum größten Teil abgerissen oder herausgefallen waren. Der Verunglückte war nämlich auf eine trockene Kiefer gestürzt, die ihn sozusagen gepfählt hatte. Als ihn die Männer entdeckten, hing er hoch in der Luft, und sie mussten den Baum erst fällen, um ihn abnehmen zu können. Das Gesicht war völlig unversehrt, wenn auch vom Schreck und Grauen verzerrt. Das purpurfarbene Näschen strebte noch immer himmelwärts, doch habe ich große Zweifel, dass dies die Richtung ist, in welche die Seele des Allard sich aufgemacht hat. Nichtsdestoweniger betete ich für ihr Heil und sang für den Toten die Verse des einundfünfzigstens Psalms, mit denen der Schuldbeladene zum Herrn fleht, er möge das Antlitz vor seinen Sünden verbergen, seine Missetaten tilgen und die Gebeine fröhlich werden lassen, die er zerschlagen hat. Viel genützt haben wird es wohl nicht.

Wir rüsteten dann unverzüglich zum Aufbruch. Herr Garibald machte zwar einen schwachen Versuch, uns zurückzuhalten, und lud uns sogar ein, während des Aufenthalts in der Grafschaft unser ständiges Quartier im Rabennest zu nehmen. Doch außer bei Helko, der keine Stimme hat, stieß er dabei auf kühle Ablehnung. Er drängte auch nicht weiter, sondern rief sogar einen Knecht herbei, der uns auf der von Irmo erwähnten Abkürzung zu Rothari bringen sollte. Denn natürlich hatte er noch keine Zeit gehabt, den Pass räumen zu lassen.

Der Herr des Rabennests war grau im Gesicht und übermüdet. Die Augen unter den tief gesenkten Lidern schienen unbeweglich geworden zu sein. Kaum konnte er seine üble Laune verbergen, die ihre Ursache wohl nicht nur im Tod seines Neffen, sondern auch im Scheitern seines aufwendig ins Werk gesetzten Plans hatte. Er musste sich eingestehen, dass es ein Fehler war, uns in seine Felsenburg zu locken, denn er hatte dabei mehr verloren als gewonnen. Beim Abschied am Haupttor stellte er dennoch die trotzige Frage, wann wir gedächten, eine Gerichtsversammlung einzuberufen. Er wollte sich einfinden, um wegen zweier Morde an Mitgliedern seiner Familie sein Recht zu erstreiten.

Darauf erklärte ich ihm mit nüchternen Worten, dass wir ihm rieten, im Falle des Allard auf eine Klage zu verzichten, da es sich ohne Zweifel um einen Unfall gehandelt habe. Wir selber seien ja dafür Zeugen. Er habe sogar noch Glück gehabt, fügte ich hinzu, dass der Gefolgsmann des Grafen am Leben geblieben sei, der in seinem Hause herausgefordert, angegriffen und aus dem Hinterhalt verwundet wurde, obwohl er friedlich gekommen war, um eine Botschaft zu überbringen. Rotharis Sohn und einer unserer Männer seien ebenfalls verletzt worden. Dass es unter den Augen von Stellvertretern des Königs zu solcher Unordnung kam, sei eine Beleidigung des Herrschers selbst, und nur unsere Dankbarkeit könne uns daran hindern, ein Bußgeld in Höhe von sechzig Solidi zu erheben. Was den vermuteten Mord an seinem Bruder Bardo betreffe, so könne er selbstverständlich klagen, und falls er durch Zeugen die Schuld seines Gegners beweisen könne, solle er volle Genugtuung erhalten. Eine außerordentliche Gerichtsversammlung werde sobald als möglich einberufen. Wir selbst würden Sorge dafür tragen, dass er rechtzeitig benachrichtigt werde.

Er nickte stumm und stand reglos und schweigend am Tor, als wir abrückten. Einige Schrate hatten sich zu ihm gesellt und starrten finster. Weder Hug noch einer von seiner Horde ließ sich an diesem Morgen blicken. Auch die Hausherrin blieb unserem Abschied fern, ebenso wie Frau Luitgard. Nur das traurige Engelsgesicht der Meinrade lugte aus einem

Grüppchen von Mägden hervor, doch Helko wollte der Jungfrau Ärger ersparen und versagte sich deshalb, ihr zuzuwinken.

„Ich muss gestehen“, bemerkte Odo, als wir nun wieder durch den Wald zogen, „dass diese Thüringer Lebensart haben. Wo immer wir herbergten … so viel Kurzweil wurde uns selten geboten. Bist du nicht auch dieser Meinung, Vater?“

5. Kapitel

Noch immer wussten wir wenig von dem Mann, dem unser Herr Karl, der König der Franken und Langobarden, den Grafentitel verliehen hatte und der seitdem im Tannengrund an seiner Stelle die Macht ausübte.

Allen Aussagen über Rothari war gemeinsam, dass er unter den Großen der Gegend nicht beliebt war, die ihn als einen der Ihren uns Fremden gegenüber zwar nicht offen herabsetzten, aber doch immer zu verstehen gaben, wie wenig sie von ihm hielten. Umgekehrt schien es nicht anders zu sein. Graf Hademar hatte nur die Schultern gezuckt, als wir ihn fragten, ob Rothari die Verbindung zu seinen Amtsgefährten nördlich des Waldgebirges suche. Der sei viel auf Reisen, erfuhren wir, und kümmere sich nicht um seinesgleichen. Und der eifrige Hademar ließ durchblicken, dass die Vernachlässigung des Straßenbaus wohl nur auf eine allgemeine Schlamperei und Trägheit zurückzuführen sei. Dies deckte sich mit dem, was wir von Garibald gehört hatten. Auch wenn der Herr des Rabennests seine selbstsüchtigen Ziele verfolgte, mochten die von ihm benannten Missstände wohl bestehen.

Besser schien es hingegen um die Religion Rotharis bestellt zu sein. Ich hatte den Eindruck, dass auch mein Mönchsgewand und mein geistliches Amt dazu beitrugen, in unserer Gegenwart nicht allzu heftig über ihn herzuziehen. Nur der betrunkene Allard hatte sich vergessen und die Tochter des Grafen ihrer

Frömmigkeit wegen geschmäht, zu der sie offensichtlich erzogen war. Auch dass ein Verlobungsvertrag gelöst werden sollte, um dieser Jungfrau einen zwar edelgeborenen, aber unwürdigen Gemahl zu ersparen, sprach für den Grafen. So etwas kommt ja selten vor, und auf jeden Fall zeugt es von Mut, sich die Feindschaft und die Rachegelüste der zurückgewiesenen Sippe zuzuziehen. All dies ließ mich vermuten, dass Herr Rothari in mehr als einer Beziehung unter den Edlen des Landes eine Ausnahme war.

Meine Ahnungen wurden weit übertroffen.

Schon seine äußere Erscheinung war für einen Thüring höchst ungewöhnlich. Der Mann, der uns den Willkommensgruß bot, ähnelte jenen vornehmen Herren, die man in den alten Städten des gallischen Reichsgebietes antrifft und die sich noch immer als Senatoren bezeichnen, obwohl dieser Rang längst abgeschafft ist. Er war etwa fünfundvierzig Jahre alt, mittelgroß, hager und hatte den prächtigen Schädel alter Römerskulpturen. Seine edel gezeichneten, etwas verbitterten Züge waren die eines im Kloster gealterten Prinzen, den man von der Thronfolge ausgeschlossen hat. Das graue Haar trug er gewellt und nach vorn gekämmt, um die Kahlheit seiner Stirn zu verdecken, der Bart war ebenfalls künstlich gelockt und sorgsam gestutzt. Goldene und mit Edelsteinen besetzte Fibeln zierten seine Gewänder, die schlanken Hände waren mit kostbaren Ringen geschmückt. Seine Kleider entsprachen zwar der Landessitte, waren aber nicht aus dem gewöhnlichen selbstgefertigten Wollstoff grob zusammen genäht, sondern aus feinem Tuch, fachmännisch zugeschnitten, mit zierlichen Borten gesäumt und mit Nähten, die fast unsichtbar waren. An seiner Brust trug der Graf eine Reihe von silbernen Pfeilspitzen, was hier als Herrschaftszeichen gilt.

Herr Rothari empfing uns mit großer Herzlichkeit, entschuldigte sich für die Ungelegenheiten, die wir gehabt hatten, vermied es jedoch zunächst, auf die Vorfälle im Rabennest näher einzugehen. Er sagte nur, dass sein Sohn, der in der Frühe glücklich heimgekehrt sei, ihm alles berichtet habe. Da wir erwartet wurden, waren die nötigen Anordnungen schon getroffen, und während unser Gefolge seine Unterkunft bezog und unsere Tiere in die Ställe geführt wurden, geleitete uns der Graf in seine Wohnung.

Hier gab es eine weitere Überraschung, die umso größer war, als sich das gräfliche Anwesen auf den ersten Blick kaum von anderen Gutshöfen dieser Gegend unterschied. Hinter einem steinernen Wall liegt der Wirtschaftshof mit Hütten, Scheunen und Ställen, und durch eine anmutige kleine Tannenpflanzung erreicht man das wuchtige, von Eichenholz gezimmerte Saalhaus mit Treppe und Veranda. Seitlich davon erhebt sich aber auf einem künstlich errichteten moosbewachsenen Hügel ein zweites, kleineres Haus mit Wänden von Stein, und einem Schindeldach. Dieses betretend glaubte ich mich in die Gemächer eines Bischofs versetzt.

Zuallererst fiel auf, dass es hier Bücher gab. Noch nie hatte ich in einer gräflichen Wohnung Bücher gesehen. In einem Schränkchen standen prachtvoll gebundene Kodizes, ein bebildertes Werk lag aufgeschlagen auf einer Bank. Einen Schreibtisch mit zierlich geschwungenen Beinen bedeckten Pergamente. Eines davon war erst zur Hälfte beschrieben, und die Feder lag quer auf dem Tintenfass, so als habe der Graf die Niederschrift eines Briefes oder einer Abhandlung gerade unterbrochen. Auch Wachstafeln, in die Notizen eingeritzt waren, lagen in großer Zahl herum. Die Wände der beiden durch eine offen stehende Tür verbundenen Räume waren mit Malereien bedeckt, die Jesus mit Maria und Martha, die Versuchung in der Wüste und andere biblische Szenen darstellten.

In dem kleineren Zimmer, in dem sich das mit einer bestickten Seidendecke überzogene Bett befand, dem Schlafgemach also, sah ich auch Bathseba am Brunnen und Eva beim Sündenfall, wobei sich die Einbildungskraft des Künstlers, zweifellos auf Wunsch seines Auftraggebers, weit mehr an den üppigen Formen als an den erbaulichen Inhalten entzündet hatte. Es war aber auch ein recht anrührend gemaltes Bildnis zu sehen, das die aus Thüringen stammende heilige Radegunde von Poitiers bei der Speisung von Armen zeigte.

Herr Rothari lud uns ein, Platz zu nehmen, und ließ Wein bringen, wobei er wie selbstverständlich auf ein steifes Willkommenszeremoniell verzichtete. Wir fanden ihn liebenswürdig, mitteilsam und keineswegs unzugänglich. Schon nach den geschilderten ersten Eindrücken war mir klar, dass ein solcher Mann unter den thüringischen Großen ein Buntspecht unter Saatkrähen war, woraus sich Vorbehalte und Abneigungen leicht erklärten.

Was uns betrifft, so brachte er uns – insonderheit mir – gleich Vertrauen entgegen, Bereitwillig zeigte er mir seine Schätze im Bücherschrank, darunter einen wundervollen Vergil, aus dem er gleich in fließendem Latein rezitierte. Als ich vorsichtig, um nicht als überheblich zu gelten, mein Erstaunen zum Ausdruck brachte, im hintersten Thüringen einen so hochgebildeten, kunstsinnigen Mann zu treffen, lachte er und erbot sich sogleich, uns seine Geschichte zu erzählen.

In wenigen Worten will ich sie wiedergeben.

Er war der jüngste von vier Söhnen, und sein Vater hatte beschlossen, das Erbe nicht, wie es bei uns Franken Brauch ist, zu zerstückeln, sondern dem ältesten ungeteilt zu überlassen, die anderen aber zu versorgen und abzufinden. Rothari wurde für den geistlichen Stand ausersehen, und schon im Knabenalter brachte man ihn in das Erfurter Peterskloster. Hier hatte er das Glück, die Aufmerksamkeit eines Chorherrn zu erringen, der dort lehrte, bald darauf aber von seinem Bischof mit einer Mission an den Heiligen Stuhl betraut wurde. Der Chorherr erbat die Gunst, den jungen schreibgewandten Rothari als Helfer und – doch darüber schwieg der Graf und ich wage nicht, mehr zu vermuten – … als Begleiter und Helfer also mitzunehmen, und es wurde ihm gewährt. In Rom gewann der Chorherr das Vertrauen des Papstes, und bald darauf wurde er zum Legaten ernannt. Nun führten ihn weite Reisen an den Hof König Pippins, des Vaters unseres Herrn Karl, aber auch nach Burgund und Aquitanien. Immer dabei war der junge Subdiakon Rothari, der auf diese Weise die Welt, das Reich, das sonnige Italien, das liebliche Gallien, die Paläste der großen Herren und das aufregende Leben in den Städten des Südens kennenlernte. Eine glänzende Zukunft lag vor ihm, irgendwo in den oberen Rängen der kirchlichen Hierarchie. Dafür versprach sein Gönner zu sorgen. Plötzlich jedoch kamen Nachrichten aus der Heimat, und alles hatte ein jähes Ende.

Seine drei Brüder waren tot. Einer, der ihm dem Alter nach nächste, war auf einem der ersten Feldzüge des neuen Königs Karl gefallen. Die beiden ältesten aber, die zu Hause geblieben waren, der eine als Gutsherr, der andere als sein Verwalter, hatten Streit miteinander bekommen und diesen auf herkömmliche Weise während eines Jagdausflugs ausgetragen. Einer starb auf der Stelle, der andere in paar Tage später infolge seiner schweren Verletzungen. Rothari, der einzige noch lebende Bruder, musste den Besitz übernehmen.

Tief betrübt nahm er Abschied von allem, was ihm teuer war – seinem Gönner, seinen hochgestellten Freunden, den edlen Frauen, den Palästen, den Städten, den pomphaften Prozessionen, den rauschenden Festen –, „um in den finstersten aller Winkel, aus dem ich hervorkroch, zurückzukriechen". Hier heiratete er eine (kürzlich verstorbene) Einheimische, zeugte den Sohn und die Tochter und lebte nach der Art seiner Väter, als Waldbauer.

Irgendwann, als er es nicht mehr aushielt, ließ er Künstler und Bauleute aus Italien kommen, die ihm das kleine Refugium schufen, in dem wir uns gerade befanden. Und immer noch schrieb er an Freunde aus jenen unvergesslichen Jugendjahren, hohe Würdenträger darunter, er empfing deren Briefe und besuchte auch diesen und jenen zuweilen. Sein alter Gönner war nicht mehr am Leben, hatte ihn aber noch dem am Hofe mächtigen Herrn Alkuin empfohlen, dem er die Ernennung zum Grafen verdankte. Er habe sich nicht nach dieser Würde gedrängt, schloss Herr Rothari seinen Lebensbericht, da sie ihm eher eine Last als eine Erfüllung sei. Doch habe er nicht ablehnen können. Wenn nicht weltkundige, aufgeschlossene Männer die Zügel in die Hand nähmen, würde Thüringen zu allen Zeiten als müder Gaul den anderen hinterher trotten.

Er machte dann noch einige spöttische Bemerkungen über den Grafen Hartrat und seine Getreuen, die ja vor einigen Jahren einen Aufstand versucht und – nach dem strengen Urteilsspruch des Herrn Karl – fast alle dafür mit dem Leben gebüßt hatten. Er nannte sie verächtlich „Metsäufer“, die das Land in die Zeit der Germanen zurückschleppen wollten. Ihm sei die Nähe der Gräuel zum Glück erspart geblieben, fügte er hinzu, damals sei er gerade in Mailand gewesen, wohin ihn ein alter Freund zur Falkenjagd eingeladen hatte. Dieses Vergnügen gönne er sich nun jedes Jahr, und der gute alte Freund, ein reicher Benefiziat aus langobardischem Adelsgeschlecht, dränge ihn sogar, für immer nach Italien zu kommen. Daran habe ihn bisher leider das Amt gehindert. In ein paar Jahren jedoch, wenn sein Sohn Thankmar das nötige Alter für die Nachfolge habe, werde er seine Beziehungen bei Hofe, besonders zu Herrn Alkuin, nochmals in Anspruch nehmen und um seine Ablösung bitten. Dies sei er auch seiner Gesundheit schuldig, die dem rauen Gebirgswetter und den endlosen Wintern schon lange nicht mehr gewachsen sei.

Ich gestehe, dass ich den Ausführungen des wortgewandten und feingeistigen Herrn mit dem größten Vergnügen gefolgt war. Ab und zu hatte ich auch eine Frage gestellt und ihn damit genötigt, noch weiter auszuholen, wozu er jedoch gern bereit war. Dabei blieb es nicht aus, dass er seine Rede mit Anspielungen und Zitaten würzte, die seine reiche Kenntnis des geistlichen und weltlichen Schrifttums bewiesen. Manchmal antwortete ich ihm, und dann warfen wir uns die Zitate wie Bälle zu, wobei wir ganz selbstverständlich zum Lateinischen überwechselten. Erst wenn Odo dann deutlich Unmut zeigte, seine Hände knetete und seinen Schnurrbart zupfte, kehrten wir zum Romanischen zurück, das Rothari, da er sich ja lange jenseits des Rheins aufgehalten hatte, ebenso glänzend beherrschte.

Der Graf lächelte dann jedes Mal schuldbewusst und sagte, dass er großen Genuss empfinde, weil ihm zum ersten Mal seit langem wieder ein so gebildeter, seiner geistigen Welt vertrauter Mann gegenüber sitze. Damit meinte er mich natürlich, nicht Odo, der ja leider trotz meiner gelegentlichen Bemühungen um Abhilfe des Lesens ganz unkundig und noch immer nicht in der Lage ist, mehr als die drei Buchstaben seines Namens zu schreiben, das heißt eigentlich nur zwei, denn einer erscheint ja doppelt. Nichtsdestoweniger ist mein stolzer Freund sehr empfindlich, wenn seine Schwäche offenbar wird, und in diesem Fall – ich kann nicht sagen, ob zu Recht oder nicht – schien er aus den Bitten des Grafen um Nachsicht sogar etwas Spott herauszuhören. Da er außerdem gewöhnt ist, bei unserer Ankunft an fremden Orten zunächst allein das Wort zu führen, sah er sich an die Stelle gedrängt, die sonst ich demütig einnehme, und das gefiel ihm ganz und gar nicht.

Sein Unbehagen steigerte sich, und ich bemerkte mit Besorgnis, dass er – zunächst ganz leicht, doch zunehmend stärker – eine Abneigung gegen den Grafen fasste. Einmal, als sich Rothari (wie oben erwähnt und ich räume ein, etwas zu volltönend) als einen der weltkundigen Männer bezeichnete, die die Zügel des müden Gauls Thüringen in die Hand nehmen mussten, konnte ich ihn nur durch heftiges Räuspern daran hindern, harsch dazwischen zu fahren. Vermutlich wollte er fragen warum die Straße noch nicht gebaut sei, auf der sich der müde Gaul in Galopp setzen könne.

Ich fand aber, dass wir es hier nicht anders als überall halten sollten – nämlich den ersten Tag unseres Aufenthalts ganz unserem Gastgeber zu überlassen. So konnten wir ihn kennenlernen und studieren, unser Wissen über das Mandatsgebiet vervollständigen und damit mehr Einsicht und Urteil gewinnen.

Für die unangenehmen Dinge war später noch Zeit. Wäre es nach mir gegangen, hätten wir damit sogar mehrere Tage, eine Woche oder noch länger gewartet. Auch ich hatte ja seit geraumer Zeit mit niemandem gesprochen, der den Vergil zitieren konnte. Welche Gelegenheit – besonders nach dem, was wir gerade erlebt hatten!

Über die Vorgänge im Rabennest war auch nach Stunden unseres Aufenthalts bei Rothari kaum gesprochen worden. Nur einmal, als die Tochter des Grafen, Fräulein Eddila, hereinkam, um uns vorgestellt zu werden, ließ es sich nicht vermeiden.

Die edle Jungfrau war aus der Hauskapelle gekommen, wo sie, wie sie sagte, „lange und inbrünstig" für die Genesung ihres Bruders und Herrn Irmos gebetet hatte. Herr Rothari bemerkte, sie könne nun künftig von ihrem künftigen Bräutigam sprechen, da sich Allard vom Rabennest in dieser Nacht ja zu Tode gestürzt habe. Er sagte dies mit der Sicherheit des genau Unterrichteten, woraus sich schließen ließ, dass ihn auch die Kunde von der Bergung des Leichnams schon vor unserer Ankunft erreicht hatte. Denn wir selber hatten darüber nichts mitgeteilt.

Fräulein Eddila gestand dann schüchtern, sie habe auch für das Seelenheil des Allard gebetet. Ihr Vater belobigte sie dafür und wurde plötzlich heiter, als er ihr mitteilte, Thankmar und Irmo seien sogar schon so weit wiederhergestellt, dass sie sich in einer wichtigen Angelegenheit auf den Weg machen konnten. Und als sie ihn fragte, um was es sich handle, tat er geheimnisvoll, küsste sie zärtlich und bat um Geduld. Nur so viel wollte er schon verraten, dass ihr am selben Tag noch eine große Freude bevorstünde.

Das Fräulein Eddila schlug die Augen nieder, kicherte verlegen und huschte hinaus. Sie war ihrem Bruder ähnlich – helläugig, blondgelockt, doch sehr dünn, und ihre Haltung war ebenso ungelenk. Ihr langer Rock war in Höhe der Knie deutlich abgewetzt, was auf ausgedehnte Aufenthalte vor Gottes Altar schließen ließ. Schmuck schien sie zu verschmähen, sie trug nicht einmal Ohrringe oder ein Halskettchen, auch nichts am Gürtel. Es war nicht leicht, sich den strahlenden, kraftgeladenen Irmo und dieses unscheinbare Geschöpf als Paar vorzustellen.

Herr Rothari warf ihr einen zufriedenen Vaterblick nach und ließ uns wissen, dass sie große Talente besitze. So sei sie eine Schreibkünstlerin, die es mit den Besten in den Scriptorien der Klöster aufnehmen könne. Er selbst habe sie unterrichtet, doch sei sie als Schülerin längst über ihn hinaus gewachsen. Auch jetzt eile sie in ihre Kammer, um sich ans Pult zu setzen und an einem Epistolarium zu arbeiten, das sie ihm zum Weihnachtsfest schenken wolle.

Einen Augenblick schien der Graf zu überlegen, ob er uns vielleicht noch eine Erklärung schulde. Er sagte dann aber nur, da wir Allard und seine Sippe kennengelernt hätten und selber Zeugen ihres niederträchtigen Benehmens gewesen seien, könnten wir wohl verstehen, dass er nach dem Tode des jungen Mannes keine Trauer empfinde. Der habe zwar zu seiner Gefolgschaft gehört, doch sei er die meiste Zeit, weil kaum zu verwenden, beurlaubt gewesen.

Die Verlobung mit Eddila sei wie auch die seines Sohnes mit Garibalds Tochter, ein untauglicher Versuch gewesen, mit den Rabennestleuten, unverbesserlichen Störenfrieden, in ein Einvernehmen zu gelangen. So könne er nicht bedauern, wie alles gekommen sei. Zweifellos, fügte er milde hinzu, sei der Unglückliche kein vollkommen nutzloser Mensch gewesen. Er habe vor einiger Zeit eine Riesenforelle geangelt, , die größte, die je in den Wildwassern des Tannengrunds gefangen wurde. Und aus einem Wettbewerb im Biertrinken, den die Gefolgsleute des Grafen mit den Hufebauern der Umgebung veranstaltet hätten, sei er als Sieger hervorgegangen.

„De mortuis nil nisi bene" zitierte Herr Rothari lächelnd.

Später führte uns der Graf auf seinen Olymp. So bezeichnete er scherzhaft einen Aussichtspunkt, von dem aus er sein Herrschaftsgebiet, den Tannengrund, zu einem großen Teil überblicken konnte. Es handelte sich um eine hohe alte Linde, die wir nach einem kurzen Marsch einen Bergpfad hinauf erreichten. In deren Krone hinein war nicht weit unter dem Wipfel eine Plattform aus dünnen Stämmen gezogen, zu der man mit Hilfe einer Leiter hinaufstieg und wo eine Bank stand. Hier ließen wir uns nieder, im kühlen Schatten, vom dichten, leise raschelnden Blattwerk umfächelt, und genossen tatsächlich einen Blick, der auch die alten olympischen Götter (einmal angenommen, dass es sie gab) entzückt hätte. Herr Rothari hatte von einem Diener einen Korb mit

Wein und Backwerk heraufbringen lassen, sodass es uns dort oben wahrhaftig an nichts mangelte.

Er gestand uns, dass er in der freundlichen Jahreszeit den größten Teil des Tages an diesem Platz verbringe, mit einer Wachstafel oder mit einem Buch. Sogar Verse seien ihm hier ab und zu eingefallen. Von diesen wollte er uns auch gleich eine Probe geben, und ich setzte mich schon bequem zum Hören zurecht, die Hände behaglich über dem Bauch gefaltet … doch da war es Odo endgültig zuviel. Recht unhöflich unterbrach er den Grafen. Er deutete auf den schwarzen Felsen rechts oberhalb unseres Standorts, aus dem die uns wohlbekannte fingerähnliche Erhebung herauswuchs, und sagte:

„Das scheint mir da drüben das Rabennest zu sein."

„So ist es", erwiderte der Graf, bemüht, keine Verstimmung zu zeigen, „und dort habt Ihr den Adlerhorst, etwas weiter die Habichtsburg, und wenn Ihr nach links hinüber blickt, den Geierkamm. Das klingt poetisch, aber die Vögel, die dort nisten …"

„… sind schwer zu zähmen", vollendete Odo. „Oder habt Ihr es gar nicht versucht?"

Ich hätte ihn jetzt am liebsten gegen das Schienbein getreten, aber der Graf saß zwischen uns.

Rothari seufzte vernehmlich und sagte:

„Ich will Euch gern zuhören, Herr Odo, „wenn Ihr mich lehren könnt, wie man das macht – solche Vögel zu zähmen. Ich bin froh, dass ich es geschafft habe, im Namen des Königs das Tal zu beherrschen. Die Herren auf den Felsenburgen da oben leben seit je nach ihren eigenen Gesetzen, und ich habe noch nicht die Mittel gefunden, sie daran zu hindern. Fragt Ihr sie, werden sie jeden Eid schwören, dass sie treue Vasallen des Königs seien. Aber ein Bußgeld zu zahlen fällt ihnen nicht ein, Weisungen nehmen sie nicht zur Kenntnis. Was soll ich machen? Gegen sie Krieg führen? Mit meinen fünfundzwanzig Gefolgsleuten?“

„Herr Garibald beschwert sich darüber“, entgegnete Odo, „dass Ihr keine Gerichtsversammlungen einberuft, wo er Klage führen kann.“

„Nun, Ihr werdet nach allem, was Euch widerfahren ist, Garibald kaum als vertrauenswürdig bezeichnen. Die Leute vom Rabennest sind von allen die Schlimmsten, doch das nebenbei. Ich führe dreimal im Jahr ein ungebotenes Ding durch, wie es üblich ist. Das nächste ist im September fällig, bei Vollmond, also in fünf Wochen. Garibald weiß das, doch er verlangt ein gebotenes Ding. Warum? Wahrscheinlich will er sich wichtig machen. Als ob er mit seiner Klage, die ohnehin auf schwachen Füßen steht, nicht noch fünf Wochen warten könnte! Ich sehe jedenfalls keinen Anlass, den Bauern jetzt, mitten in der Erntezeit, eine Versammlung zuzumuten. Ich richte mich nicht nach diesen Herren, die nur vor Gericht erscheinen, um Klage zu führen, niemals aber, wenn sie angeklagt werden. Was weit häufiger vorkommt, versichere ich Euch!“

Zum ersten Mal hatte der Graf ein wenig die Beherrschung verloren und seinem Unmut Luft gemacht. Eine unbehagliche Pause entstand. Ich hätte nun gern das Thema gewechselt und wollte ihn schon daran erinnern, dass er uns noch seine Verse schuldete. Doch Odo kam mir zuvor. Er deutete abermals zum Rabennest hinauf und sagte:

„Angeblich ist Garibalds Bruder – er hieß wohl Bardo – kürzlich in Sachsen ermordet worden. Ihr glaubt, dass eine Klage auf schwachen Füßen stünde?"

„Ich übertrieb, als ich sagte, auf schwachen Füßen", erwiderte Herr Rothari. „Sie steht auf gar keinen. Ein gewisser Nandolf, den ich früher schon wegen Heimsuchung und wegen Wilddieberei verurteilt hatte, gab sich zunächst dazu her, den Zeugen zu spielen. Vor ein paar Tagen kam er reumütig zu mir und widerrief alles."

„Was wollte er denn gesehen haben?"

„Dass Irmo – der künftige Gemahl meiner Tochter, den Ihr gestern kennengelernt habt – ... dass der diesem Bardo auf einem Erkundungsgang folgte. Bei der Gelegenheit soll er ihn dann ... nun, das wisst Ihr ja. Die Aussage würde ja auch nichts beweisen, doch wäre es etwas mehr als gar nichts. In Wirklichkeit war es aber ganz anders. Irmo folgte nicht irgendjemandem, sondern ging selbst auf Erkundung aus. Er hatte dazu den Befehl. ."

„Von wem?"

„Von mir."

„Ah! Ihr selbst habt den Heerbann befehligt?"

„Es war eine langweilige, ermüdende Angelegenheit. Wir haben uns ja auch bald wieder zurückgezogen. Zunächst aber ging es vorwärts. Wir näherten uns einem sächsischen Dorf und mussten erkunden, ob wir auf Widerstand stoßen würden. Dazu sandte ich Irmo aus, meinen besten Mann. Der stellte fest, dass das Dorf schon verlassen war."

„Und Bardo?"

„War auf eigene Faust losgezogen. Wohl um herauszufinden, ob er es wagen konnte, mit seinen Leuten allein vorzugehen. Und ob es sich lohnte."

„Stand er denn nicht unter Euern Befehl?"

„Gewiss. Aber auch beim Heerbann tun diese Herren, was ihnen gefällt."

„Immerhin folgte er dem Aufgebot."

„Nur aus Beutegier. Zunächst hatte er sich geweigert. Ich drohte mit dem Königsbann, aber das nützt ja nichts. So rechnete ich gar nicht mit ihm und war daher sehr überrascht, als er zum Abmarsch erschien und sogar an die zwanzig Leute mitbrachte. Später wurden sie mir dann aber nur lästig. Sie gehorchten, wie ich schon sagte, kaum den Befehlen, und wenn irgendwo am Horizont ein feindlicher Haufen auftauchte, schlugen sie sich in die Büsche. Dafür plünderten und brandschatzten sie wie eine Räuberbande."

„Und wie kam Bardo nun um?"

„Vermutlich haben ihn sächsische Bauern erschlagen. Ihr wisst wohl, sie töten ohne Erbarmen jeden, den sie erwischen können. Wir fanden ihn kurz vor dem Dorf in einem Erdloch. Ohne Waffen und ausgeraubt. Und mit eingeschlagenem Schädel."

„Wer fand ihn?"

„Männer meiner Gefolgschaft. Nachdem Irmo gemeldet hatte, dass das Dorf nicht mehr bewohnt war, gingen wir vor."

„Wenn das Dorf nicht mehr bewohnt war … Woher kamen die Bauern, von denen Ihr annehmt …"

„Es ist keine Seltenheit, dass die Bevölkerung ganzer Dörfer sich in die Wälder zurückzieht. Habt Ihr nie in Sachsen gekämpft?"

„Ich kämpfte in Sachsen. Fünf Jahre lang."

„Dann müsstet Ihr ihre Taktik doch kennen."

Der Graf zeigte jetzt deutlich, dass ihm Odos Fragen lästig wurden und dass er dieses Gespräch zu beenden wünschte. Er trank einen Schluck und fuhr in etwas gezwungen heiterem Tonfall fort:

„Das sind keine schönen Erinnerungen. Ist es schon unvermeidlich, ins Feld zu ziehen, um seinem König zu dienen, so sollte man hinterher nicht noch endlos darüber reden. Wenn Ihr mich fragt, so war es nicht nötig, nur weil irgendwo dort ein Kirchlein abgebrannt war … aber lassen wir das! Was Bardo betrifft, so haben wir ihn an Ort und Stelle begraben. Nach christlichem Brauch, wie es sich gehörte."

„War auch Allard dabei? Sein Sohn?" Odo war durchaus nicht bereit, das Gespräch an dieser Stelle abzubrechen.

„Allard?" Herr Rothari seufzte gelangweilt. „Er war dabei, doch es hat ihn nicht sehr berührt. Beim ersten Anblick des Leichnams soll er sogar einen Freudensprung gemacht haben. Das wurde mir jedenfalls berichtet. Sicher ist, dass er seinen Vater nicht liebte."

„Warum nicht?"

„Weil der mit ihm so verfuhr wie mit allen, die

unter ihm standen. Er demütigte und prügelte ihn."

„Hat Allard Irmo gleich beschuldigt?"

„Keineswegs. Allard gehörte ja nicht zum Trupp seines Vaters, sondern zu meinem Gefolge. Und Irmo war, obwohl noch nicht Anführer, einer meiner Stellvertreter. Feige und schlaff, wie Allard war, hätte er nie gewagt, sich im Land des Feindes gegen einen zu wenden, der über ihn Befehlsgewalt hatte. Das tat er erst, als wir wieder zu Hause waren. Und nachdem Garibald und sein Bruder Hug ihn aufgehetzt hatten."

„Wie kam Allard in Eure Gefolgschaft?"

„Eines Tages, als Bardo ihn wieder einmal verprügelt hatte, erschien er bei mir und bat um Aufnahme. Mir fehlten gerade Leute und so behielt ich ihn."

„Er war ja auch mit Eurer Tochter verlobt", warf ich ein.

„Ja, es gab auch noch diese unselige Verlobung", sagte der Graf, sich mir zuwendend, dankbar, weil das Gespräch eine neue Richtung nahm. „Ich hatte tatsächlich einmal geglaubt, durch die Heirat der Kinder die Rabennestleute zähmen zu können. Und mit ihnen, da sie die Schwierigsten waren, die anderen ... die Adler, Habichte, Geier da oben. Heute weiß ich, das war ein Fehler."

„Und Ihr wart kühn genug, ihn berichtigen zu wollen", sagte ich anerkennend. „Ihr wolltet die Verlobung kündigen."

„Irmo war noch nicht berechtigt, darüber zu reden. Doch in der Tat ..."

„Damit hättet Ihr viel gewagt. Nach altem Volksrecht …"

„Ich glaube, Herr Lupus, Ihr versteht mich. Ich wollte denen meine Tochter nicht ausliefern … ich konnte es nicht! Ihre Freundschaft hätte ich doch nicht gewonnen. Sie wären geblieben, was sie waren, auch wenn wir unsere Söhne und Töchter verheiratet hätten. Offen gesagt, ich bin erleichtert, weil Garibald seinerseits die Verlobung seiner Tochter mit meinem Sohn Thankmar gekündigt hat."

„Ist es vielleicht aber so, dass Ihr den Bruch erst wagen konntet, als Bardo tot war?", fragte Odo.

Rothari wandte sich ihm rasch wieder zu, zögerte aber mit der Antwort. Über seine Schulter sah ich, dass Odo seinem forschenden Blick widerstehen musste. Mein Amtsgefährte bemühte sich nicht sehr erfolgreich, seinen Augen den Ausdruck argloser Neugier zu geben.

„Ihr unterstellt", sagte schließlich der Graf, „dass mir der Tod des Bardo zupass kam. Ich leugne es nicht! Ich nahm ihn sogar als göttliche Fügung. So wird alles leichter. Bardo war ein übler Geselle, zu allem fähig. Sein Bruder Garibald ist zwar nicht besser, doch etwas klüger. Mit ihm ist ein Übereinkommen möglich. Wenn er ein wenig Gewinn macht, ist er zufrieden. Da Allard nun tot ist und die Verlobung sich ohnehin erledigt hat, werde ich die Brautgeschenke für Eddila zurückgeben … von denen, die er für seine Tochter empfing, aber nur einen Teil zurückfordern. Befriedigt Euch das?"

„Befriedigt es Garibald?"

„Ihr zweifelt?"

„Ihr wollt Eure Tochter mit Irmo verheiraten, den er des Mordes bezichtigt."

„Ich wiederhole: Irmo ist unschuldig."

„Kommen wir darauf zurück, wie er das sächsische Dorf ausspähte. Geschah dies bei Tage oder bei Nacht?"

„Bei Nacht", erwiderte Rothari, abermals seufzend. „Und wenn Ihr es noch genauer wissen wollt: im Morgengrauen."

„Und der Ort des Geschehens war ein Wald."

„Fast jeder ‚Ort des Geschehens' ist in Sachsen ein Wald. Nicht anders als hier."

„Die beiden Männer – Irmo und Bardo – waren zur selben Zeit unterwegs."

Mit einer lässigen Geste seiner schlanken, beringten Hand bestätigte Herr Rothari auch dies.

„Haltet Ihr es für möglich, dass sie auf diesem Gang zusammentrafen … sei es nach Verabredung oder durch Zufall?"

„Es war nicht unmöglich, doch wenn Ihr damit …

„Hatte Irmo einen Grund, Bardo zu töten?"

„Zum dritten Mal: Ich bin überzeugt, er war es nicht!", sagte Herr Rothari, ohne die Frage zu beantworten. „Ganz sicher war er es nicht! Ein Mann wie er kämpft Brust an Brust. Er erschlägt niemanden heimlich im Wald und beraubt ihn."

„Der Raub konnte vorgetäuscht sein."

„Mir scheint, Ihr habt gestern Abend erlebt, wie sich Irmo mit Gegnern misst. Hätte er Bardo töten wollen, würde er Streit und den offenen Kampf gesucht haben. Wir waren wochenlang im Feldlager, da gab es manche Gelegenheit. Doch nichts geschah. Der Mordverdacht fiel auch erst auf Irmo, als wir zurück waren und Nandolf auf Garibalds Anstiften seine Gerüchte verbreitete. Zunächst kam überhaupt niemand auf den Gedanken, dass er …“

„Auch Ihr nicht?“

Jetzt verlor der Graf die Geduld. Er reckte das Kinn mit dem grauen Lockenbart gegen meinen Amtsgefährten und seine Stimme klang scharf.

„Was bezweckt Ihr mit dieser Frage, Herr Odo? Was wollt Ihr andeuten? Ich habe zwar eingeräumt, dass mir der Tod des Bardo nicht gerade ungelegen kam, doch das berechtigt Euch nicht zu dem Schluss … Ihr verhört mich, meine Herren, als sei ich selbst der Mörder!“

Der Ausdruck seiner Miene war leidend, als er sich mir auch jetzt wieder zuwandte. Ich beeilte mich daher, ihn zu beruhigen.

„Das ist ein Missverständnis, Herr Graf. Wie könnt Ihr nur von Verhör sprechen. Das Thema ergab sich … Wir blicken auf jenen Felsen dort, von dem heute Nacht ein Mensch in den Tod stürzte, immerhin doch ein Gottesgeschöpf … und ich gestehe, dass das Erlebnis uns noch beschäftigt. Dieser Tod war die Folge von Ereignissen, die ihm vorausgingen, möglicherweise schon lange, und deshalb … Aber sprechen wir doch von etwas anderem! Nur eines noch. Ihr hattet so viel Vertrauen, uns die Ernennungsurkunde und unsere Vollmacht bisher nicht abzufordern. In dem letzteren Schriftstück ist unter anderem vom Herrn König festgelegt, dass wir überall, wohin wir kommen, zu Gericht sitzen müssen. Neben dem ungebotenen Ding, das Ihr selbst in fünf Wochen einberufen werdet, wird es also ein gebotenes geben, und zwar schon vorher, denn wir werden uns nicht lange aufhalten. Was nun den Fall betrifft, den wir besprochen haben, so wird Herr Garibald mit seiner Klage wegen des Bardo gewiss vor unser Gericht, nicht aber vor das Eurige treten, denn Eure Nähe zu dem Mann, den er anklagen will …"

„Ich verstehe, ich verstehe", murmelte Rothari schroff. „Ich wusste nicht, dass Ihr selbst zu Gericht sitzen werdet. Das ist mir neu, wir hatten hier noch keine Königsboten."

„Nun wisst Ihr es also", sagte ich sanft und beschwichtigend. „Und deshalb werdet Ihr uns unsere Neugier verzeihen. Wir müssen uns vorbereiten, uns kundig machen … Wie sollten wir sonst zu einem gerechten Urteil gelangen? Aber nun wollen wir Euch nicht länger ermüden. Wir sehen ja, dass es Euch anstrengt und …"

„Oh, nein!", rief er plötzlich, mich unterbrechend, mit einem Lächeln, das mir etwas gekünstelt erschien. „Wie kommt Ihr darauf, dass Ihr mich ermüdet? Ich bin nur ein wenig überrascht. Wir sind hier dem Hofe so fern, dass wir von Neuerungen immer erst mit großer Verspätung erfahren. Und da ich mir, was die Rechtsprechung angeht, nichts vorwerfen muss, war ich nicht darauf gefasst, dass mir Vertreter des Hofgerichts beistehen würden …"

„Verzeiht bitte und versteht es nicht falsch."

„Ich füge mich schon! Ihr seid es, die verzeihen

müssen."

„Heute wollen wir aber nur noch über Erfreuliches reden. Und endlich Eure Verse hören."

Noch immer lächelte der Graf. Doch die Starre, die seine Züge zuletzt gelähmt hatte, wich jetzt und er schien sogar seine heitere Ungezwungenheit zurückzugewinnen. Er nahm den Krug und füllte selbst unsere Becher.

„Nein, lieber Herr Lupus, nichts mehr von Versen Jetzt; da ich alles weiß, wollen wir keine Zeit mehr verlieren. Es gibt vieles, was Ihr erfahren müsst, und ich werde Euch aufklären. Fragt also! Nur keine Scheu! Wovon war die Rede, Herr Odo?"

Mein Freund hatte den Disput zwischen Herrn Rothari und mir schweigend, doch mit der Miene eines Schauspielers verfolgt, der ungeduldig auf sein Stichwort wartet.

„Ich fragte Euch, ob Irmo einen Grund hatte, Bardo zu töten?"

„Richtig."

„Der Ermordete war verheiratet. Seine Witwe ist die Schwester des Irmo. Sie heißt Luitgard ..."

6. Kapitel

Vielleicht täuscht mich die Erinnerung. Vielleicht bin ich auch, während ich versuche, dieses Gespräch wiederzugeben, durch die nachfolgenden Ereignisse zu sehr beeinflusst, um ganz genau sein zu können … Bei der Erwähnung dieses Namens musste der Graf noch einmal eine Aufwallung von Unmut niederkämpfen. Als bereue er gleich wieder, uns zum Fragen aufgefordert und Aufklärung versprochen zu haben, machte er eine unwirsche Geste und schwieg erst einmal. Dann sagte er:

„Ach, meine Herren, wenn ich Euch die Geschichte der Luitgard erzählen wollte, müsste ich sehr verschwenderisch mit Eurer Zeit und Geduld umgehen, und Ihr würdet dabei doch nichts gewinnen, was Euch nützlich sein könnte. Das ist eine traurige Geschichte, wie sie aber sehr häufig vorkommt. Wir haben sie alle schon hundertmal gehört. Es ist nun einmal so eingerichtet, dass den Frauen in ihrem Erdendasein mehr Leiden bestimmt sind als uns Männern. Doch sind sie daher von Gott auch mit einer größeren Fähigkeit ausgestattet, den Nacken zu beugen und zu dulden. Wenn alle Frauen, die eine schlechte Behandlung durch ihre Ehemänner erfahren, von ihren Brüdern blutig gerächt würden, käme das einer Dezimierung der Menschheit gleich. Und welcher Bruder würde so töricht sein, seine Schwester durch die Ermordung ihres Gemahls in den Stand einer unbemittelten Witwe zu setzen? Ihr habt ja Irmo kennengelernt. Traut ihr ihm eine so grausame

Dummheit oder – sollte ich besser sagen – dumme Grausamkeit zu?"

„Um darauf antworten zu können", erwiderte Odo, den die Betrachtungen des Grafen wenig beeindruckt hatten, „müssten wir erst die Geschichte hören. Macht Euch um unsere Geduld keine Gedanken. Nach allem, was wir schon wissen, wird sie auch keineswegs langweilig sein."

„Ah, Ihr wisst schon etwas?", fragte Rothari argwöhnisch,

„Genug, um darauf gespannt zu sein, was Ihr hinzufügen werdet."

„Garibald hat Euch Lügen erzählt."

„Deshalb wollen wir ja von Euch die Wahrheit hören."

„Er hat mich also verleumdet."

„Euch`? Von Euch war dabei überhaupt nicht die Rede. Kommt Ihr denn in der Geschichte auch vor?"

„Das nicht, deshalb fürchte ich ja Verleumdungen.", sagte Herr Rothari verlegen. Und etwas erleichtert, wie mir schien, fügte er hinzu: „Wenn überhaupt, war ich als Amtsperson beteiligt."

„Erzählt also!"

„Wenn Ihr mir mitteiltet, was Euch bekannt ist, wäre es leichter."

„Nun, was wir wissen, ist dies", sagte ich, obwohl mir Odo hinter Rotharis Rücken Zeichen gab, ich solle den Mund halten. „Wir hörten, dass Irmo der Sohn eines Totschlägers namens Meginfred genannt wurde, der seine Tochter Luitgard verkaufen musste, um das Wergeld aufbringen zu können. Das waren freilich Allards, nicht Garibalds Worte. Der drückte es milder aus und wies uns sogar auf die vornehmen Ahnen der edlen Frau hin. Von den letzten Königen der Thüringer war die Rede. Deren später Spross, Herr Meginfred, muss allerdings tief gesunken sein, denn man riss freche Witze über ihn. Falls wir ihn aufsuchen wollten, wurde uns geraten, einen Sack Korn zum Mahlen mitzunehmen. Er ist doch nicht etwa Müller?"

Herr Rothari hatte, während ich sprach, ein paarmal mit ernster Miene genickt. Jetzt deutete er auf einen Punkt am gegenüber liegenden Berghang.

„Dort seht Ihr die Reste seiner Mühle. Dort haust er."

Ich musste meine Augen sehr anstrengen, um unter der dichten Bewaldung das glitzernde Band eines Wildbachs zu erkennen. An einer Stelle schien tatsächlich ein Schaufelrad ins Wasser zu greifen. Doch es war wohl beschädigt und stand still.

„Ein seltsamer Kauz, dieser Meginfred, herunter gekommen und halb verrückt", fuhr der Graf fort. „Nein, Müller ist er nicht, aber die Mühle dort ist sein Palast, und wenn seine Ahnen tatsächlich Könige waren, wie er behauptet, werden ihre Seelen aus Verzweiflung darüber keine Ruhe finden. Dabei war er einmal ein reicher Mann … oder besser sollte ich sagen: ein reicher Jüngling. Doch er erbte zu früh, in einem Alter, da man bedenkenlos und verschwenderisch ist. Er veranstaltete Gelage, lud zu Jagden ein, hatte immer mehrere Frauen und fuhr sogar auf einem eigenen Schiff auf der Saale und der Elbe spazieren. Das war teuer und brachte ihn bald herunter. Nach und nach ging alles dahin: mal ein Stück Wald, mal eine Wiese, mal eine Schafherde, hier eine Hufe mit Behausten, dort ein kleines Dorf. Bald begriff er, was ihm drohte. Aber noch immer war er unfähig, sich zu ändern. Statt das wenige, was ihm geblieben war, klug zu verwalten, um sich und den Seinen das Auskommen zu sichern, suchte er nach einem Mittel, das Verlorene zurückzugewinnen, vielleicht sogar neue Reichtümer zu sammeln. Eines Tages – es war auf dem Wege zu einer Reichsversammlung, zu der man ihn damals noch aufbot – sah er im alten Dekumatland eine prächtige Wassermühle, eine mit riesigem Schaufelrad. Von Stund an beherrschte ihn nur noch ein Gedanke: So eine musste er haben! So eine musste hierher, auf das letzte verbliebene Stückchen seines Besitzes, durch das der Wildbach fließt, wie Ihr dort seht. Natürlich ist eine Mühle sehr nützlich, aber den Meginfred ruinierte sie."

Der Graf schwieg einen Augenblick und schüttelte den Kopf, als könnte er noch immer nicht begreifen, was da geschehen war.

„Ja, sie brachte ihn völlig herunter", fuhr er fort. „Er verkaufte vom Übriggebliebenen nochmals die Hälfte und ließ fränkische Bauleute kommen. Bald stand die Mühle. Doch die Erwartung, dank ihrer Wunderkraft würden sich die Säcke mit Korn, die man brachte, in hübsche Beutel voller Solidi und Denare verwandeln, erfüllte sich nicht. Der arme Tor! Er hatte nicht bedacht, dass es hier kaum Getreidebau gibt, dazu jedes zweite Jahr eine Missernte. Die Bauern begnügten sich mit ihren alten steinernen Drehmühlen … wozu sollten sie ihr bisschen Korn dort hinauf schaffen? Auch den Herren ringsum war der Weg zu weit. Ich ließ ab und zu etwas hinbringen, weil die Mühle ja hier ein Fortschritt war, den ich fördern wollte. Doch was nützte das schon? Das Unglück nahm seinen Lauf. Um die Mühle betreiben zu können, brauchte Meginfred einen Müller. Es gab einen alten Kriegsgefangenen bei seinem Nachbarn, einen Spanier, der sich dunkel erinnerte, dieses Handwerk einmal gelernt zu haben. Den lieh er gegen eine Gebühr, doch viel hatte der Mann nicht zu tun, fast gar nichts. Täglich stieg Meginfred zur Mühle hinauf und verlangte die Einnahmen. Es wurde von Mal zu Mal weniger. Als ihm der Müller wieder einmal nichts geben konnte, weil niemand gekommen war, bekamen sie Streit. Meginfred glaubte sich betrogen und erschlug den Spanier. Das war das Ende. Der Nachbar verklagte ihn wegen Mordes an einem besonders wertvollen Knecht – denn der Mann hatte ja ein Handwerk beherrscht, wenn auch zuvor überhaupt nicht ausgeübt – und es blieb mir nichts anderes übrig, als Meginfred zu einem Wergeld zu verurteilen: vierzig Solidi! Aber er hatte nichts mehr außer Schulden. Zu allem Unglück brannte noch sein Haus ab. Die letzte seiner Frauen hatte sich mit einem alemannischen Klostervogt davon gemacht. So blieben ihm nur das Stück Wald, die wertlose Mühle und seine zwei Kinder: Irmo, der für Brot, ein Dach und geringes Entgelt in meiner Gefolgschaft diente, und Luitgard.“

„Damit war er doch aber keineswegs in einer verzweifelten Lage“, bemerkte ich. „Wenn Kinder oder nahe Verwandte da sind, lassen sich solche Wergeldforderungen über Generationen verteilen.“

„Das ist richtig, doch muss dazu die Partei der toten Hand zustimmen und die der lebendigen Bürgschaft leisten. Aber Meginfred fand keine Bürgen. Er war nicht nur verschuldet, sondern wegen seines aufbrausenden, unverträglichen Wesens auch mit aller Welt in Unfrieden., Er bedrohte sogar seinen Nachbarn, den Wergeldgläubiger! Kein Wunder, dass der auf sofortiger Zahlung bestand. Was machen? Der Nachbar hätte am liebsten Irmo in Schuldhaft genommen. Aber der war ja bei mir und ich konnte ihn nicht entbehren, hatte auch schon meine Pläne mit ihm. So war ich fast entschlossen, ihm die vierzig Solidi vorzustrecken, damit er seinem Vater aus der Verlegenheit half … doch da ergab sich im letzten Augenblick noch eine andere Möglichkeit.“

„Der leidende Teil der Menschheit wurde ins Spiel gebracht“, sagte Odo.

„Dem Bardo vom Rabennest war die Frau gestorben.“ Herr Rothari überhörte die Bemerkung. „Und als er sich nun nach einer neuen umsah, fiel sein Auge auf Luitgard. Er ließ um sie werben und wurde erhört. Natürlich war das eine schwere Entscheidung, denn Bardo war alt, hässlich und bekannt als bösartig und hinterhältig. Er war gewiss nicht der Gemahl, den Luitgard sich gewünscht hatte …“

„… aber er zahlte einen Brautpreis, mit dem der Totschlag ihres Vaters gesühnt werden konnte.“

„Und mehr! Es war so viel, dass Meginfred auch seine Schulden los wurde. Er konnte sogar eine Wiese erwerben … für die Herde, die zum Muntschatz gehörte. Inzwischen hat er Wiese und Herde wieder veräußert. Wie schon gesagt, er ist heruntergekommen, meist betrunken und nicht mehr ganz bei Verstand."

„Hat er bereut, seine Tochter verkauft zu haben?"

„Mag sein. Doch es geschah in der Not. Wer will ihn anklagen? Sind solche Geschäfte nicht auch unter Herrschern üblich? Denkt nur an Desiderius, den König der Langobarden. Der gab seine Tochter unserm Herrn Karl zur Ehe. Er war in Not und wollte sich damit den Frieden erkaufen. Stattdessen verlor er sein Reich, und seine Tochter wurde nach einem Jahr verstoßen und endete in Klosterhaft. Oder nehmt jenen alten König der Westgoten, der vor zweihundert Jahren …"

„Bleiben wir bei unserem Mühlenkönig!", sagte Odo, der dem gebildeten Herrn nicht gestatten wollte, in einen Vortrag über Geschichte auszuweichen. „Er muss seine Tochter mit Haut und Haar verkauft haben. Denn wie wir hörten, hat Garibald jetzt die Munt über sie. Die Munt fällt ja eigentlich nach dem Tode des Ehemanns an den Vater zurück."

„Das war vielleicht eine Bestimmung des Ehevertrags. So genau bin ich nicht unterrichtet, das ist ja Angelegenheit der Familien. Da Luitgard ohne Mitgift ins Rabennest kam, erhielt sie auch keine Morgengabe und hat somit kein Wittum. Sie besitzt also nichts, wahrscheinlich nicht einmal die Kleider auf ihren Leibe. So ist ihre Stellung natürlich heikel."

„Das heißt, nicht besser als die einer Unfreien."

„Das ist nun wohl übertrieben."

„Warum nanntet Ihr ihre Geschichte traurig? Und warum rief Irmo ihr zu, er werde ihr helfen, wenn ihre Leiden nicht mehr erträglich seien?"

„Wenn ich ‚traurig' sagte", erwiderte Herr Rothari langsam, sorgfältig seine Worte wählend, „so wollte ich damit nur mein Bedauern ausdrücken – über das Schicksal einer jungen Edelfrau, die in das Rabennest dort verschlagen wurde, unter diese Barbaren. Auch Irmo wird das gemeint haben."

„Ihr spracht deutlich von schlechter Behandlung."

„Auch wieder nur allgemein, Herr Odo. Bardo war ein roher Geselle, Garibald steht ihm nicht viel nach.. Da ist sicherlich dies oder jenes vorgefallen. Aber das ist ja nichts Ungewöhnliches."

„Genaueres könnt Ihr nicht sagen?"

„Ich habe sehr wenig Kenntnis von dem, was dort oben geschieht. Wenn Ihr Beispiele wünscht …"

„Vermutlich wird sie zur Arbeit genötigt", bemerkte ich, um ihm zu helfen. „Sie soll ja eine geschickte Weberin sein."

„Ja, das ist es!", sagte Rothari schnell, als sei es ihm ebenfalls gerade eingefallen. „Man beutet sie aus. Sie macht ihnen Stoffe mit hübschen Mustern, die sie teuer auf den Märkten verkaufen. Das bringt ihnen tüchtig Gewinn."

„Dies könnte natürlich der Grund sein, weshalb man sie nicht aus der Munt entlässt", fuhr ich fort. „Vielleicht musste sie von Anfang an ihre Mitgift nachträglich erarbeiten. Andererseits hat man den Eindruck, dass ihre vornehme Herkunft beachtet wird. So gibt man ihr zum Beispiel zwei Knechte, die sie in einem Stuhl herumtragen müssen. Weil sie sich die Füße verletzt hat."

„Was hat es mit dieser Verletzung auf sich?", fragte Odo den Grafen. „Wisst Ihr das?"

Rothari zögerte einen Augenblick. Es schien, als müsste er die Falten seines Gesichts erst ordnen und ihnen einen besonders bitteren Ausdruck verleihen. Dann sagte er:

„Ja, ja, ich weiß es."

„Wollt Ihr uns auch darüber aufklären?"

„Es ist die Folge eines Gottesurteils."

„Eines Gottesurteils?"

„Iuditium ferri candentis."

„Wie? Man ließ sie über glühendes Eisen …"

„Neun Pflugschare. Wie es Vorschrift ist."

„Wer hat das angeordnet?"

„Ich selbst."

„Ihr?"

„Das befremdet Euch, ich verstehe das", sagte der Graf, Odos empörtem Blick ausweichend. „Im Westen und Süden des Reiches kommen solche Urteile selten vor. Hier dagegen … Das ist altes Volksrecht, seit Hunderten von Jahren. Es nicht anzuwenden heißt, sich als Richter um seine Autorität bringen."

„Und wessen wurde sie angeklagt?"

„Des Ehebruchs. Ein Jahr nach der Hochzeit, Hug, der Sohn des Bardo, wollte beobachtet haben, wie sie sich irgendwo im Wald mit einem Liebhaber traf."

„Dieser Liebhaber …“

„Unbekannt. Der Bursche erkannte ihn jedenfalls nicht.“

„Was geschah?“

„Hug meldete es seinem Vater. Luitgard stritt ab und zieh ihn der Lüge. Doch Bardo glaubte ihr nicht und brachte sie vor unsere Versammlung.“

„Er erschien also vor Euerm Gericht.“

„Wie ich schon sagte, sie kamen manchmal, um anzuklagen. Luitgard behauptete auch vor mir ihre Unschuld, doch das Zeugnis des Hug war nicht zu umgehen. Die Wahrheit ließ sich nicht ermitteln. So musste ich schweren Herzens das Urteil Gottes zu Hilfe rufen. Wahrhaftig, ich hätte es gern vermieden! Aber die Leute hier sind nun einmal gewöhnt, dass in einem solchen Fall …“

„… neun glühende Pflugschare für die Wahrheit sorgen!“

Noch immer mied der Graf Odos Blick.

„Anfangs ging sogar alles gut“, fuhr er, an mich gewandt, fort. „Luitgard lief barfuß über das Eisen, und wir hörten nicht einen einzigen Schmerzenslaut. Ich sah das schon als Beweis ihrer Unschuld an. Als sie drei Tage später wieder erschien, damit der Zustand ihrer Füße amtlich begutachtet wurde, erließ ich es ihr, die Binden abzunehmen. Da sie vom Esel steigen, ein paar Schritte laufen und aufrecht stehend im Ring noch einmal ihre Unschuld beteuern konnte, sprach ich sie frei. Ich tat es, obwohl viele dagegen schrien. Sie wollten die unversehrten Füße sehen.“

„Und Bardo? Nahm er das Urteil ohne Widerspruch an?“, fragte Odo.

„Er nahm es an. Und er brachte Luitgard zurück in sein Rabennest. Aber nach wie vor glaubte er wohl an ihre Schuld, und das Unglück wollte es - oder war es wirklich der Richterspruch Gottes? –, dass sie sich doch erheblich verletzt hatte. Ich habe sie seitdem nicht mehr gesehen. Man erzählte mir nur, dass ihre Wunden nicht heilen wollten und dass sie sich lange nicht vom Lager erhob. Als sie aber so weit genas, dass sie aufstehen konnte, vermochte sie zwar, sich fortzubewegen, aber nur mühsam, stark hinkend … Sie musste gewaltige Willenskraft aufgebracht haben, als sie am dritten Tag noch vor mir erschien. Natürlich beschuldigte man mich nun mehr oder weniger offen. Ich hätte ein Fehlurteil zu ihren Gunsten gefällt, oder noch schlimmer: das Gottesurteil verfälscht. Das alles war sehr unangenehm.“

„Bardo war also überzeugt, dass sie schuldig war. Nun wird er sie wohl nicht besser behandelt haben als vorher.“

„Ich kann Euch wieder nur sagen, was ich gehört habe. Was man sich in den Schänken erzählte und was Allard berichtete, wenn er betrunken war. Eines Tages, nachdem er sie wieder mit Vorwürfen überhäuft hatte, soll Bardo ein Messer gezückt und auf sie eingestochen haben. Es heißt, er habe sie schwer im Gesicht verletzt. Was daran wahr ist, weiß ich nicht. Deshalb erwähnte ich es auch nicht, als Ihr mich fragtet. Ihr saht Luitgard …“

“Sie verdeckte eine Gesichtshälfte mit ihrem Haar. Dennoch ist sie sehr schön“, sagte Odo grimmig.

Wir schwiegen lange. Die Sonne war hinter Wolken verschwunden, ein leichter Wind ließ die Blätter der Linde rauschen. Herr Rothari erhob sich, trat an den Rand der Plattform und blickte lange ins Tal hinunter.

„Ich ahne, was Ihr jetzt denkt, Herr Odo“, sagte er schließlich. „Natürlich wusste Irmo davon. Aber er ist wie fast alle hier im alten Volksglauben befangen, der ein Gottesurteil für unfehlbar hält. Auch für ihn war seine Schwester schuldig – trotz meines Freispruchs. Die Wunden gelten nun einmal als Beweis. Und der Ehebruch einer Frau ist eine unverzeihliche Missetat. Wir sind nicht in Rom – wir sind in Thüringen! Ob Irmo es für angemessen hielt, dass Bardo Luitgard noch schlimmer bestrafte, kann ich nicht sagen. Wir haben nie darüber gesprochen. Er vermied seit jenem Gerichtstag, seine Schwester auch nur zu erwähnen. Ich weiß aber, dass er sie liebte, nach wie vor, und so wäre es wohl möglich …“

Er unterbrach sich plötzlich und machte eine Bewegung, als wollte er ein lästiges Insekt verscheuchen.

„Und trotzdem glaube ich es nicht! Ein Meuchelmord nachts im Wald? Vortäuschung eines Überfalls durch die Feinde? Nein! Selbst wenn man annimmt, dass es tatsächlich die Sachsen waren, die Bardo ausraubten, nachdem sie seinen Leichnam gefunden hatten … es ist Irmo nicht zuzutrauen! Ich gehe sogar noch weiter. Ich wäre bereit, seine Unschuld durch einen Eid zu bezeugen. Und nicht nur ich würde für ihn bürgen. Sollte Garibald ihn anklagen, werden sich auf der Stelle so viele angesehene Männer erheben, dass sie dreimal den Zwölfereid leisten könnten. Garibald weiß das natürlich. Deshalb bezweifle ich, dass er klagen wird."

Mehr gab es dazu nicht zu sagen. Odo schwieg hartnäckig und betrachtete die Landschaft.

Ich knüpfte mit Herrn Rothari ein neues Gespräch an und erkundigte mich, wie es im Tannengrund um unseren Glauben bestellt war. Er gab knappe Auskunft und deutete auf die Punkte im Tal, wo sich Kirchen befanden. Es waren nur wenige, doch ich wollte die frostige Stimmung durch meine Fragen nicht weiter abkühlen. Wie der zähflüssige, trübe Rest aus einem Weinkrug tropfte die Unterhaltung dahin, um schließlich ganz zu versiegen.

Wir stiegen die Leiter hinab und machten uns auf den Rückweg.

Ein heiteres Schauspiel erwartete uns auf dem Salhof.

Im Kreis standen Knechte und Mägde, gaffend und lachend. Eine sanfte kleine Stute mit glänzendem Fell wurde herumgeführt. Thankmar, Rotharis Sohn, führte das Tier, während Irmo versuchte, die sich heftig sträubende Eddila zum Aufsteigen zu bewegen. Zweifellos hatte die fromme Jungfrau noch nie auf dem Rücken eines Pferdes gesessen. Irmo, die verletzte Schulter in verknotete Tücher verpackt, redete aufmunternd auf sie ein, doch vergebens. Schon ließ er sie los, aber als sie nun fliehen wollte, legte er blitzschnell den linken Arm um sie, hob sie auf, lief mit ihr ein paar Schritte und setzte sie mit Schwung in den Sattel. Die kleine Stute trabte davon, während Irmo und Thankmar links und rechts mittrabten und das kreischende, zappelnde Fräulein stützten. Kinder und Hunde bildeten das Gefolge.

Herr Rothari gewann jetzt schnell seine gute Laune zurück. Lachend trat er selbst in den Kreis und gab Befehle. Als Irmo seiner Verletzung wegen aufgeben musste, nahm er sogar seinen Platz ein und lief eine Runde. Schließlich hielten sie an und halfen der Dulderin herunter, die halb ohnmächtig, aber dennoch glücklich zu sein schien. Irmo, der uns inzwischen begrüßt hatte, fing sie an seiner Brust auf. Mit seinem breiten, sieghaften Lächeln erwiderte er den beseligten Aufblick des zarten Wesens, das federleicht in seinem Arm hing. Wuchtigen Schrittes, wobei Eddila auf ihren kraftlosen Beinen kaum folgen konnte, führte er sie zu einem der Häuser. Thankmar wich Irmo nicht von der Seite und folgte ihm wie ein Hündchen.

„Die drei dort sind meine ganze Hoffnung", sagte Herr Rothari, ihnen nachblickend, mit einem stolzen Lächeln. „Mein Platz hier wird nicht verwaisen, wenn ich auch fortgehe."

Wir standen zu zweit beieinander. Odo hatte sich nach den Ställen begeben, um sich zu vergewissern, dass sein Impetus gut versorgt war.

„Es scheint Euch wahrhaftig damit Ernst zu sein", sagte ich.

„Vollkommen, Vater! Je näher Rom, desto näher die Seligkeit."

Wir lachten.

„Aber der König kann beruhigt sein“, fuhr er fort. „Mein Haus ist bestellt. Und für das Amt ist mein Sohn ein würdiger Nachfolger. Er ist klug und besonnen, erfüllt von edlem Tatendrang. Einen Besseren an meiner Stelle kann sich der König nicht wünschen. Allerdings ist er kein Mann der starken Faust, und das könnte einige der Herren dort oben, die Raben, Geier und Habichte übermütig machen. So ist es gut, dass er Irmo hat, einen treuen Schwager und Gefolgsmann, klugen Ratgeber im Frieden, entschlossenen Kriegsmann im Unfrieden. Die beiden, Vater, werden gemeinsam im Namen des Königs das Tal und eines Tages auch die Berge beherrschen. Ist das nicht ein prächtiges Tier?“, rief er aus, als in diesem Augenblick ein Knecht die kleine Stute vorbei führte. „Es ist ein Brautgeschenk Irmos für meine Eddila. Im Vertrauen: Ich habe dem Mann, der das Pferd verkauft hat, heimlich fünfzehn Solidi dazugegeben. Irmo durfte das natürlich nicht wissen, es hätte ihn schwer beleidigt. So glaubt er nun, durch geschicktes Handeln den Preis erzielt zu haben, den er bezahlen konnte.“

„Der Hochzeit steht also nichts mehr im Wege“, stellte ich fest.

„Nein“, erwiderte er und rieb sich fröhlich die Hände. „Und wenn Ihr ein paar Wochen hierbleibt, Vater, werdet Ihr sie selbst erleben.“

Er zwinkerte mir zu, und zum ersten Mal störte es mich, dass er mich offensichtlich als Gleichgesinnten und Vertrauten betrachtete. Als ob nicht vor einer Stunde noch auf seinem „Olymp“ von einem Mord die Rede war und als hätte er nicht, wenn auch nur einen winzigen Augenblick lang, die Möglichkeit eingeräumt, dass ihn Irmo begangen hatte.

„Was ist nur los mit dir, mein Freund`“, fragte mich Odo, als wir uns später am Brunnen die Füße wuschen. „Viel Scharfsinn hast du heute nicht blicken lassen. Dein Geist scheint mir nicht mehr ganz klar zu sein. Mach es mal wie mit deinen Füßen. Schabe die dicke Kruste ab, die sich da angesetzt hat.“

„Was denn für eine Kruste?“

„Trägheit und Anbiederei.“

„Nun übertreibe mal nicht.“

„Täusche ich mich oder wolltest du nichts davon wissen, dass der Hätschelbengel des Grafen, dieser Irmo, einen verteufelt guten Grund hatte, dem Bardo vom Rabenfest den Garaus zu machen?“

„Mich wundert, dass du so abfällig über Irmo redest. Er schien dir doch zu gefallen.“

„Zu Anfang ja. Aber das änderte sich. Mein Verstand ist eben noch nicht verkrustet.“

„Nun gut. Was seine Schwester, Frau Luitgard, betrifft, habe ich mich getäuscht. Dass ihr so Schlimmes widerfahren ist, ahnte ich nicht. Wenn aber ihr grausamer Gemahl dafür mit dem Leben büßte, so hatte doch immerhin der Totschläger fast einen edlen Beweggrund.“

„Ich bin vollkommen deiner Meinung! Einer Frau das Gesicht zu zerstören, noch dazu, wenn sie so schön ist wie diese, ist ein dreimal todeswürdiges Verbrechen. Wer es bestrafte, hätte also sogar einen

dreifach edlen Beweggrund."
„Nun, und was wirfst du ihm vor?"
„Dass es nicht dieser dreifach edle, sondern ein einfacher und eher unedler Grund war, weshalb er den Mann vom Rabennest umbrachte."
„Und welcher?"
„Er wollte Schwiegersohn des Grafen werden. Desselben Mannes, der zuvor seine schöne Schwester über das glühende Eisen gejagt hatte. Mit der Folge, dass sie nun lahm ist."
„Aber Odo! Das sind diese alten Bräuche zur Urteilsfindung. Überbleibsel des heidnischen Volksrechts, die man als Richter nun mal …"
„… in jedem Fall anwenden muss?"
„Das nicht …"
„Es gibt Möglichkeiten, sie zu umgehen, sie durch andere zu ersetzen, die zwar auch nicht vernünftig, aber nicht ganz so unmenschlich sind. Warum kam der empfindsame Herr, der hoch in den Lüften schwärmt und dichtet, nicht auf eine solche Möglichkeit? Indem er zum Beispiel einen Zweikampf anordnete, damit sein Gefolgsmann die beleidigte Ehre seiner Schwester vor Gericht mit der Waffe verteidigen konnte? Und warum hat der Gefolgsmann, der seine Schwester so liebt, seinem Herrn, bei dem er so sehr in Gunst steht, diese Lösung nicht abgerungen?"
„Darauf weiß ich auch keine Antwort. Doch … eine vielleicht …"
„Und die wäre?"
„Dass der Vorwurf gerechtfertigt war. Dass sie tatsächlich einen Liebhaber hatte. Oder dass sie zu-

mindest alle davon überzeugt waren und deshalb aus Abscheu …"

„Sagtest du ‚Abscheu'?", fuhr Odo mich an, wobei er mich schüttelte und dabei anstarrte, als ob er mich fressen wollte. „Weil sie einen Liebhaber hatte? Ich bin sicher, sie hatte einen! Wie hätte sie denn das Leben ertragen können, nachdem man sie in das Bett eines alten Scheusals geworfen hatte? Und dafür sollte ein Freund der üppigsten Wandmalereien, der seine Jugend in Gallien und Italien verhurt hat, unter anderem mit Chorherren, kein Verständnis haben? Dafür musste er sie über glühende Pflugschare jagen?"

„Odo …"

„Und dieser liebende Bruder, dem sie die Schuldhaft ersparte, dem sie mit ihrem Opfer Freiheit und Ehre gerettet hat … der sollte nicht hundertmal für sie die Waffe blank ziehen – und wenn sie hundert Liebhaber hätte?"

„Was verlangst du von diesen Menschen?", erwiderte ich, wobei ich auf dem Brunnenrand von ihm weg rückte, damit er mich endlich losließ. „Nicht jeder denkt so wie du, schon gar nicht über Frauen. Sie leben nach ihren Regeln und tun, was vorteilhaft für sie ist."

„Ja", sagte Odo und strich sich müde mit der Hand über die Stirn. „Du hast wohl Recht. Wozu sich darüber ereifern! Ich wollte dir ja auch nur klar machen, dass es der weniger edle Beweggrund, nämlich der gegenseitige Vorteil war, weshalb die beiden den Bardo umbrachten."

„Die beiden?"

Erschrocken sah ich mich um. Es konnte uns aber niemand hören. Wir saßen allein an dem Brunnen, den ein geräuschvoll plätschernder, schäumender Quell speiste. Vor einer der Hütten, die aber wohl zwanzig Schritte entfernt war, hockten ein paar alte Frauen vom Gesinde. Die letzten Sonnenstrahlen tauchten die Tannenwipfel in rötliches Licht.

„Hast du eben gesagt ‚die beiden'?"

„Ja. Du hast doch gehört, wie sie es gemacht haben. Er hat es uns doch genau erklärt."

„Rothari? Das ist meiner Aufmerksamkeit entgangen."

„Du warst eben zu sehr auf seine Verse erpicht."

„So schmore mich nicht auf dem Rost. Sprich endlich."

„Meinetwegen." Er riss Gras aus, um seine Füße abzutrocknen. „Aber pass diesmal gut auf. Bardo war beutegierig. Damit er dem großen Haufen zuvor kam, ging er allein auf Erkundung aus. Wenn es sich lohnte, holte er seine Leute nach, und sie machten den Fischzug, bevor die anderen anrückten. Rothari und Irmo kannten seine Gewohnheit, kurz vor dem Morgengrauen loszuziehen. In dieser Nacht folgte ihm Irmo. Einer beobachtete ihn dabei, der Wilddieb und Heimsucher. Nachdem Irmo Bardo erledigt hatte – und zwar nicht Brust an Brust, sondern aus einem Hinterhalt, denn der Schädel des Toten war eingeschlagen –, sorgte er dafür, dass es nach einem sächsischen Überfall aussah. Anschließend machte er sich kaltblütig an die Erkundung des Dorfes. Als er zurückkam, empfing ihn Rothari als erfolgreichen

Kundschafter und erklärte der Truppe, er hätte ihn ausgeschickt. Seine Angaben stimmten, das Dorf war geräumt … also hatte er sich gewissenhaft seinem Auftrag gewidmet. Später wurde der Tote gefunden – wieder einer, der den Sachsen ins Messer gelaufen war. Der Zeuge hütete sich, das Maul aufzumachen. Erst nach der Heimkehr ging er zu Garibald. Der forderte auf der Stelle ein gebotenes Ding, eine außerordentliche Gerichtsversammlung. Die wurde natürlich verweigert. Und weil es nicht schwierig ist, einen früher einmal verurteilten Zeugen ein bisschen einzuschüchtern, konnte der einzige Born, aus dem sich ein Tröpfchen Wahrheit gewinnen ließe, erfolgreich verstopft werden. Hast du dazu noch Fragen, mein unaufmerksamer Freund?"

„Allerdings! Was macht dich denn so sicher … in der Annahme, dass Rothari den Mord mit geplant und später den Mörder gedeckt hat?"

„Auch darüber hat er ausführlich geplaudert. Auf romanisch und auf lateinisch."

„Und das Lateinische hast du verstanden?"

„Offenkundig besser als du. Unseren verhinderten Kirchenfürsten, der im Stande eines Subdiakons der irdischen Seligkeit entsagen musste, zieht es mit aller Macht nach Süden. In Mailand hat sich ein Jagdfreund gefunden, der ihn aufnehmen will. Doch es gibt Hindernisse! Da ist zunächst das Amt, das ihm unser Alter verliehen hat und das er nicht einfach hinwerfen kann. Immerhin ist ein Sohn da, dem er es – unter Ausnutzung seiner Beziehungen bei Hofe – in absehbarer Zeit übergeben kann. Nun aber erhebt sich als weitere Frage: Wird der dem Amt auch gewachsen sein? Wird er im Stande sein, aus den Gütern Gewinn zu schlagen, um reichlich Abgaben, Zölle und Bußgelder einzutreiben, damit Väterchen in Italien nicht nur als Kostgänger, sondern auf großem Fuß leben kann? Die Antwort lautet entschieden nein, denn dieser hübsche Junge ist so weich wie ein Schafskäse und hat kaum Aussichten, härter zu werden. Was tun? Ein tüchtiger Sachwalter wird gebraucht, nach Möglichkeit ein Verwandter, denn nur auf Verwandte ist halbwegs Verlass. Hier aber sieht es noch trüber aus, denn die Verwandtschaft, die man demnächst durch doppelte Heirat bekommen wird, sind – die Rabennestleute. Denen hat man sich durch Verlobungsverträge leichtfertig verpflichtet. Der Trunkenbold Allard und das Pausbäckchen sind ja noch ungefährlich. Doch hinter den beiden lauern Bardo und Garibald, zwei alte, gefräßige Wölfe. Der Liebhaber italienischer Falkenjagden weiß, was von solcher Verwandtschaft zu erwarten ist. Sie würde, wenn er erst einmal fort wäre, alles kahl fressen und ihm nicht einen einzigen lumpigen Denar gönnen. So hält er gründlich mit sich Rat und kommt zu dem Schluss: Keine Hochzeit mit denen vom Rabennest! Kannst du jetzt selbst weiter denken, mein Hochgescheiter?"

„Solange Bardo am Leben war, konnte Rothari die Verträge nicht lösen."

„Volltreffer! Sonst hätte er nämlich statt italienischer Sonne thüringische Erde bekommen. Auf seinem Sarg."

„Ein Helfer wurde gebraucht."

„Und war bald gefunden. Junger Adaling mit glänzender Ahnenreihe, doch arm, durch einen verwahrlosten Erzeuger gedemütigt, ehrgeizig, tatendurstig, maulgewandt, rücksichtslos, dabei treu und seinem Gefolgsherrn ergeben. Der passende Sachwalter für den Vater, Ratgeber für den Sohn und Ehemann für die Tochter."

„Das hört sich glaubhaft an."

„Also glaube es, denn es ist die Wahrheit."

„Da kann man zugunsten Irmos nur anführen, dass er unsere Gotteswelt wenigstens von einem Teufelsbraten befreit hat."

„Von zweien."

„Wie?"

„Erst von Bardo, dann von Allard."

„Aber Allard ist nicht von seiner Hand …"

„Du enttäuschst mich schon wieder, mein guter Lupus. Auch deine Augen sind unscharf geworden."

„Er stürzte vom Felsen."

„Er wurde gestürzt."

„Aber hast du denn nicht selber bezeugt …"

„Ich erinnerte mich rechtzeitig deiner Prophezeiung, dass sie Irmo erschlagen würden, wenn er zuvor den Allard erledigte. Um uns dieses Schauspiel zu ersparen …

„Und er hat es wirklich getan? Bist du ganz sicher?"

„Vollkommen. Natürlich hatte er es zunächst nicht vor. Aber ein guter Hund schnappt zu, wenn der Brocken vom Tisch fällt."

„Ich glaubte zu sehen, dass er Allard festhalten und

vor dem Absturz bewahren wollte."

„Er gab ihm geschickt einen Stoß. Du erinnerst dich: Er hatte sich überschätzt und war von den Brüdern auf die Felsentreppe gelockt worden. Hier bewies er schon mal Gewandtheit, trotz seiner Verletzung. Er hatte ein kleines Messer am Gürtel. Blitzschnell schleuderte er es dem Allard entgegen, sodass der sein Schwert fallen ließ. Die Wunde war sicher unbedeutend, doch Allard konnte nun leicht überwältigt werden. Feigherzig und erschöpft blieb er vorn an der obersten Stufe liegen. Jetzt versucht es Hug mit dem Pfeilschuss, verfehlt aber. Der erschrockene Allard springt auf und macht zwei Schritte rückwärts. Zwei Schritte – das sah ich genau! Irmo wendet sich zu ihm hin, streckt den Arm aus und Allard stürzt ab. Als ich hinauf steige, stelle ich fest, dass man fünf, sogar sechs Schritte machen kann. Wer nach zwei Schritten ausgleitet, kann nicht abstürzen. Er muss dazu einem kräftigen Stoß bekommen."

„So hatte Garibald Recht, als er herumlief und alle fragte: ‚Habt ihr es gesehen?'"

„Er wusste ja ebenso gut, dass man nicht schon nach zwei Schritten abstürzen kann."

Wir schwiegen. Ich putzte noch meine Sandalen, während Odo seine Wadenbänder auswusch. Das ist sonst Arbeit für Rouhfaz, aber der lag schon, von den Anstrengungen der letzten Nacht erschöpft, auf seinem Strohsack und schnarchte.

„Und was machen wir nun, wenn Garibald klagt?", fragte ich schließlich. „Willst du dein Zeugnis widerrufen?"

Mein Freund dachte einen Augenblick nach.

„Er wird nicht klagen. Hast du auf seinen Blick beim Abschied geachtet? Er erhofft jetzt nichts mehr von uns. Wir sind nur noch gottverfluchte Franken für ihn, von denen nie etwas Gutes kommt, schon gar nicht Gerechtigkeit."

„Aber irgendetwas wird er doch tun."

„Das fürchte ich allerdings auch", sagte Odo.

7. Kapitel

Wenn Irmo tatsächlich ein zweifacher Totschläger war, so hatte ich vorher nie einen kennengelernt (und ich habe auf meinen Reisen als Königsbote manchem, der mehrfach gemordet hatte, Auge in Auge gegenüber gestanden), dessen äußere Erscheinung so eindrucksvoll und dessen Wesen so heiter und gewinnend war. Es stellte sich bald heraus, dass Irmo schon jetzt sowohl auf dem Allod als auch auf den Amtsgütern des Grafen die nahezu uneingeschränkte Weisungsbefugnis hatte. Rothari kümmerte sich um nichts und ließ ihn gewähren, und der betagte Verwalter traf keine Entscheidung, ohne den jungen Vasallen und Anführer der gräflichen Gefolgschaft vorher gefragt zu haben. So kam es, dass auch wir mehr mit Irmo als mit dem Grafen zu tun hatten, durchaus nicht zu unserm Bedauern. Es gab keinen besseren Kenner der Verhältnisse und keinen, der uns wortgewandter mit ihnen vertraut machen konnte.

Er führte uns durch den Tannengrund wie durch seinen eigenen Garten. Er kannte jede Hütte und jeden Strauch und natürlich jeden Bewohner, auch den geringsten. Er wusste von den Sorgen der Leute und brachte sie durch seine fröhliche, Vertrauen erweckende Art sogar dazu, sich auch uns aufzuschließen.

Manches eigenartige Gewerbe lernten wir kennen. So machen sie hier aus Hirschgeweih, das es im Überfluss gibt, die prächtigsten Kämme, wie überhaupt aus diesem Rohstoff allerlei nützliche Gegenstände hergestellt werden. Auch kunstfertigen Schmieden habe ich über die Schulter gesehen, die zwar ein minderwertiges, weil etwas kupferhaltiges Eisen verarbeiten, doch wahre Wunderwerke von zierlich gestalteten Fibeln, Reifen und Schnallen zustande bringen.

Wahrhaftig, so etwas würde auf einem Markt in Frankfurt, Köln oder Soissons reißenden Absatz finden, doch sie machen es nur für sich oder ihre Herrschaft. Ganz selten verkaufen sie etwas an einen Händler, der sich mit seinem Esel über die Berge gequält hat. Dies brachte uns immer wieder auf unser wichtigstes Anliegen, nämlich die Straße, und auch dabei fanden wir in Irmo den beredtsten und ideenreichsten Verbündeten.

Eines Morgens legte er uns zu unserer Überraschung ein Pergament mit einem Plan des Tannengrunds und seiner Umgebung vor, auf dem der mögliche Verlauf der Straße schon bis in die letzte Einzelheit skizziert war. Fräulein Eddila hatte die Zeichnung gemacht, nach seinen Angaben. Die Namen derer, die man zur Rodung verpflichten musste, waren vermerkt, sogar die Zahl der von jedem benötigten Knechte war schon errechnet. Irmo erbot sich sogleich, einige kleine Gutsbesitzer und Hufebauern für das Unternehmen zu gewinnen und meldete noch am selben Abend Erfolg. Was die großen Herren betraf, so gab er offen zu verstehen, dass hier lange, geduldige Überzeugung, gepaart mit Druck, etwas ausrichten könne.

Es ist seltsam, aber auch mit den Rechtsverhältnissen in der Grafschaft wurden wir durch den mutmaßlichen Totschläger am besten und gründlichsten vertraut gemacht. Eine *„Lex Thuringorum“* ist ja bisher noch nicht geschrieben, und so war ich auf dieser Reise eifrig bemüht, an allen Orten, wo wir uns aufhielten, Notizen über eigentümliche Rechtsbräuche zu machen. Denn unser Herr König Karl hat uns ausdrücklich verpflichtet, die alten Volksrechte zu studieren und sie nach Möglichkeit anzuwenden. Als wir nun unter Irmos Führung unsere Erkundungsgänge machten, geschah es manchmal, dass man uns, sobald wir als hohe Gerichtsherren vorgestellt waren, unverzüglich und ohne Scheu einen Streitfall vortrug, Und nicht selten gerieten wir dann in Verlegenheit.

Wer erbt die Fahrhabe und die Unfreien, wenn weder Söhne noch Töchter vorhanden sind? Wir hätten dem aufgeregten Bruder des Toten, der sich betrogen fühlte, gern alles zugesprochen. Doch Irmo belehrte uns freundlich, dass in diesem Fall die Schwester, dann aber auch noch die Mutter Vorrang habe. Wann geht andererseits das „Grunderbe“, wie man sagt, „vom Speer auf die Spindel“ über? Zwei weinende Schwestern, die die Bergweide ihres verstorbenen Vaters beanspruchten, erfuhren von Irmo – nicht von uns –, dass der entfernte Vetter, der dort bereits seine Ziegen hütete, nicht vertrieben werden könne. Hier erbt nämlich eine Tochter erst Grundbesitz, wenn in der Familie bis ins fünfte Glied keine Männer mehr aufzutreiben sind.

Einen possenhaften Fall von Heimsuchung und Diebstahl entschied Irmo gleich auf der Stelle. Die

Gemahlin eines kleinen Adalings, der seit drei Tagen auf Bärenpirsch war, empfing uns im Bett unter einem Schaffell, das ihre Nacktheit bedecken musste. Keinen Fetzen habe sie mehr zum Anziehen, zeterte sie. Am Abend zuvor, nach Einbruch der Dunkelheit, sei ihr Nachbar mit drei Brüdern und fünf Söhnen bei ihr eingebrochen, habe Möbel, Teller und Krüge zerschlagen und ihre Kleidertruhe fortgeschleppt. Nun warte sie hilflos auf die Rückkehr ihres Gemahls, des Bärenjägers. Wir begaben uns gleich zu dem Nachbarn und kamen wahrhaftig darauf zu, wie sich die ganze Familie um die Truhe drängte, aus der die Weiber Hemden, Röcke, Gürtel und Strümpfe herauszerrten und kreischend und zankend untereinander verteilten. Zur Rede gestellt, beschwor der erschrockene Hausherr, nur Gleiches mit Gleichem vergolten zu haben. Denn nackt und ungeschützt sei nun auch die Frau nebenan – so wie er selbst, nachdem jene ihm den Hofhund vergiftet habe, aus Rache für angeblich gerissene Hühner.

Natürlich konnte er nichts beweisen, und Irmo befahl denn auch gleich, die gestohlenen Kleidungsstücke wieder einzusammeln und die Truhe zurückzutragen. Und dann maß er jedem der Diebe ein Bußgeld zu, klug abgestuft nach dessen Stellung in der Familie., aus der sich ergab, wie weit er verantwortlich oder abhängig war. Dass es dazu keinen Widerspruch gab, mochte unsere Gegenwart mit bewirkt haben. Doch mich erstaunte die Sicherheit, mit der dieser Irmo ohne zeremoniellen Aufwand auf dem Anwesen eines Hufebauern zwischen Hühnern, Gänsen und Schweinen „im Namen unseres Herrn Königs und des Herrn Grafen“ Recht sprach, als habe er Zeit seines Lebens nichts anderes getan. Alle um Haupteslänge überragend, ging er unter den Übeltätern umher, den einen am Bart, den anderen am Schopf packend, die zürnende Gerechtigkeit in Person, dann aber auch wieder nachsichtig scherzend, ihre Habsucht verspottend, sodass sie aufatmen und sich wie Kinder fühlen durften, die man nur bei einer Dummheit ertappt hat. Niemand schien ihm am Ende gram zu sein, trotz der Strafen. Er hatte die natürliche Autorität des geborenen Anführers, dessen Spruch man sich beugt.

Dies entging natürlich auch Odo nicht. Ich erwähnte schon, dass er und Irmo einander in mancher Beziehung ähnlich waren. Auch Odo besitzt ja die Eigenschaften eines begnadeten Vorsängers, dem der Chor bei der Weise, die er anstimmt, stets willig folgt. In den zehn, zwölf Tagen seit unserer Ankunft hatte Odo seine Ansicht über Irmo ein weiteres Mal geändert – nicht vollständig, doch in einigen wichtigen Punkten. Kein Zufall war es daher, dass er an einem Abend, als wir wieder gemeinsam am Brunnen hockten, zunächst auf seinen Ahnen Chlodwig, den berühmten Reichgründer, zu sprechen kam.

„Das war ein großer Mann“, sagte er, während er mit einem Messer die Nägel seiner Füße kürzte. „Einer, der tat, was notwendig war. Auch wenn ihn die Tintenverspritzer später dafür geschmäht haben.“

„Du meinst den Bischof Gregor von Tours, der Chlodwigs Taten beschrieben hat. Er berichtet allerdings einige Gräueltaten. Glaubst du denn, dass er lügt?"

„Keineswegs. Er berichtet die volle Wahrheit. Mein Ahn ließ alle seine Verwandten umbringen. Einige erschlug er sogar selbst mit der Axt. Und was kam am Ende dabei heraus? Was blieb nach dem Gemetzel übrig? Das stolze fränkische Reich! Hätte er alle die kleinen Könige, seine Onkel und Vettern am Leben gelassen,, wären wir längst gefressen worden – von Goten, Langobarden, Sachsen, Awaren, Slawen und anderen."

„Er bekannte sich zum christlichen Glauben. Gott half ihm, das Reich zu errichten."

„Siehst du!", erwiderte Odo lebhaft. „Gott verzieh ihm das alles. Wahrscheinlich hat er die ganze Bande, ich meine die erschlagenen Onkel und Vettern, gleich zum Teufel geschickt und ihm sagen lassen: ‚Schmore die Schurken in deiner Hölle, Freund, wo sie hingehören! Sie wollten Chlodwig, meinen Erwählten, daran hindern, das Reich zu einigen und in meinem Namen zu herrschen!'"

„Du willst damit sagen, dass es zuweilen richtig sein könne …"

„… ein paar Schurken zur Hölle zu schicken. Ja … Aber das sage ich unter uns. Nur als Mann von Verstand. Wenn Gott jetzt mithört, ist es aber nicht schlimm. Er wird in diesem Fall meiner Meinung sein."

„Du meinst, im Falle des Irmo. Du findest seine Taten verzeihlich."

Odo legte das Messer weg und streckte sich neben

dem Brunnen im Gras aus. Es war trotz der späten Stunde sehr heiß. Ich hatte meine Kutte abgelegt und saß, nur mit einer Hose bekleidet, in der Nähe des Quells. Ab und zu streckte ich die Hand nach dem Strahl aus, schöpfte Wasser und ließ es über Arme und Beine rieseln.

„Vermutlich tat er, was notwendig war“, sagte Odo. „Aber es gibt da nach wie vor einen hässlichen Fleck …“

„Die Witwe.“

„Ja. Sie ist sein drittes Opfer. Aber vielleicht war es ebenfalls nötig. Dieser Tannengrund schläft einen langen Winterschlaf. Er braucht den Erwecker.“

„Er könnte es sein.“

„So ist es. Und falls er das selbst erkannt hat, war alles, was er getan hat, folgerichtig. Nur über die dürre Kirchenmaus kommt er ans Ruder und kann bestimmen, dass das Boot künftig geraden Kurs nimmt. Ich bin sicher, er wird die Straße bauen! Und in ein paar Jahren werden sogar die Habichte, Adler und Geier da oben lieblich zu singen gelernt haben – wie die Finken und Drosseln. Oder es erwartet sie alle ein Rabenschicksal. Dann verenden sie im dichten Gehölz wie Bardo … oder sie werden aus dem Nest gestoßen wie Allard. Unser frommer Alter, der große Karl, hätte gewiss nichts dagegen. Er denkt wie Chlodwig, mein Ahn, auch wenn er es etwas weniger arg treibt.“

Wir lachten, jedoch nicht fröhlich, und versanken in Nachdenken über den seltsamen Widerspruch, der sich auftat zwischen dem, was gerecht und was richtig ist.

Als wir später durch das Tannenwäldchen zum Saalhaus zurück gingen, in dessen kühlem Untergeschoss wir Quartier genommen hatten, brachte Odo die Rede noch einmal auf die Witwe.

„Ich habe mich erkundigt“, sagte er. „Dem Gottesurteil war auf der Gerichtsversammlung ein heftiger Streit vorausgegangen. So viel habe ich jedenfalls von dem verstanden, was mir ein paar Bauern erzählt haben, in ihrem eigenartigen Diutisk.“

„Der Streit zwischen Frau Luitgard und ihrem Ehemann Bardo“, vermutete ich.

„Nein, zwischen Bardo und Irmo. Bardo verlangte die glühenden Pflugschare, Irmo erbot sich zum Zweikampf. In dieser Beziehung war ich mit meinem Urteil zu hastig. Zumindest hat er versucht, ihr die Folter zu ersparen.“

„Dennoch sagtest du, dass sie sein drittes Opfer sei.“

„Ja. Denn er gab klein bei. Um seine Pläne nicht zu gefährden.“

„Aber was hätte er als Gefolgsmann gegen die Entscheidung des Grafen tun können?“

„Rothari wollte anfangs selber den Zweikampf. Auch die Beisitzer, die *scabini*, wollten ihn. Die ganze Versammlung wollte ihn. Es gab fast einen Aufruhr, als sich der Graf dann für die Feuerprobe entschied.“

„Nach dem Willen des Bardo.“

„Ja. Er fügte sich.“

„Und Irmo mit ihm.“

„Ohne Protest.“

„Als treuer Gefolgsmann."

„Und als Mitwisser."

„Wie?"

„Er wusste, wer ihr Liebhaber war."

Ich blieb stehen.

„Aber das hatte ich doch gleich vermutet!", rief ich so laut, dass in der Nähe ein paar Vögel erschrocken aufflogen.

„Ja", sagte Odo und nötigte mich zum Weitergehen. „Nur erfüllte es ihn nicht, wie du annahmst, mit Abscheu und frommer Entrüstung. Sonst hätte er spätestens jetzt den Namen genannt und damit das Feuerurteil verhindert."

„Aber ein noch schlimmeres Ärgernis herauf beschworen."

„Er zog es vor, seine Schwester leiden zu lassen."

„Du glaubst, dass er ihren Liebhaber vor der Entdeckung schützen wollte."

„Davon bin ich überzeugt.."

„Und Rothari?"

„Hatte dieselbe Absicht."

„Und befahl deshalb die Feuerprobe?"

„Er beugte sich dem Willen des Bardo. Der den Namen ebenfalls wusste."

„Du meinst ..."

„Er wünschte die Frau, doch nicht den Mann zu bestrafen."

„Aber angeblich hatte doch Hug diesen Mann überhaupt nicht erkannt, mit dem er Frau Luitgard im Wald ..."

„Glaubst du wirklich, dass der garstige Bengel

nicht ganz genau hingeguckt hat?“

„Nun, wenn sie alle den Namen kannten … welchen Sinn hatte dann das Gottesurteil?“

„Du hast Recht. Ein seltsamer Widerspruch. Gottesurteile haben die Eigenschaft, fast immer so auszugehen, wie man es wünscht. Gott ist ein verlässlicher Richter. In diesem Fall allerdings hatte man Gründe, sein Urteil anzurufen, aber nicht anzunehmen. Die schöne Sünderin wurde freigesprochen.“

„Weil ein göttlicher Schuldspruch wieder die Frage nach dem Mittäter gestellt hätte.“

„Den alle kannten, aber nicht anklagen wollten. Nicht einmal die Gepeinigte selbst. Sie schleppte sich auf ihren wunden Füßen in die Versammlung, um seine Unschuld zu beweisen. Sie musste ihn wohl sehr lieben, jedenfalls mehr, als der Kerl verdiente. Wahrhaftig, ich gäbe etwas darum, ihn kennenzulernen.“

Er schnaufte zornig und spie aus.

Wir hatten das Saalhaus erreicht. An der Treppe, die zur Veranda führte, hockten unsere Leute im Kreis und würfelten beim Schein eines Kienspans. Aus der Hauskapelle ertönte der zittrige, dünne Gesang einer einzelnen Stimme. Fräulein Eddila war immer noch bei der Abendandacht, die ich selber schon vor einer Stunde beendet hatte. Der junge Herr Thankmar führte zwei Hunde vorüber und grüßte uns. Die Tür des Hauses auf dem Mooshügel war angelehnt und das helle Licht einer Öllampe warf den Schatten des Hausherrn auf die Wand dahinter. An den Bewegungen des Schattens sah man, dass Rothari am Tisch saß und schrieb.

Seit unserem Ankunftstag waren wir nur noch selten mit dem Grafen zusammengetroffen. Entweder saß er in seinem Haus oder auf dem „Olymp", und da er bis weit in den Tag hinein zu schlafen und die halbe Nacht zu wachen pflegte, ergaben sich nur wenige Gelegenheiten, einander zu sehen. Meistens begegneten wir uns zufällig. Dann erkundigte er sich höflich nach unserem Befinden, fragte, ob wir mit allem versorgt seien oder ob es Klagen gebe und äußerte die Hoffnung, dass wir noch recht lange seine Gäste blieben. Wenn wir Fragen hatten oder Auskünfte brauchten, verwies er uns aber an Irmo oder an seinen Verwalter. Zu den Mahlzeiten im Salhaus, an denen die beiden Genannten gewöhnlich teilnahmen, erschien er nie. Er ließ sich die Speisen in sein Refugium bringen, wo ihm nur seine Kinder Gesellschaft leisteten. Seine Gemahlin, die vor etwas mehr als einem Jahr gestorben war, hatte beim Gesinde hinter dem Tannenwäldchen gelebt und soll ihn wochenlang nicht zu Gesicht bekommen haben. Es war ohne Zweifel seine Eigenart, sich zurückzuziehen und nur gelegentlich aufzutauchen, um dem alltäglichen Treiben ein paar gelangweilte Blicke und Bemerkungen zu widmen.

Dass er seine Gewohnheiten auch jetzt, während unserer Anwesenheit nicht änderte, obwohl wir als hochrangige Abgesandte des Königs alles andere als gewöhnliche Gäste waren, mochte allerdings andere Ursachen haben. Die Verstimmung vom ersten Tag, als er sich von uns verhört und verdächtigt glaubte, wirkte wohl nach. Ganz sicher hatte er die gleiche

Abneigung gegen Odo gefasst wie dieser gegen ihn, was zu verbergen beiden durchaus nicht gelingen wollte. Es mochte ihn auch beleidigen (wie viele schon vor ihm), in seiner Amtsführung überprüft zu werden. Da er die Absicht hatte, bald alles aufzugeben, hielt er es schließlich wohl für unnötig, noch besonderen Eifer zu zeigen. Es musste ihm gleichgültig sein, was wir bei Hofe über ihn berichten würden. Vielleicht waren seine Beziehungen zu Herrn Alkuin wirklich so glänzend, dass Lob und Tadel aus unserem Munde bedeutungslos waren.

Was mich betrifft, so wurde ich weiterhin etwas bevorzugt von ihm behandelt. Und es lag wohl eher an mir, dass ich nicht regelmäßig in dem Haus auf dem Mooshügel empfangen wurde. Gleich am zweiten Tag hatte er mir eine bei seinem letzten Besuch in Mailand teuer erworbene Ausgabe der Epoden des Horaz gezeigt und mein Urteil erbeten, und ich hatte die Ungeschicklichkeit begangen, mich wegen zu vieler Schreibfehler abfällig zu äußern. Das kränkte ihn sichtlich und er zeigte mir nichts mehr aus seiner Bibliothek. Ein Meinungsaustausch über Literatur und Religion, bei dieser Gelegenheit begonnen, kam bald ins Stocken und wurde abgebrochen. Der Graf ließ mich dann nur noch einmal durch Fräulein Eddila in die Kapelle holen, wo er mir einige Priester aus seiner Grafschaft vorstellte. Alle waren unfrei geborene ehemalige Mönche. Er gab ihnen Unterricht im Lateinischen, was eine Sisyphusarbeit war, denn sie begriffen so gut wie gar nichts. Mir fiel bei der grauenhaften Stümperei wieder die Klage unseres großen

Bischofs Bonifatius über einen Priester ein, der das Taufsakrament „in nomine patria et filia" spendete – „im Namen von Vaterland und Tochter". Was hätte der Heilige hier erst zu hören bekommen!

Als ich jetzt bei Rothari Licht sah, fiel mir ein, dass ich ihm eine wichtige Mitteilung machen musste. Da wir am nächsten Morgen früh aufbrechen wollten, um uns in eine entfernte Ecke des Tannengrunds zu begeben, erschien es ratsam, dies gleich zu tun. Ich schickte Rouhfaz vor, um mich anzumelden und er kam mit dem Bescheid zurück, dass ich erwartet würde. Der Graf, nur mit einer langen, faltenreichen Tunika bekleidet, erhob sich bei meinem Eintritt. Er bot mir Wein an und wir sprachen zunächst über Belangloses. Dann sagte ich ihm, dass wir beabsichtigten, am sechsten Tag, einem Donnerstag, ein gebotenes Ding durchzuführen.

Er erwiderte zunächst nichts und schien nachzudenken.

Dann murmelte er: „Am sechsten Tag, einem Donnerstag ... Ja, wie denn?", rief er plötzlich. „Ihr wollt zu Gericht sitzen, während wir Hochzeit feiern?"

„Ihr feiert Hochzeit?", fragte ich überrascht. „Davon wusste ich nichts."

„Nun, die von Eddila und Irmo! Hat man Euch etwa noch nicht eingeladen?"

Also feierten wir, statt Gericht zu halten.

Natürlich hatte niemand vergessen, uns einzuladen. Den Tag der Hochzeit festzulegen, war dem Grafen just in dem Augenblick eingefallen, als er von mir erfuhr, wann wir das gebotene Ding einberufen wollten. Große Hochzeitsfeste dauern in dieser Gegend drei Tage. Wir hatten die Absicht geäußert, nur noch eine Woche zu bleiben. Offensichtlich war, dass Rothari hoffte, im Festrausch würden wir es mit der Pflicht nicht mehr allzu genau nehmen und schließlich abreisen, ohne Gericht gehalten zu haben. Dies schien ihm wichtig zu sein trotz der Gleichgültigkeit, die er sonst an den Tag legte.

Tatsächlich gerieten wir in Verlegenheit. Die Versammlung noch vor der Hochzeit einzuberufen, war aus Rücksicht auf den Grafen und seine Gäste nicht möglich. Andererseits waren wir wenig geneigt, unseren Aufenthalt um eine weitere Woche zu verlängern. Was sollten wir tun? Da der Tannengrund nicht zu unserm Mandatsgebiet gehörte, war im strengen Sinne keine Pflicht zu verletzen. So gaben wir uns schließlich damit zufrieden, einiges Nützliche bewirkt zu haben. Wie so oft blieb freilich ein Unbehagen. Wo wir im Schlamm gestochert hatten, waren nur ein paar Blasen geplatzt. Außerstande waren wir, bis zu den Untiefen vorzustoßen, geschweige denn, Sümpfe trocken zu legen. Also wandten wir lieber höflich den Rücken. Vorher aber sollte gefeiert werden.

Es begann so erhebend und glanzvoll, wie es sich für eine Hochzeit am Sitz eines Grafen gehört. Alles war bestens vorbereitet. In den letzten Tagen hatte auf dem Salhof die Betriebsamkeit eines Ameisenbaus geherrscht, auf den ein Stein gefallen ist. Boten schwirrten davon, um Gäste einzuladen. Bunte Zelte wurden errichtet, lange Tische und Bänke auf der Festwiese aufgestellt. Hirten trieben Schlachtvieh für das Hochzeitsmahl herbei. Obwohl die Zeit zur Anreise knapp war, strömten über zweihundert Gäste zusammen, darunter sogar ein Bischof. Dieser nahm in der Kapelle die Trauung vor. Während das Brautpaar unter dem ausgespannten Altartuch kniete, sangen die ehemaligen Mönche, nun Priester des Herrn, mit sehr schönen Stimmen. Darauf verließ das Paar die Kapelle und machte den Umgang unter den Gästen, die ihre Geschenke darboten.

Allerlei Kurzweil schloss sich an. Mir gefiel besonders ein Brautlauf, der daran erinnern sollte, dass man sich hier in alter Zeit seine Eheliebste durch Raub beschaffte. Unter dem anfeuernden Geschrei der Gäste rannte die zarte Eddila mit wehendem Schleier durch das Tannenwäldchen, und Irmo, der ihr einen Vorsprung gewähren musste, verfolgte sie über Stock und Stein, bis sie atemlos innehielt und sich erschöpft und glücklich von ihm einfangen ließ. Mit seinem breiten Siegerlächeln trug er sie durch die von jubelnden Gästen gebildete Ehrengasse, unter einem Regen von Girlanden und Kränzen. Wahrhaftig, er war am Ziel seiner Wünsche!

Als wir uns dann an den langen Tischen zum Mahl niederließen, erhielt ich als Nachbarn einen Mann, der mir längst aufgefallen war und dessen Bekanntschaft ich daher nicht ohne Vergnügen machte. Es war ein Hüne mit einem grauen Bart, der ihm fast bis zum Knie reichte, mit einem breiten, verwitterten Kahlschädel und Augen, die Feuer sprühten. Sein

Gewand, das bessere Tage gesehen hatte, war geflickt und recht unsauber, doch trug er Ringe und Armreife zum Zeichen seiner Adelswürde. Er sprach laut, mit tiefer, dröhnender Stimme und dabei so wild gestikulierend, dass er jeden Augenblick einen Krug oder einen Becher umstieß. Hinkend, auf einen Stock gestützt, hatte er zuvor die Braut in die Kapelle geführt. Schon ein paar Tage zuvor war er mir auf dem Salhof aufgefallen, als er fuchtelnd und stockschwingend, mit Wein gefüllt und ein sehr unanständiges Lied grölend an mir vorüber torkelte. Um dem Brauch zu genügen, hatte es nämlich noch rasch vor der Hochzeit eine kleine Verlobungsfeier gegeben, auf der der Brautpreis gezahlt und ein paar Geschenke überreicht wurden. Daran hatten nur die nächsten Verwandten teilgenommen, und so war auch die Anwesenheit des bärtigen Riesen nötig gewesen. Denn dieser Mann war Meginfred, der Nachfahr der letzten Könige Thüringens, der Vater des Irmo und der Luitgard.

Ich habe selten eine Unterredung geführt, bei der ich so viel geknufft, beklopft, gestoßen, geschüttelt und an der Kutte gezerrt wurde, wie diese. Dazu bespritzte mich mein Nachbar mit Saft vom Braten, den er so unmäßig in sich hinein stopfte, dass selbst ich, der ich ja ein wackerer Esser bin, ungläubig staunte. Das Bier soff Herr Meginfred gleich aus den bauchigen Krügen, aus denen es eigentlich erst in Kannen und Becher verteilt werden sollte. Dabei schrie er allerlei Trinksprüche, bei denen ich besser weghörte, zum Beispiel „Freiheit für das Thüringer

Land!“ oder „Noch lebt das alte Königsgeschlecht!“ oder „Auf Teudelindes Honigtöpfchen!“, was immer damit gemeint sein mochte.

Er gehörte zu denen, die ihren Tischnachbarn beim Mahl vollkommen mit Beschlag belegen. Vielleicht gefiel ihm auch, dass ich ein Fremder war. Die Einheimischen zeigten wenig Neigung, ihm zuzuhören, wandten sich ab, wenn er sie ansprach und zogen hinter seinem Rücken Grimassen. Natürlich wusste er von meiner amtlichen Eigenschaft. So stellte er sich zunächst mit pathetischem Getöse vor, zitierte eine endlose Ahnenreihe und benannte verschiedene Punkte an allen Enden der Welt, wo seine Vorfahren schon vor tausend Jahren Siege erfochten hatten. Dabei rühmte er deren christlichen Glauben, obwohl dieser ja, wie jeder weiß, noch kein Millennium alt und bei den Thüringern vor hundert Jahren nach nahezu unbekannt war. Wir tranken auf sämtliche Siege, wobei mich Herr Meginfred jedes Mal an seine Brust drückte, dass mir die Knochen krachten.

Er kam dann auch auf seine gegenwärtigen Verhältnisse zu sprechen, von denen ich ja schon wusste, dass sie recht dürftig waren.

„Dämonische Mächte“, über die er sich nicht näher ausließ, hätten sich gegen ihn verschworen und ihn beinahe in den Abgrund getrieben. Doch ließe er sich nicht unterkriegen, denn der Sieg über jene Mächte sei nahe. Habe er doch – und dabei riss er mich wieder an sich und dröhnte mir die Worte ins Ohr – mit seinen eisernen Lenden einen Helden gezeugt, der den Tannengrund und ihn selbst von allem Ungemach befreien werde. Und plötzlich sprang er auf die Beine, schlug mit seinem Stock auf die Tischplatte, dass es Scherben gab, und brüllte:

„Thüringer! Wehrhafte Männer! Würdige Greise! Stolze Jünglinge! Dies ist eine königliche Hochzeit, denn ein Spross aus dem unsterblichen Samen Bisins und Hermenefreds heiratet. Ja, so ist es! Habt deshalb Vertrauen, Männer, und seid guten Mutes! Heute hat er sich mit einer edlen Jungfrau vermählt. Aber das ist erst der Anfang, es kommt noch besser! Verkriecht euch, Dämonen! Erblasst, Halunken! Zittert, Räuber, Halsabschneider und Ehrverletzer …"

Er kam nicht weiter. Zwei starke Fäuste packten ihn und zwangen ihn, sich wieder hinzusetzen. Ringsum wurde gelacht.

„Es ist genug, Vater!", zischte Irmo. „Willst du mich lächerlich machen? Hinauswerfen lasse ich dich, was immer man von mir denken mag! Wer seinen Verstand verloren hat, soll nicht reden. Schweige also! Kein Wort mehr, wenn du es nicht bereuen willst!"

Dann wandte er sich an mich.

„Verzeiht, dass Euch dieser alte Mann mit seinem wirren Geschwätz belästigt hat. Glaubt ihm kein Wort und wendet Euch ab, wenn er wieder anfangen sollte. Es könnte ihm auch ein anderer Platz zugewiesen werden, wenn Ihr es wünscht."

Ich antwortete, dies sei nicht nötig, und Irmo kehrte zu seiner Braut zurück.

Der Zwischenfall war rasch vergessen. An den langen Tischen auf der Festwiese wurde getrunken und fröhlich gelärmt. Zum Glück blieben die gefürchteten überfallartigen Unwetter aus, den ganzen Tag strahlte die Sonne vom makellos blauen Himmel. Die jungen Männer waren die Ersten, die es nicht mehr an den Tischen aushielten. Knechte führten Pferde herbei, von der kleinen, aber kräftigen Rasse, die sie hier züchten. Die Festgewänder wurden abgeworfen, und dann sahen wir die verwegensten Reiterkunststücke. Danach begann ein halsbrecherisches Springen über die Rücken der nebeneinander gestellten Pferde. Viele übersprangen drei, einige sogar vier. Unser Helko aber ließ ein fünftes dazu stellen, und mit einem gewaltigen Anlauf schaffte er es, wobei er sich sogar in der Luft überschlug.

Etwas später sah ich ihn dann auch an der Seite des Thankmar beim Stockfechten. Seit jenem ersten Abend im Rabennest waren die beiden Freunde und wann immer Helkos Dienst es erlaubte, gingen sie gemeinsam jagen oder fischen. Auch an diesem Tag blieben sie unzertrennlich. Als allerdings später auf der Wiese der Tanz begann, waren sie nicht mehr mittendrin, sondern hockten mit traurigen Mienen abseits. Keine der lieblich geschmückten Jungfrauen, die sich vor ihnen im Reigen drehten, schien ihre Sinne zu entzünden. Helko dachte wohl an das Engelsgesicht der Meinrade, nach dem er vergebens Ausschau gehalten hatte. Niemand vom Rabennest war gekommen. Dabei hatte man Garibald und die Seinen geladen, auch Frau Luitgard, die Schwester des Bräutigams. Als ich Thankmar so bekümmert im Gras sitzen sah, erinnerte sich mich einen Augenblick lang daran, mit welcher Ehrerbietung er an jenem Abend die Witwe gegrüßt hatte, auch an die leidenschaftlichen Blicke, die er ihr zuwarf. Und plötzlich ertappte ich mich dabei, wie ich selbst mir das Bild der marmorstarren Schönen im Geiste herbeirief und mir vorstellte, dass sie vor nicht sehr langer Zeit noch ebenso fröhlich gelacht und anmutig ihre Füße gesetzt hatte wie die Jungfrauen auf der Festwiese. Dies betrübte mich und verdarb mir ein wenig die Stimmung.

Herrn Meginfred plagten ähnlich düstere Gedanken. Nach der Zurechtweisung durch seinen Sohn, die er knurrend und brummend ertragen hatte, war er tatsächlich eine Weile verstummt, doch hatte er nicht aufgehört, sich aus Krügen und Kannen zu bedienen. Und wie man es oft bei maßlosen Zechern beobachtet, war dem höchsten Entzücken das tiefste Elend gefolgt. Weil Irmo es ihm verboten hatte, wagte er nicht, mich wieder anzusprechen. So grunzte und brabbelte er vor sich hin, ballte die Fäuste, raufte den Bart und warf jammervolle Blicke um sich. Schließlich begann er sogar zu schluchzen. Ich erkundigte mich, was ihn denn so bedrücke.

„Ein Schurke bin ich!", tönte es dumpf. „Ein Scheusal! Lasterhaft, habgierig, herzlos! Weißt du, was ich getan habe?"

„Was denn?"

„Nicht glauben wirst du, dass es einen so gewissenlosen Schuft von Vater gibt."

„Nun rede schon. Vielleicht wird dir dabei leichter

ums Herz."

„Ich habe meine Tochter verkauft. Habe mein Kind geopfert, um mich selber zu retten. Sie war meine Schwalbe, mein Schmetterling! Aber ich habe alles hingeworfen … ihre Schönheit, ihre Unschuld. Aus Feigheit, aus Angst, aus Gier! Habe sie büßen lassen – statt selber zu büßen!"

„Davon hörte ich …"

„Schlage mich! Spuck mich an! Hau mir aufs Maul!", heulte er und ergriff meine Hände, als wollte er mich zwingen, ihn zu prügeln. „Ich bin eine Schande für mein altes Geschlecht. Hier sitze ich und saufe mich voll. Und meine Tochter … wo ist sie? Warum ist sie nicht hier? Ihr Bruder macht Hochzeit … sie aber schmachtet in Gefangenschaft. Da oben bei diesen Teufeln im Rabennest!"

Er ließ mich los und schüttelte seine Fäuste gegen den schwarzen Felsen, der weit hinten über den Wipfeln des Tannenwäldchens aufragte. Plötzlich schien ihm etwas einzufallen. Indem er mich durchdringend anstarrte, sagte er:

„Kannst du nicht etwas für sie tun? Du sollst so etwas wie ein Gerichtsherr sein."

„Was meinst du?"

„Du könntest sie dort herausholen."

„Das dürfte nicht leicht sein. Ich habe gehört, Herr Garibald hat die Munt über sie."

„Von wem weißt du das?"

„Von ihm selbst."

„Er lügt, der Unhold! Er hat kein Recht, das zu behaupten. Kein Recht, verstehst du? Davon ist nie die Rede gewesen."

„Auch nicht im Ehevertrag?"

„Niemals! So etwas gibt es auch gar nicht – einen Vertrag! Ich habe dem Bardo, dem Kerl, die Hand gegeben … das war alles. Dafür werde ich in der Hölle schmoren. Er ist schon unten, büßt schon für seine Verbrechen an ihr. Als ich hörte, dass er hin ist, bin ich hinauf gestiegen zum Rabennest. ‚Gebt sie mir wieder, sie gehört mir … ich will meine Schwalbe, meinen Schmetterling!'"

!Und die Antwort?"

„Hier!"

Er streifte den Ärmel hoch und zeigte mir mehrere schlecht vernarbte Bisswunden.

„Garibald hetzte die Hunde auf mich."

„Und hast du nichts weiter unternommen?", fragte ich. „Warst du beim Grafen?"

„Ich war bei ihm", erwiderte Meginfred, wobei er Rothari, der am Rande der Wiese stand und lächelnd den Tanzenden zusah, mit einem finsteren Blick bedachte. „Er sagte: ‚Froh sein kannst du, dass sie ihr Brot hat. Bei dir würde sie verhungern.' Eine Klage wegen der Munt will er nicht annehmen. Vielleicht bin ich unwürdig, aber ich würde sie nicht verhungern lassen. Wenn sie aber da oben bleibt, geht sie zugrunde!"

„Und wie verhält sich dein Sohn?"

„Irmo? Der liebt sie genauso wie ich. Aber was soll er tun? Wenn Rothari die Klage nicht annimmt … Was ist mit dir, Gottesmann? Kannst du uns helfen? Wie? Wenn du Gerichtsherr bist … warum sitzt du nicht zu Gericht? Ich werde kommen und gegen Garibald klagen. Du sprichst mir die Munt zu – und sie ist frei."

„Wir …", sagte ich zögernd.

"Aber was würde das alles nützen!" Er streckte verzweifelt die Arme aus. „Sie geben sie trotzdem nicht her! Was kümmern Banditen sich um Gerichte? Was scheren sie sich um Gesetze? Räuber! Mordbrenner! Folterer! Sklavenhändler! Ausräuchern muss man das Nest, dem Erdboden gleich machen! Wie Wanzen muss man diese Schufte zerquetschen!" Er neigte sich zu mir, blies mir seinen Bieratem ins Gesicht und fuhr mit gedämpfter Stimme fort: „Das wird alles anders, wenn mein Sohn hier erst Befehlsgewalt hat. Rothari will weg von hier, nach Italien oder zum Teufel. Meinetwegen! Dann holt Irmo sie dort heraus … das hat er geschworen. Und dann … weißt du, was ich dann tun werde? Ein Haus werde ich ihr bauen!", brüllte er plötzlich wieder, vor Begeisterung aufspringend. „Einen Palast mit einer prächtigen Treppe, mit Säulen, Türmen – für eine Prinzessin! Für eine, die von Königen abstammt! Du denkst vielleicht, eine elende Hütte aus Holz? Nein, ich schaffe Steine heran. Ich breche sie selber aus dem Felsen und schleppe sie auf meinem Rücken herbei. Das soll meine Buße sein, Gott wird sie sehen. Verzeihen wird er mir. Wenn aber nicht … ist mir auch recht, dann lässt er es bleiben. Dann fahre ich eben zur Hölle!"

Er stieß ein Gelächter aus, das mich erschauern ließ. Darauf begann er, mit tiefer, krächzender Stimme ein Lied zu singen. Es hörte ihm aber niemand zu, weil sich die Gäste längst von den Tischen erhoben hatten und ausgeschwärmt waren. Die Bäume warfen schon lange Schatten. Mägde trugen Kerzenleuchter, Lampen und Fackeln herbei. Männer ergingen sich im ernsten Gespräch, ihre Gemahlinnen standen schnatternd im Kreise, die Kinder tollten zwischen den Zelten. Bezechte lärmten und stritten. Drei Musikanten mühten sich ausdauernd mit Fiedel, Dudelsack und Bauernleier. Das junge Volk hüpfte und sprang dazu lustig umher. Die Ausgelassensten hielt es jedoch nicht mehr in der Ordnung der Tänzer. Sie begannen, einander zu haschen, wobei sie sich bald hinter Büsche und Bäume verirrten. Von allen Seiten wisperte, kicherte, quiekte und kreischte es.

Ich sah mich nach Odo um. Auch er war verschwunden. Es gab keinen Zweifel, dass dieser Unverbesserliche wieder einmal in fremden Gehegen wilderte – ohne Rücksicht auf unsere Amtswürde. Mir war schon aufgefallen, dass er mit einer der edlen Damen äugelte, die am Tische der Frauen saß. Ich fand, dass sie einem Eichhorn ähnelte, wie sie ihr Stückchen Fleisch mit beiden Pfötchen hielt und emsig benagte. Dabei huschten ihre Augen unentwegt hin und her, und zwar zwischen Odo und einem sehr dicken Herrn mit eingedrückter Nase, zweifellos ihrem Ehemann. Der kümmerte sich aber nicht um sie. Dies machte ihr Mut, sodass sie kaum noch still sitzen konnte und man befürchten musste, sie würde im nächsten Augenblick einen gewaltigen Hüpfer auf Odos Schoß machen.

Da aber sah ich, wie mein Freund, dieser Schlaukopf, langsam mit dem Handrücken über seinen Schnurrbart strich, so als wollte er das Fett abwischen. Dabei stieß er den ausgestreckten Zeigefinger dreimal in eine bestimmte Richtung: die des Tannenwäldchens. Das Eichhorn verstand sofort. Es erschrak, wurde über und über rot und verschluckte sich. Und nun war es ebenfalls verschwunden.

Um die Verdauung zu befördern, ging ich am Rande der Festwiese auf und ab und spähte dabei immer wieder nach dem Wäldchen hinüber. Ich hoffte, dass Odo dort unbemerkt wieder herauskäme und wollte mich ihm notfalls gleich zugesellen, um seinen Rückzug zu decken. Am liebsten wäre ich hineingerannt und hätte mit den Worten der Schrift gerufen: „Lass nicht bei Weibern deine Kraft!“ Und das Eichhorn hätte ich daran erinnern wollen, dass „ein tugendhaft Weib eine köstliche Perle“ sei. Aber das Unheil war schon geschehen. Als ich wieder einmal stehen blieb und den Hals reckte, stand plötzlich Graf Rothari neben mir und sagte lächelnd:

„Sucht Ihr jemanden, Herr Lupus? Herr Odo ist dort in das Tannenwäldchen gegangen. Ich vermute, auf Erkundung. Falls dabei jemand zu Schaden kommen sollte, zum Beispiel an seiner Ehre, werde ich in diesem Fall allerdings nicht behaupten, dass ich selbst den Auftrag erteilt hätte. Auch wenn es sonst, wie Herr Odo vermutet, meine Art ist, Missetaten in dunklen Wäldern nachträglich durch mein Zeugnis zu decken. Den Herrn dort – es ist Herr Gumbracht vom Geierkamm – möchte ich mir lieber nicht zum Feind machen."

Er deutete mit dem Kopf nach dem Dicken mit eingedrückter Nase, der ebenfalls am Rande der Festwiese hin und her lief und wilde Blicke um sich warf. Zweifellos suchte er sein Eichhorn.

„*Periculum in mora!*", sagte Rothari. „Ich hoffe dennoch,

Ihr vergnügt Euch."

In diesem Augenblick konnte der Graf nicht ahnen, dass er gut daran getan hätte, die spöttische Warnung an sich selber zu richten. Sorglos mischte er sich wieder unter die Gäste, während ich gedemütigt und mit Groll gegen meinen Leichtfuß von Amtsgefährten zurückblieb, außerdem noch in Furcht, es könnte jeden Augenblick zwischen Odo und dem Herrn vom Geierkamm zu einem Zusammenstoß kommen.

Zum Glück gab es gerade jetzt ein Aufsehen. Alles lief zusammen und bildete einen Kreis, und auch der Dicke und ich wurden neugierig und drängten hinzu.

Ich musste mich auf die Zehen stellen, um etwas sehen zu können. Zuerst gewahrte ich Herrn Meginfred, der mit seinem Riesenwuchs alle überragte. Er schien eifrig etwas anzuordnen, denn fuchtelnd eilte er hierhin und dorthin. Dann sah ich auch Irmo und Eddila, lachend und etwas verlegen. Der Alte winkte Mägde herbei, die den beiden je eine brennende Kerze überreichten. Darauf schleuderte er seinen Stock beiseite und nahm selber zwei Kerzen, die jedoch noch nicht angezündet waren, in jede Hand eine.

„Der Lichtertanz!“, rief er mit Donnerstimme. „Musik!“

Die Musikanten bliesen und kratzten gleich, was das Zeug hielt. Herr Meginfred riss verzückt die Augen auf, reckte den Hals, spreizte die Arme und machte ein paar groteske Sprünge. Die Gäste lachten und spendeten Beifall. Nun näherte er sich dem Brautpaar, das mit den brennenden Kerzen in der Mitte stand und umkreiste es wie ein alter lüsterner Faun. Dabei zündete er seine Kerzen an, die in der Rechten an der des Irmo, die in der Linken an der Eddilas. Als dies geschehen war, gab es wieder Beifall, und Herr Meginfred begann jetzt, sich mit den brennenden Kerzen in Händen langsam um sich selbst zu drehen. Dazu zog er Grimassen wie ein Possenreißer. Mal mimte er höchstes Glück, dann wieder tiefste Betrübnis, dazwischen Freude, Sorge, Angst, Schrecken.

„Was bedeutet das?“, fragte ich einen, der neben mit stand. Zufällig war es der Dicke vom Geierkamm.

„Das Leben“, gab er mir Auskunft. „Die Zukunft der Brautleute. Bleiben die Kerzen brennen, geht alles gut. Erlischt eine, entweder seine oder ihre … ein schlechtes Vorzeichen. Krankheit, Tod …“

„Aberglaube“, murmelte ich.

„Unsinn ist es!“, pflichtete er mir bei. „Weil Heiraten immer etwas Schlechtes ist. Ihr habt es gut, Mönch. Eines Tages ziehe ich auch die Kutte an und gehe ins Kloster.“

Er drehte sich um und lugte wieder nach dem Tannenwäldchen. Mich erheiterte der Gedanke, dass eine ungetreue Ehefrau diesen urigen Bergbewohner zum Mönch machen könnte.

Herr Meginfred drehte sich weiter im Kreis. Vorsichtig hielt er seine Kerzen, besorgt, sie vor jedem Lufthauch zu schützen. Zum Glück war es ein windstiller Abend, unbewegt ragten die Wipfel der Bäume in den sternenbesäten Himmel. Der graubärtige Tänzer wurde mutiger, machte kleine Hüpfer und Sprünge. Wenn dann die Kerzen zu flackern begannen, stöhnten die Frauen und Jungfrauen auf. Das gefiel ihm, und er wagte noch mehr. Er schwenkte die Arme und kreuzte sie, beugte sich vor und zurück und zog sogar das lahme Bein an, um sich auf dem gesunden ruckend zu drehen. Ich staunte, dass er dies alles noch fertig brachte, nachdem er schon Krüge mit Bier geleert hatte, Obwohl ich ja nicht an Zeichen und Vorbedeutungen glaube (außer wenn unsere christlichen Oberhirten es ausdrücklich anordnen), bangte ich doch wie alle anderen, dass er ja keine zu rasche Bewegung machte oder gar ausrutschte.

Irmo stand immer noch in der Mitte, sein schmales Bräutchen im Arm, und lachte gutmütig über die Possen des Alten, als wollte er ihm nur seinen Willen lassen. Doch sah man auch ihm die Spannung an Kein Auge ließ er von seinem Licht in der Hand des närrischen Orakeltänzers.

Inzwischen hatte Herr Meginfred im inneren Kreis der Zuschauer eine Runde gemacht. Er kehrte nun zu dem Paar in der Mitte zurück. Das sollte wohl heißen: der Lebenskreis ist vollendet, alles wird gut, euer Licht wird leuchten auf allen Wegen. Aber – ach, da geschah es! Herr Meginfred stürzte. Vielleicht war er auf einem Pferdemist ausgeglitten. Ein Schrei aus zweihundert Kahlen stieg zum Himmel. Der Alte walzte sich im Gras und seine Hände umkrampften die Kerzen, die er angestrengt gerade zu halten suchte. Aber nur eine brannte noch, die in seiner Linken, die Eddilas. Die andere, Irmos Kerze, war erloschen.

Einen Augenblick lang herrschte betroffenes Schweigen. Alles verstummte, sogar die Musik. Da aber ertönte plötzlich lautes Gelächter. Irmo trat lachend zu dem Gestürzten, half ihm auf und nahm ihm die Kerzen aus der Hand, die er einer Magd übergab.

„Ich danke dir, Vater!“, rief er. „Du hast uns eine vortreffliche Kurzweil geboten. Nun aber ruh dich aus, lass die Jungen tanzen! Hier zuckt es schon allen in den Füßen. Warum spielt ihr nicht weiter, Musikanten?“

Die Fiedel kreischte, der Dudelsack seufzte. Der Alte wankte mit unglücklicher Miene beiseite. Er entriss einem vorüber eilenden Knecht einen Bierkrug und ließ sich, den Rücken gegen den Stamm gelehnt, am Fuß eines Baumes nieder. Auf der Wiese setzten die Füße sich wieder zum Tanz in Bewegung. Irmos Lachen hatte den Bann gelöst. Was sollte auch einem wie ihm geschehen! Sein Licht, gerade erst aufgegangen, würde noch lange erstrahlen.

Da sah ich auch meinen Amtsgefährten wieder. Unglaublich, auch er unterhielt sich mit dem Dicken vom Geierkamm. Die beiden verstanden sich prächtig, sie umarmten und küssten einander sogar. Gerührt rieb Herr Gumbracht seine eingedrückte Nase an Odos Schulter. Er ahnte nicht, dass mein Freund die seinige, dieses bemerkenswerte, prachtvolle Stück, tief in seine ehelichen Angelegenheiten gesteckt hatte. Bei der Umarmung drehte Odo Herrn Gumbracht so, dass der den Bäumen, zwischen denen sein Eichhorn sich hervor stahl, den Rücken wandte.

Plötzlich gab es wieder Bewegung. Es war Zeit – das Brautpaar begab sich zu Bette!

Dies war ein Ereignis, das alle anging. Das Hochzeitsbett muss, wie es ja auch anderenorts üblich ist, vor aller Augen bestiegen werden. Sonst ist die Ehe nicht gültig. Für diese letzte Zeremonie war im gräflichen Saalhaus alles vorbereitet worden – noch hatte das Paar ja keinen eigenen Haushalt. Die Pfeiler waren mit Girlanden umwunden, der Fußboden war sauber mit Holzmehl bestreut, Tische und Bänke hatte man fortgeschafft, nur ein wuchtiges Bett stand in der Mitte. War dieses geweiht und hatten sich die Brautleute zwischen die Tücher gelegt, würden Verwandte und Gäste die Halle verlassen und hinter sich die Tür schließen. Nur noch die Tauben, die im Gebälk nisteten und durch das einzige, hoch unter dem Dachstuhl gelegene Fenster aus- und einflogen, durften dann als Zeugen verweilen. Später sollten die Gäste noch einmal erscheinen und dem Paar einen Mitternachtstrunk darbieten.

Zuerst begab sich Irmo zum Saalhaus. Ein Haufen des gräflichen Gefolges begleitete ihn. Schwankend, mit geröteten Gesichtern sangen die jungen Männer ein Hochzeitslied. Einige machten dazu Bewegungen, die in anderer Umgebung anstößig gewesen wären, hier aber hellen Jubel auslösten. Sogar würdige Großmütter kreischten. Das Ereignis, welches bevorstand, erhitzte alle Gemüter. Bei den einen mochte es Erinnerungen, bei den anderen Sehnsüchte wecken. Dies hat unsere Urmutter Eva angerichtet, als sie in den Apfel der Sünde biss, wobei ich freilich glaube, dass sie von anderer Art war als unsere fromme Braut.

Kaum war die trunkene Horde thüringischer Satyrn und Bacchanten im Saalhaus verschwunden, wurde die dünne, blasse, zarte Eddila herbei gebracht, die eher aussah wie das Lamm, das man zur Schlachtbank führt. Ein paar ältliche Tanten mit strengen Mienen und ein Schwarm aufgeregt tuschelnder Jungfrauen begleiteten sie, von welchen letzteren jetzt manche sicher gern mit ihr getauscht hätte. Auch diese Gruppe verschwand in der Halle.

Nun gab es an der Tür ein Gedränge, weil jeder, um nichts zu verpassen, den Vortritt beanspruchte. Ich erhielt schmerzhafte Ellbogenstöße. Als ich endlich mit einem Schub hinein gelangte, verlor ich die gerade Haltung und fiel in das Holzmehl, das mich über und über bestäubte. Es streckten sich mir aber gleich Hände entgegen, die mir aufhalfen. Die Halle füllte sich nach und nach. Wir standen alle um das Bett, in mehreren Reihen hintereinander. Ich hatte nicht den günstigsten Platz und musste mich auf die

Zehen stellen. Dabei wäre ich beinahe wieder gestrauchelt. Auch Kinder und Hunde waren herein gekommen und rannten zwischen unseren Beinen umher.

Endlich erschien der Bischof. Wir wichen zurück, um eine Gasse zu bilden. Derr Graf selber und einer der Priester geleiteten ihn, das heißt, sie führten und stützten ihn, denn er war voll wie ein Weinschlauch. Hinter ihnen gingen zwei Kirchenmänner mit Rauchfass und Wasserkessel. Auch sie waren so betrunken, dass die Zeremonie, mit der sie am Fuße des Bettes begannen, zum Schwank geriet. Der Bischof stammelte und vergaß seinen Text und seine Helfer torkelten, stießen einander an und lachten töricht. Ringsum herrschte ungehemmte Heiterkeit, alles wieherte, kreischte, prustete.

Ich aber sah das kummervolle Gesichtchen der frommen Braut, und da gab es kein Zögern mehr. Ich rief Helko und Rouhfaz, die zum Glück in der Nähe standen. Wir drängten uns vor und gewissermaßen im Handstreich bemächtigten wir uns des Kreuzes und der heiligen Geräte. Ich sprach den Segen, Rouhfaz räucherte und Helko besprengte das Bett mit Weihwasser.

So stand ich jetzt ganz nahe vor dem Brautlager und sah alles, was noch geschah. Nichts entging mir.

Irmo bestieg das Bett zuerst und ließ sich zwischen den Tüchern nieder. Aufrecht sitzend erwartete er seine Braut.

Er war ein Augenschmaus mit seinen edel geschnittenen, kantigen Zügen, dem auf die Schultern fallenden Haar, den schwellenden Muskeln und einer Brust, deren Breite für zwei gereicht hätte und die ein dichtes, gelocktes Vlies bedeckte. Auf der anderen Seite des Bettes wurde die Braut von den Tanten ihrer Hüllen entledigt, bis auf ein Hemd, das nichtsdestoweniger ihre dürftige Körperbeschaffenheit bloßlegte. Sie war so mager und zerbrechlich, dass man fast Angst um sie empfand. Mit schamhaft gesenkten Kopf schlüpfte sie dennoch mutig unter das Betttuch. Und als sie dafür von uns Beifall und ermunternden Zuruf empfing, lächelte sie sogar und rückte gleich nahe an Irmo heran. Man sah, dass sie ihm in großer Liebe zugetan war.

Jemand aus der Schar der jungen Gefolgsleute rief: „Küsst euch!“

Da neigte sich Irmo zu seiner Braut, die sich ein wenig zurück lehnte und zu ihm aufsah, um den Kuss zu empfangen. Im schummrigen Licht der Fackeln war ihr kleines, schmales Gesicht fast weiß und – schrecklicher Wechsel – im selben Augenblick war es über und über rot, bespritzt, übergossen mit dunkler Flüssigkeit.

Blut!

Es war Irmos Blut, das seinem Munde entströmte. Das heftig hervorschoss wie ein Quell. Es sprudelte und schwappte heraus, es übergoss auch den Hals der Braut, durchtränkte ihr Haar, färbte das Hemd und das Betttuch. Gleich darauf aber versiegte es schon. Der Kopf mit den todesstarren Augen sank langsam nach vorn, der Körper aber fiel rückwärts und lag nun ausgestreckt auf dem Bette. Und da sahen wir alle den Schaft des Pfeils aus der Brust ragen.

Im selben Augenblick schrie jemand: „Dort oben!“

Ich riss den Kopf herum, verdrehte den Hals und bemerkte gerade noch an dem Fenster unterm Dachstuhl eine Bewegung. Es schien eine Hand zu sein, die sich vom Holz löste und nach unten verschwand. Die Tauben im Dachgebälk gurrten und flatterten aufgeregt.

„Platz! Er darf nicht entkommen!“

Odos Stimme. Woher kam sie. Aus einer Ecke der Halle, in der nun der schrecklichste Wirrwarr ausbrach.

Neben dem Toten lag die blutüberströmte Braut in Ohnmacht. Auch mehrere Frauen und Jungfrauen waren bewusstlos zu Boden gesunken. Herzzerreißende Schreie, Flüche und Drohungen wurden laut. Die meisten strebten nach der Tür, vor der sich ein brodelnder Haufen drängte. Jetzt sah ich Odo durch die Menge rudern, gefolgt von Fulk und unseren Männern. An einen der mit Girlanden umwundenen Pfeiler gelehnt stand Rothari, den anscheinend jede Tatkraft verlassen hatte. Er starrte unverwandt auf das Bett, als könnte er nicht begreifen, was dort geschehen war.

Auch ich gelangte schließlich ins Freie. Wie fast alle Hochzeitsgäste lief ich nach der Seite des Hauses, wo sich das Fenster befand.

Hier sahen wir, wie die Untat geschehen war. Eine Leiter war an die Wand gelehnt, die so lang war, dass sie bis knapp unter das Fenster reichte. Dort oben hatte der Schütze gelauert. Kaltblütig hatte er den Augenblick abgewartet, da er mit seinem Pfeil nicht nur das Opfer sicher töten, sondern auch die furchtbarste Wirkung erzielen konnte.

Und er war offensichtlich entkommen. Viele Männer, vor allem die jüngeren, waren ausgeschwärmt – in der Hoffnung, ihn noch auf dem Salhof zu stellen. Doch nicht nur die nächtliche Stunde, auch die Unübersichtlichkeit des teilweise bewaldeten Geländes, das sichere Verstecke bot, war ihrem Vorhaben hinderlich. Außerdem liefen die Suchenden Gefahr, aus dem Hinterhalt angegriffen zu werden. So kamen die Ersten bald unverrichteter Dinge zurück.

Währenddessen standen die Älteren, die sich nicht an der Suche beteiligten, in Gruppen beisammen und stritten. Man hatte schon festgestellt, dass die Leiter nicht zur gräflichen Wirtschaft gehörte. Also war sie von draußen herein gebracht worden. Wie aber hatte es der Mörder geschafft, sie über den hohen Zaun, an allen Wachen vorbei, auf den von Menschen wimmelnden Salhof zu bringen.

Es war unser Fulk, der mit den ersten Antworten kam. Ich sah ihn gleich und lief ihm entgegen.

„Nun? Habt ihr eine Spur?“

„Wir haben den Kerl sogar erwischt.“

„So bringt ihr ihn?“

„Nein.“

„Wo ist er?“

„Das wissen wir nicht.“

„Aber wieso … und wie …“

„So wartet doch, Vater. Dort hinten im Zaun ist

ein Loch. Sie müssen es heute hinein gesägt haben. Bei der Musik und dem Lärm hat es niemand bemerkt. Es waren mehrere, aber nur einer ist reingekommen und hat es getan."

„Und ihr habt ihn …"

„Herr Odo war es. Der Hundsfott konnte das Loch im Zaun nicht gleich finden. Irrte zwischen den Bäumen umher. Erst schmiss er die Lanze nach uns, dann das Beil. Das war gut, so bekamen wir wenigstens Waffen. Leider fand er das Loch und war draußen, bevor wir ihn hatten. Ich verfehlte ihn mit dem Beil. Aber Herr Odo hat ihn getroffen."

„Mit der Lanze!"

„Der Kerl schrie auf. Wir wollten hinlaufen, aber da tauchten plötzlich mehrere auf und schon schwirrten uns Pfeile um die Ohren. Dazu die Dunkelheit. Nichts zu machen, wir mussten zurück. Sahen dann nur noch, wie sie ihn fortschleppten, in den Wald."

Ein Kreis von Zuhörern hatte sich um uns gedrängt. Auch Odo und die anderen kehrten zurück.

„Nette Hochzeitsgäste", knurrte mein Amtsgefährte. „Kamen spät, aber nicht mit leeren Händen. Ich ahnte ja, dass sie etwas tun würden."

„Du glaubst also …"

Odo gab mir ein Zeichen zu schweigen. Er wollte sich nicht vor allen äußern. Da aber sagte einer, der in der Nähe stand:

„Hug vom Rabennest und seine Bande. Die waren es!"

Kaum waren diese Worte gesprochen, ertönte aus dem Saalhaus ein tiefes, langgezogenes Geheul.

Gleich darauf sahen wir Herrn Meginfred, der herausstürzte und schwankend, sich an einem Pfeiler der Veranda festhaltend brüllte:

„Mord! Mord! Mein Sohn … mein Sohn ist umgebracht!“

Wir glaubten zunächst, dass er nur vorgab, die Tat erst in diesem Augenblick entdeckt zu haben. Alle wussten ja, dass er ein bisschen verrückt war. Als er dann aber wieder hineinlief und abermals dieses schaurige Geheul ausstieß, wurde uns klar, dass er das Verbrechen an seinem Sohn nicht miterlebt hatte. Wahrscheinlich war er an dem Baumstamm, wo er sich niedergelassen hatte, eingeschlafen. Niemand hatte sich um ihn gekümmert, und so war ihm das schreckliche Schauspiel erspart geblieben. Nun aber stellte er fest, wie schnell und grausam sich sein Lichtorakel erfüllt hatte.

Allerdings fragte er nicht erst nach den Urhebern.

Er erschien wieder vor der Tür und diesmal schrie er, die Fäuste schüttelnd:

„Fluch über euch, ihr Ungeheuer! Das ist das Ende vom Rabennest! Ihr sollt die Antwort erhalten, Schurken! Königsblut habt ihr vergossen! Doch es wird über euch kommen, noch ehe die Sonne dreimal untergegangen ist. Das schwöre ich!“

Mindestens hundert Männer standen dabei und hörten es.

8. Kapitel

Vier Tage später, am Montag nach jenem verhängnisvollen Donnerstag, war ich allein unterwegs auf einem einsamen Waldpfad. Ich hatte mir einen Stock abgebrochen, auf den ich mich stützte, während ich keuchend bergauf schritt. Von Zeit zu Zeit blieb ich stehen, um zu verschnaufen und auch um die Fortsetzung des sich vielfach windenden Weges zu suchen, der sich oft genug im Gestrüpp verlor. Einmal erfrischte ich mich an einem Bach, den ich durchwaten musste, und lief dann lange am Ufer auf und ab, bis mir ein paar abgehauene Äste die Richtung wiesen. Es war früher Morgen und unter den Bäumen noch angenehm kühl. Nur wenige Sonnenstrahlen durchdrangen das dichte Blattwerk.

Ich war unterwegs zum Rabennest. Der Pfad, dem ich folgte, war derselbe, auf dem wir vor etwa drei Wochen, nach der ersten ereignisreichen Nacht, von der Felsenburg herabgestiegen waren. Zunächst hatte Odo mir vorgeschlagen, gemeinsam hinaufzugehen, begleitet von unserem Wachtrupp. Doch ich konnte mich mit meiner Ansicht durchsetzen, dass es wohl besser war, den Stolz und den Trotz der Herren dort oben so wenig wie möglich herauszufordern. Als friedlicher Unterhändler wollte ich anklopfen, allein und waffenlos, nur mit dem guten Willen gerüstet, zu versöhnen und weitere Untaten zu verhindern

Der Mord an Irmo hatte unseren Plan durchkreuzt, gleich nach dem Fest abzureisen. Als Kommissaren des Königs hätte es uns nicht gut angestanden, den Tannengrund jetzt zu verlassen. Noch größeres Unheil lag in der Luft. Alte Vorurteile und Feindschaften hatte der Tod des jungen Adalings, auf dem so viele Hoffnungen ruhten, plötzlich geweckt. Schon am Morgen nach der Tat waren die Gäste des Grafen mit harten Worten und einige sogar mit Fäusten aneinander geraten. Herr Gumbracht vom Geierkamm, der eine Schuld seiner Freunde vom Rabennest bestritt, wurde blutig geschlagen. Schließlich stoben sie alle im Zorn auseinander.

Als vollkommen unfähig, mit der Lage fertig zu werden, erwies sich Graf Rothari. Statt tatkräftig einzugreifen, notfalls zu drohen oder die Störenfriede vorübergehend festzunehmen, verkroch er sich in sein Refugium. Er überließ es Odo und unseren Leuten, die Ordnung einigermaßen wiederherzustellen.

Als er endlich wieder erschien, brachte er uns zwei gesiegelte Pergamente. Das erste, sein Entlassungsgesuch, sollten wir nach unserer Rückkehr dem König, das zweite, einen persönlichen Brief, Herrn Alkuin übergeben. Rothari war sichtlich verstört und voller Unrast. Auf unsere Frage, was er denn vorhabe, erklärte er, sein Allod, seine Unfreien und alle Fahrhabe verkaufen und mit seinen Kindern das Unglückstal, in dem niemand mehr seines Lebens sicher sei, für immer verlassen zu wollen. Zuvor aber müsse er unverzüglich zu seiner Schwester nach Gotha reisen, um Eddila vorübergehend dort unterzubringen. Nicht zuzumuten sei es dem armen Geschöpf, das entweder schreie oder sich in grässlichen Krämpfen wälze, länger an diesem Schreckensort zu bleiben.

Da wir das einsahen, hielten wir ihn nicht auf. Doch ermahnten wir ihn, sofort zurückzukehren und bis zur Entscheidung des Königs seines Amtes zu walten.

Wir beschlossen nun doch, ein Vollding durchzuführen, eine Gerichtsversammlung mit Pflichtteilnahme aller Freien. Es war dringend nötig, die unruhigen Köpfe daran zu erinnern, dass der Arm des fernen Herrschers zupacken konnte. Was den Mord an Irmo betraf, so bestand allerdings wenig Aussicht, darüber zu Gericht zu sitzen. Zeugen gab es in Menge, doch keine Beweise, obwohl die wenigsten daran zweifelten, dass es sich um einen Fall von Blutrache handelte. Odos Versuch, dem verwundeten Täter am nächsten Morgen auf seinem Fluchtweg zu folgen, war an einem der schon mehrfach erwähnten urplötzlichen Gewitter gescheitert, das alle Spuren verwischte. Gleichzeitig war Fulk, der sich mit unseren Männern zum Rabennest begeben und Hug zu sehen gewünscht hatte, von Garibald abgewiesen worden. Sein Neffe, war dessen höhnische Auskunft, befände sich schon seit Wochen jenseits der Saale und jage dort Landesfeinde. Es werde ihn aber mit großer Freunde erfüllen, wenn er bei seiner Rückkehr

erfahre, dass auch ein Feind der Familie dran glauben musste.

Das war eine Lüge, doch nicht widerlegbar. Überzeugt, dass Hug der Mörder war und infolge der Verletzung nicht weit gekommen sein konnte, richteten wir nun unser Augenmerk auf Herrn Meginfred. Um das Schlimmste zu verhindern, ließen wir ihn unauffällig beobachten. Die Sonne war zwar schon dreimal untergegangen und nichts war geschehen. Dennoch blieben zwei Männer aus Rotharis Gefolgschaft auf Posten in der Nähe der Mühle – mit dem Befehl, Meginfred aufzuhalten, wenn er sich in durchschaubarer Absicht auf den Weg machen sollte.

Und ich war nun also aufgebrochen, um Frieden zu stiften. Ich wollte Garibald Folgendes sagen: Wir wüssten, dass sein Neffe der Schuldige sei. Ein Mord im Angesicht zweier Königsboten (was so viel sei wie des Königs selbst), dazu eines Grafen, eines Bischofs und zahlreicher Adalinge sei ein todeswürdiges Verbrechen. Werde der Täter gefasst, müsse er sterben. Werde er nicht gefasst, müsse sein Muntwalt die Strafe erleiden. Unerbittlich sei König Karl nach der Erhebung des Grafen Hartrat gegen jeden Thüring, der seine Gesetze nicht beachte. Aus christlicher Milde und in Anbetracht der Verluste, die die Familie kürzlich erlitten habe, könnten wir uns jedoch zu einem Gnadenakt entschließen. Ermöglichen würden diesen: erstens die Zahlung einer Bannbuße von sechzig Solidi (das heißt eines Zehntels des hier üblichen Wergeldes für einen Adaling); zweitens der mit Herrn Meginfred gemeinsam zu leistende Schwur, künftig Frieden zu halten; drittens der Verzicht auf die Munt über die Witwe Luitgard, welche angemaßt sei und nicht aus einer schriftlichen Übereinkunft belegt werden könne.

Odo und ich hatten lange beraten, ehe wir uns entschlossen, diesen Vergleich anzubieten. Beweisen konnten wir nichts, doch wir hofften, den Herrn vom Rabennest einzuschüchtern. Die Hinrichtungen nach der Hartrat-Verschwörung waren hier noch in guter Erinnerung. Still voraussetzend, dass das Mordopfer selbst getötet hatte, wollten wir aber auf das hohe Wergeld verzichten und Garibald so verhältnismäßig leichten Kaufs aus der Schlinge lassen. Und damit Hug – wenn auch zähneknirschend – ebenfalls. Und Meginfred hofften wir zu besänftigen, indem wir ihm seine Tochter zurück schickten.

Immer schwerfälliger wurde mein Schritt, immer kürzer ging mein Atem. Es wurde wieder ein heißer Tag und die Kutte klebte mir an der Haut. Weit konnte es aber nicht mehr sein. Um mich von der Anstrengung abzulenken, wiederholte ich im Geiste noch einmal alles, was ich vorbringen wollte, antwortete auch auf zu erwartenden Widerspruch. Natürlich war ich darauf gefasst, dass Garibald heftige Einwände machen würde. Ich wollte ihm sogar eine dreitägige Bedenkzeit einräumen. Was aber, wenn er mich gar nicht empfing? Wenn er vielleicht mitteilen ließ, er sei nicht zu Hause? Wenn man mich gar am Tor abfertigte …

Zum Glück war es nicht nötig, diesen Faden weiter zu spinnen. Plötzlich lichtete sich der Wald, und ich sah in kurzer Entfernung den schwarzen Felsen aufragen. Ein paar hundert Schritte noch und ich würde am Ziel sein. Vor mir breitete sich am Hang eine Wiese aus. Um an das Tor des Rabennestes zu gelangen, musste ich unter den Bäumen weiter gehen und schließlich ein letztes steiles Stück Weges hinauf klettern. Ich empfand das Bedürfnis, mich vorher ein wenig auszuruhen. In meinem Zustand der Erschöpfung würde ich auch eine zu klägliche Figur abgeben, das konnte meinem Ansehen schaden. Wenn ich schon allein und ohne Gefolge auftrat, wollte ich doch erhabene Ruhe, Kraft und Sicherheit ausstrahlen. Mit lechzender Zunge und keuchender Brust war das kaum möglich.

Ich beschloss also, eine kurze Rast zu machen. Die Wiese war leicht gewellt und ziemlich abschüssig und ging an allen Seiten in Wald und Gebüsch über. Das spärliche Gras war abgeweidet. Ich ließ mich in einer Mulde nieder und wollte gerade wohlig die Glieder strecken, als ich in der Mitte der Wiese eine Ansammlungen von Sträuchern entdeckte, aus der hie und da rote Pünktchen hervor leuchteten. Ein paar Beeren, um den Durst zu stillen, konnten mir jetzt guttun, und so erhob ich mich wieder und ging dorthin.

Die Ausbeute war zunächst gering. Ich pflückte eine Handvoll Himbeeren, schob sie in den Mund und hätte gern mehr davon gehabt, fand aber nichts. Da fiel mein Blick auf Sträucher, die sich knapp über dem Boden rankten, mit blauen Beeren. Ich bückte mich und begann mit der Ernte. Am Rande war hiervon bald nichts mehr zu finden und so drang ich ein bisschen zwischen den Sträuchern vor. Doch erschrocken hielt ich inne.

Ich hörte Stimmen.

Noch sah ich niemanden. Aber keine fünf Schritte von mir entfernt, hinter den Zweigen und Blättern, die sie verdeckten, mussten die Sprechenden im Gras liegen. Es waren ein Mann und eine Frau, die sich leise unterhielten.

Die beiden hatten mich noch nicht bemerkt. Was sollte ich tun? Hervortreten, grüßen und meiner Wege gehen? Das wäre peinlich, auch wenn es sich, wie ich im ersten Augenblick annahm, nur um Leute vom Gesinde handelte, die von der Arbeit ausruhten. Die beiden würden auch einen tüchtigen Schreck bekommen, wenn plötzlich ein rundlicher Kuttenträger aus dem Gesträuch hervor preschte. Sollte ich warnend mit den Blättern rascheln? Dann würden sie aufmerksam werden und glauben, ich sei ihnen nachgeschlichen, aus Neugier oder aus Lüsternheit.

Nein, es blieb nur ein stiller Rückzug. Ein paar vorsichtige Schritte würden mich aus der Verlegenheit bringen, und ich konnte mich unbemerkt entfernen.

Aber ich rührte mich nicht und stand wie erstarrt. Die Stimmen! Wenigsten eine, die des Mannes, kam mir bekannt vor. Es war eine junge Stimme und keineswegs die eines Knechts, denn sie bediente sich nicht der groben Mundart des Volkes. Der junge Mann wusste die Worte zu setzen, obwohl er leidenschaftlich und schnell sprach.

Es war Thankmar, der Sohn des Grafen.

„Aber wie kommst du nur darauf?“, sagte er. „Ich habe das alles längst vergessen. Es ist ohne Bedeutung!“

„Du bist wirklich nicht traurig, weil Garibald eure Verlobung gekündigt hat?“, fragte die Frau.

Auch diese Stimme, einer Glocke mit hellem, starkem Klang ähnlich, erschien mir nicht unbekannt.

„Im Gegenteil!“, erwiderte er. „Ich bin froh.“

„Meinrade wird sich zu Tode grämen."

„Soll sie doch. Sie ist dumm und albern. Ich will nur eine: dich!"

„Seit wann liebst du mich?"

„Das weißt du doch. Seit dem Tag, als ich dir die Nachricht brachte, im Auftrag meines Vaters. Und als du mir leise sagtest, der Überbringer dieser Nachricht habe eine Belohnung verdient."

„Das war das Erste, was mir einfiel. Es hätte dich eigentlich abstoßen müssen."

„Warum?"

„Eine Frau, die so spricht, wenn sie vom Tod ihres Mannes erfährt …"

„Deine Aufrichtigkeit hat mich angezogen. Ich wusste ja, dass Bardo ein Scheusal war."

Gott im Himmel! Die Frau, die mit dem Sohn des Grafen unter den Sträuchern im Gras lag, war die Witwe Luitgard!

„Irmo hat mich von ihm befreit", sagte sie und ihre Stimme bebte dabei. „Ich bin sicher, dass er es war."

„Ich weiß es nicht", sagte Thankmar zögernd.

„Mein Bruder liebte mich, und er litt darunter, dass mich mein Vater denen verkauft hatte. Er wollte etwas von der Schuld wiedergutmachen. Doch damit hat er sich sein Schicksal bereitet."

Ich hörte sie mehrmals aufschluchzen. Das Gespräch verstummte für kurze Zeit. Ich wagte nicht, mich zu rühren und stand noch immer auf demselben Fleck, in gebückter Haltung.

„Weine nicht", sagte Thankmar dann. „Er wird gerächt, du erhältst Genugtuung."

„Ich vertraue dir!“

„Aber dann musst du in die Entführung einwilligen.“

„Wenn du die Bedingung erfüllst, will ich dein Weib sein. Aber …“

„Aber …?“

„Dein Vater wird es verhindern.“

„Ich bin mündig, denn ich bin waffenfähig.“

„Er wird eine reiche Braut für dich wollen. Ich bin arm.“

„Dafür bist du von edler Geburt und entstammst einem alten Königsgeschlecht. Und du bist schön.“

„Ich war es vielleicht.“

„Du bist es noch immer.“

„Ich bin gezeichnet von den Spuren des Ordals und der Misshandlungen.“

„Warum darf ich sie nicht sehen? Sie werden mir zeigen, wie du gelitten hast. Ich will es wissen. Ich werde dich dann noch mehr lieben.“

„Nein! Du sollst nur das von mir sehen, was dein Auge erfreut. Alles andere wird dir verborgen bleiben. Du musst mir versprechen, dass du mich nie überraschen wirst.“

„Ich schwöre es, wenn du willst.“

„Auch mich niemals zu zwingen …“

„Dich zwingen! Ich werde dir dienen. Die Zeiten, da du genötigt, gequält und gedemütigt wurdest, werden Vergangenheit sein. Ich liebe dich. Nur für dich will ich leben.“

„Vielleicht liebst du mich nur um meines Bruders willen.“

„Ich gestehe, jetzt, da er tot ist, liebe ich dich doppelt so stark. Du erhältst nun auch seinen Anteil."

„Aber ich kann dir nicht so viel geben wie er."

„Er war mein Lehrmeister und mein Vorbild. Aber auch du bist meine Lehrmeisterin", sagte der junge Mann zärtlich.

„Zuerst dachte ich", erwiderte sie heiter, „dass ich dich nur ein wenig vorbereiten würde … für das Brautbett mit einer anderen. Wie hätte ich noch einmal an ein eigenes denken dürfen?"

Jetzt schwiegen sie abermals, und ich hörte die Geräusche von Küssen. Auch heftiges Atmen. Einer der Sträucher vor mir begann zu zittern, als ob kräftige Windstöße in ihn hineinführen. Ich hätte mich jetzt zurückziehen können. Die Gelegenheit war günstig, weil mich das Paar in diesem Augenblick wohl kaum wahrgenommen hätte. Es ist auch nicht mein Verlangen, mich am sündigen Treiben anderer zu ergötzen. Aber ich hatte da etwas gehört, das mich aufmerken ließ, und ich hoffte, noch mehr zu erfahren. Meine Stellung war indessen recht unbequem und ich ließ mich vorsichtig auf ein Knie nieder.

Plötzlich hörten das Atmen und das Zittern des Strauchs auf und Luitgard sagte:

„Lass, du hast heute noch etwas anderes vor. Das hier macht träge. Du brauchst jetzt Willenskraft und Ausdauer."

„Aber …"

„Später, später. Wenn du auch heute die Nachricht bringst, die eine Belohnung verdient."

„Daran zweifle nicht!"

„Du kennst den Weg?“

„Meinrade hat ihn mir gründlich beschrieben. Und mit Zeichen markiert. Bunten Hahnenfedern.“

„Und das Dummchen hat nichts dafür verlangt?“

„Nichts. Doch, einen Kuss … einen flüchtigen. Und das Versprechen, meinen Vater und Garibald auszusöhnen. Das arme Ding glaubt, wir könnten nun doch noch heiraten.“

„Das Versprechen hast du ihr natürlich gegeben.“

„Ja. Aber ich dachte dabei an eine andere Heirat.“

„Bist du fertig? Hast du alles? Den Dolch?“

„Hier.“

„Ich werde deinen Weg mit Zaubersprüchen begleiten. Sie wirken von fern, sie werden dich stärken. Sei vorsichtig! Und vergiss nicht, mir das verabredete Zeichen zu geben. Wenn alles gut geht, bin ich vor Sonnenuntergang hier.“

Nochmals hörte ich Küsse, dann sich rasch entfernende Schritte. Ich hob den Kopf etwas über die Sträucher und sah Thankmar auf den Waldrand zugehen, nicht weit von der Stelle, wo ich herausgetreten war. Er trug Bogen und Köcher, wie ein Jäger. Rasch tauchte ich wieder unter – für den Fall, dass er sich noch einmal umsah. Ein paar Atemzüge später, als ich abermals den Kopf hob, war er verschwunden.

Jetzt hätte ich aufspringen und ihm folgen müssen. Vielleicht war auch noch Zeit, ihn zurückzurufen. Ich hätte mit zorniger Miene aus meinem Versteck hervortreten können und dreist behaupten, die beiden aus Argwohn belauscht zu haben. Denn schon vorher sei ich auf der Spur des geplanten Verbrechens gewesen. Weshalb tat ich es nicht? Was hinderte mich? War es Vorsicht? Angst? Kleinmut? Sträfliches Zaudern?

Nichts von alledem! Es war ein furchtbarer Schreck, der mir in die Glieder fuhr. So sehr, dass ich fast in Ohnmacht fiel.

Frau Luitgard stand plötzlich auf. Zunächst sah ich ihren Kopf und ihre Schultern von hinten. Tief duckte ich mich unter die Blätter. Dann wandte sie sich um und blickte hinüber zum Rabennest. Die Sicht auf den schwarzen Felsen war teilweise durch eine Baumgruppe verdeckt, die sich am Rande der Wiese erhob. So konnte man wohl auch von der Felsenburg aus die Stelle, wo wir uns befanden, nicht beobachten.

Jetzt, im hellen Licht des Tages, wirkte die Schönheit der edlen Frau noch vollkommener. Es war so, als habe eine marmorne Statue sich in das lebendige Modell zurück verwandelt. Die Blässe der Haut war einer lieblichen Röte gewichen, wohl infolge der gerade genossenen Liebesfreuden. Sogar die Lippen hatten Farbe gewonnen, wenngleich sie noch immer ein ernster, strenger Zug beherrschte. Das dunkle Auge erschien mir jetzt leidenschaftlich beseelt von allem, was diese Frau empfinden mochte: Trauer, Liebe, Hoffnung, aber vor allem Hass. Denn es war ein hasserfüllter, glühender Blick, den sie hinüber zum schwarzen Felsen warf.

Und dann geschah es.

Sie löste das Stirnband. Es war ein breites, sehr tief in die Stirn, knapp über die Augenbraue gezogenes Band, welches das über die rechte Gesichtshälfte herab gestrichene Haar befestigte. Nun hing dieses dichte braune Haar wie ein Vorhang locker herab – und Frau Luitgard schob ihn beiseite.

Was sie enthüllte, war kein Gesicht mehr. Um ein schwarzes Loch anstelle des Auges wucherte zerstückeltes Fleisch, von ein paar Hautfetzen überwachsen. Eine feuerrote Narbe ging mitten hindurch vom Haaransatz bis zum Mundwinkel.

Ich habe schon manches ertragen, habe Lepröse, Pestkranke, Gefolterte und unzählige Leichen gesehen. Aber kaum je erschrak ich so wie beim Anblick dieses geteilten Gesichts – halb Madonnenantlitz, halb Höllenfratze. Ein greller Schmerz durchzuckte mein Hirn, der Atem stockte mir. Ich machte eine heftige Bewegung, doch die Witwe bemerkte es nicht, weil sie sich im selben Augenblick wieder umdrehte. Sie beugte sich nieder und entschwand meinem Blick.

Ich vernahm nun verschiedene Geräusche, die auf irgendeine Geschäftigkeit hindeuteten. Allmählich überwand ich die Lähmung, die der Schreck verursacht hatte. Ich wurde aufmerksam und meine Neugier regte sich. Vorsichtig bog ich die Zweige beiseite und kroch ein paar Schritte weiter. Von den Blättern gedeckt und zwischen ihnen hindurch spähend, sah ich schließlich, was ich wollte.

Frau Luitgard kniete im Gras und blies ein Feuer an. Als es züngelte, umgab sie es mit Steinen, sodass eine Kochstelle entstand. Auf diese stellte sie einen Kessel, in dem gleich darauf etwas aufkochte, von dem mir der Wind einen bitterscharfen Geruch zutrug. Einem Sack entnahm sie allerlei Zutaten für ihr Zauberwerk. Nur weniges konnte ich erkennen. Eine Vogelkralle und ein Mauseschwanz waren dabei, irgendein Pulver und mehrere Kräuter. Schwärzlicher Rauch stieg aus dem Kessel empor.

Nun erhob sich die Witwe, und ich sah ihre ganze Gestalt. Sie hatte das Obergewand und den Gürtel abgelegt und trug nur ein weißes Hemd aus sehr dünnem Stoff, das ihr bis unter das Knie reichte. Ihr biegsamer Leib hätte jeden Heiligen in Versuchung geführt, die Standhaftesten nicht ausgenommen. Er schien zum Tanzen, zum Schweben gemacht zu sein.

Doch abermals brauchte ich alle Willenskraft, um mein Erschrecken nicht zu bekunden. Frau Luitgard bückte sich, löste die Schnallen und streifte die Schuhe ab. Anstelle der Füße kamen zwei über und über von Verbrennungsnarben durchzogene Klumpen Fleisches zum Vorschein.

Die Witwe richtete sich wieder auf und machte ein paar Schritte. Es waren eher wacklige kleine Sprünge. Dabei warf sie den Oberkörper vor und zurück und ruderte mit den Armen. Gaukler hätten ihr das absehen können, um die Leute auf den Märkten zum Lachen zu bringen.

Sie bedeckte den Kopf mit einem Schlertuch und umkreiste auf diese Weise mehrmals den Kessel. Dann blieb sie stehen und sog mit tiefen Atemzügen den Rauch ein. Wieder wand sie die Hände mit den eigenartigen Schlangenbewegungen, die ich schon einmal, während des Kampfes zwischen Irmo und den Brüdern vom Rabennest, beobachtet hatte. Zuerst stieß sie dabei nur Laute, später Worte und abgerissene Sätze aus. Dann murmelte sie Beschwörungsformeln. Als sie am Ende den Arme ausstreckte, die Stimme hob und ein schrilles „Wehe! Wehe! Wehe!" ausstieß, erschrak ich zum dritten Mal.

Die Hexe!

Sie war es. Sie war die Frau vor der Höhle, die uns vor den vom Himmel gefallenen Bäumen und vor der Blutquelle gewarnt hatte. Das weiße Gewand, der verhüllte Kopf, die Beschwörung, das schrille „Wehe!" … alles stimmte mit dem überein, was ich jetzt sah. Auch die Beschreibung des Fulk, der nur die zerstörte Seite ihres Gesichts gesehen hatte, weil es ihr gelungen war, die unversehrte zu bedecken, um später nicht wiedererkannt zu werden, Schließlich der torkelnde Schatten an der Höhlenwand, den ich bemerkt hatte, als sie die Flucht ergriff.

Wieder umkreiste sie das Feuer, neue Zaubersprüche murmelnd. Ich besann mich plötzlich darauf, dass ich hier im Gesträuch mit Staunen und Starren, Zittern und Zagen die Zeit vertat. Der Tod eines Menschen wurde beschworen. Die Blutquelle sollte weiter strömen. Ich musste ohne Verzug herausbekommen, welche Genugtuung der Sohn des Grafen mit seinem Dolch verschaffen sollte. Wenn ich wüsste, wohin er unterwegs war, würde es eine Möglichkeit geben, ihn aufzuhalten. Notfalls konnte man Leute vom Rabennest hinter ihm herschicken.

Für Rücksichten und Erklärungen war keine Zeit mehr. Ich beschloss, wie der Fleisch gewordene Zorn

Gottes aus dem Gesträuch heraus zu fahren und die Witwe zum Sprechen zu bringen. Allerdings waren meine Glieder vom Hocken und Knien ein wenig steif geworden. So kam ich nicht gleich auf die Beine. Und hörte Hundegebell.

Ich sah auch die Witwe erschrecken. Sie riss sich den Schleier vom Kopf und spähte zum Waldrand hin. Mit einer unwillkürlichen Geste zog sie das Haar über ihr zerstörtes Gesicht. Dann zögerte sie nicht länger. Sie hob den Kessel von der Feuerstelle und warf ihn – hart an meiner Schulter vorbei – ins Gesträuch. Qualmend und stinkend lief der Sud aus. Frau Luitgard erstickte die Glut mit einem Erdklumpen und riss die Steine auseinander. Darauf bückte sie sich, warf die Schuhe in den Sack, raffte Schleier, Obergewand und Gürtel auf und stürzte davon. Torkelnd und mit den Armen rudernd, doch mit erstaunlicher Geschwindigkeit bewegte sie sich auf das Rabennest zu. Als ich endlich aus dem Gesträuch heraus trat, war sie schon hinter der Baumgruppe verschwunden.

Im nächsten Augenblick sprangen auf der anderen Seite der Wiese drei Hunde aus dem Gebüsch hervor. Jetzt sah ich, dass sie einen Hasen verfolgten, der über die Wiese stürmte, einen Haken schlug und zurück in den Wald lief. Die Hunde blieben hinter ihm. Gleich darauf trat ein Mann heraus, den Bogen bereit haltend, in der Erwartung, dass ihm die Hunde den Hasen zutrieben. Es war einer der bärtigen Schrate aus der Gefolgschaft des Garibald.

Er bemerkte mich und blickte erstaunt zu mir herüber. Ich hob grüßend die Hand. Da aber stürzte die Meute erneut aus dem Walde, immer hinter dem flüchtigen Langohr, und schon waren Hase, Hunde und Jäger wieder verschwunden.

Auch ich hatte hier nichts mehr zu suchen. Mein Entschluss war gefasst.

9. Kapitel

Die Sonne stand im Zenit, als ich noch immer unterwegs und fast am Ende meiner Kraft war. Von der Absicht, den Sohn des Grafen einzuholen und ein weiteres Blutbads zu verhindern, war kaum mehr als ein Fünkchen Hoffnung übrig.

Zu meiner Verwunderung war es mir anfangs leicht gewesen, seiner Spur zu folgen. Meinrade musste gleich mehrere Hähne gerupft haben – so viele Federn hatte sie in den Boden gesteckt, mal in ein Mooskissen, mal zwischen Wurzeln, mal wie ein Feldzeichen auf eine Ameisenburg. Zum Glück hatte Thankmar sie nicht entfernt. Alle dreißig, vierzig Schritte traf ich auf einen solchen Weiser, dazwischen konnte ich auch den Fußtapfen des jungen Mannes folgen. Es gab keine Schneise, keinen Weg, keinen Pfad, es ging quer durch den Wald, stellenweise durch dichtes Unterholz, wo sich die Feuchtigkeit hielt und der Fuß tief einsank.

Ein weiterer Aufstieg war nicht nötig, den ich auch kaum noch bewältigt hätte. Ich bewegte mich in der erreichten Höhe, jedoch auf welligem Gelände, sanfte Hänge hinab, dann wieder hinauf, sodass ich mal meinen Schritt beschleunigen konnte, dann wieder verlangsamen musste. Ich schwitzte und keuchte auch jetzt, doch der Eifer trieb mich voran, und so empfand ich keine Müdigkeit. Vermutlich erging es mir wie den Jägern bei der Verfolgung des Wildes, die ja auch, wie ich so oft erzählen hörte, die Erschöpfung nicht bemerken, solange sie auf der Spur sind. Die Augen fest auf den Boden gerichtet, die Kutte mit beiden Händen raffend, stapfte ich vorwärts. Den Stock, den ich nicht mehr brauchte, hatte ich weggeworfen.

Einige Male begegnete ich Menschen. Ein paar Holzfäller hatten Thankmar vorbei eilen sehen und ihn für einen Jäger gehalten. Über das Ziel, zu dem er unterwegs war, konnten sie aber nichts sagen. Zwei alte Weiber, die Reisig sammelten, hatten zwar ihn nicht bemerkt, dafür jedoch tags zuvor Meinrade. Mit einem schweren Korb voller Eßvorräte sei sie beladen gewesen und einem Sack, dem sie die Federn entnahm, um sie in den Boden zu stecken. Ein struppiger Hund habe sie begleitet. Neugierig waren ihr die alten Weiber ein Stück gefolgt, doch nicht weit. Sie waren aber auf der Lauer geblieben und hatten das Mädchen und den Hund gegen Abend zurückkommen sehen. Nun glaubten sie, die Gute habe arme, bedürftige Verwandte besucht und mit den Federn den Weg bezeichnet, um zurück zu finden.

Ein Köhler, der an seinem Meiler stand, gab mir die wichtigste Auskunft. Als ich fragte, ob er den jungen einsamen Jäger bemerkt habe, nickte er.

„Hat er dich angesprochen?", fragte ich weiter.

„Das nicht", erwiderte er, wobei er sein geschwärztes Gesicht zu einem verächtlichen Grinsen verzog. „Er hat hübsch einen Bogen gemacht. War wohl einer von denen …"

„Von denen?"

„Der Bande da hinten. In der Hütte."

Mit einer Kopfbewegung deutete er in die Richtung, in die ich unterwegs war.

„Eine Bande, sagst du? Was treiben die?"

„Dies und das. Was geht es mich an?" Der Köhler fuhr fort, Rasenstücke auf seinen Meiler zu häufen. „Und du, Mönch, tust besser daran, dich auch nicht darum zu kümmern. Sonst …"

„Sonst?"

Er machte die Geste des Halsabschneidens.

„Verstehst du jetzt?"

„Wie weit ist es noch zu der Hütte?".

„Verschwinde!", sagte er grob. „Von mir erfährst du nichts. Kehr um … oder mach, dass du weiter kommst!"

Ich tat das Letztere, doch ich kam nicht mehr weit.

Ein riesiger schwarzer Keiler steckte vor mir den Kopf aus dem Gebüsch. Die beiderseitige Überraschung war groß, doch die meinige schlug gleich in Angst um. Ich rannte davon, so schnell meine Beine mich trugen. Der Urtrieb der Selbsterhaltung riss mich fort. Ich übersprang gestürzte Bäume, fiel in eine Grube, kroch wieder heraus, hastete weiter und stand auf einmal vor einem Abgrund. Als ich mich umwandte, sah ich den Keiler hinter mir. Er schien es allerdings weniger eilig zu haben als ich, denn er war noch ein großes Stück entfernt. Natürlich konnte er sich auch Zeit nehmen, denn wo sollte ich hin?

Mein Blick fiel auf einen Ahornbaum, dessen Stamm sich in Brusthöhe teilte. Mit einem verzweifelten Satz warf ich mich in die Gabel. Der Schmerz war groß und mein fülliger Leib wurde eingeklemmt. Mit den Beinen strampelnd gelang es mir aber, mich etwas zu drehen, sodass ich den nächsten Ast fassen konnte. Ich zog mich hinauf und bekam nun die Füße auf die Gabel. Mit letzter Kraft erklomm ich einen weiteren Ast. Auf diesem, zwei Mannshöhen über dem Boden, hinter Zweigen und Blättern versteckt, war ich in Sicherheit.

Zitternd lehnte ich mich gegen den Stamm. Der Schweiß floss in Bächen. Als ich hinunter blickte, stellte ich fest, dass mir der Keiler nicht bis unter den Baum gefolgt war. Zunächst sah ich ihn überhaupt nicht mehr. Doch dann bemerkte ich fünfzig Schritte entfernt eine schwarze Masse im Gebüsch. Das musste er sein. Er bewegte sich kaum, nur hin und wieder zuckte er auf. Eine Lanze oder ein Pfeil schien zwischen den Borsten zu stecken. Ich begriff, dass ich vor einem weidwunden Tier geflüchtet war. Ich hätte jetzt wohl hinab steigen und meinen Weg gefahrlos fortsetzen können.

Doch welchen Weg? Ich hatte die Spur verloren. Es würde Zufall sein, wenn ich im endlosen Einerlei des Mischwalds eine der bunten Federn wiederfände. Ich war auch so erschöpft, dass ich kaum Hoffnung hatte, an diesem Tag überhaupt noch irgendwohin zu finden.

Es war kein angenehmer Gedanke, die Nacht vielleicht mitten Im Wald auf einem Baum verbringen zu müssen. Immerhin konnte ich versuchen, zu dem Köhler zurückzufinden und um Nachtquartier in seiner Hütte zu bitten.

Sehr weit entfernt konnte die andere Hütte aber wohl auch nicht mehr sein. Schon das wenige, was ich erfahren hatte, bestätigte alle meine Vermutungen. Wenn eine Bande dort hauste, wie der Köhler gesagt hatte, musste es die des Hug sein. Dies war wohl der Stützpunkt, von dem aus die jungen Adalinge ihre Beutezüge ins Sorbenland unternahmen. Nach dem Mord an Irmo war der verwundete Hug von seinen Genossen hierher geschafft worden, damit er vor Rächern und Verfolgern geschützt war. Meinrade, die den Weg kannte oder von dem Hund geführt wurde, musste ihm, sicher im Auftrag Garibalds, stärkende Speisen bringen. Vielleicht war sie auch geschickt in der Behandlung von Wunden, wie viele Frauen und Jungfrauen. Ob sie wusste oder nur ahnte, warum sie ihrem früheren Verlobten den Weg zu der Hütte weisen sollte, bezweifelte ich. Auf jeden Fall tat sie es, um ihm gefällig zu sein. Und nun war er dorthin unterwegs. Seine Geliebte verlangte von ihm, Rache für den Tod ihres Bruders zu nehmen, bevor sie einwilligte, seine Frau zu werden.

Als ich so in den Ästen des Ahornbaums hing, fluchte ich – Gott verzeihe es mir – dem jungen, törichten Kerl, der mich in diese Lage gebracht hatte. Aus Verliebtheit und Verblendung mischte er sich in eine Blutfehde. Kam er zum Ziel, zog er sich und die Seinen mit hinein. Dann waren schon drei Familien verstrickt. Vielleicht waren es bald vier oder fünf und das Morden ging endlos weiter. Wenn ein solcher Wahn erst um sich griff, konnte er ganze Gegenden entvölkern.

Ich war indessen auf den jungen Mann nicht nur wütend, sondern auch um sein Schicksal besorgt.

Er nahm es mit Leuten auf, die im Töten Erfahrung hatten. Um sich Hug zu nähern, der vielleicht durch seine Verletzung behindert war, musste man an seiner rohen Horde vorbei. Konnte das gut gehen? Ich hatte viel Zeit verloren. Vielleicht war Thankmar schon in sein Verderben gelaufen.

Bei diesem Gedanken hielt es mich nicht mehr in meinem Versteck. Noch immer unschlüssig, was ich tun sollte, rutschte ich von meinem Sitz auf dem Ast, um vorsichtig wieder hinab zu klettern.

Da sah ich ihn plötzlich!

Es war nur ein kurzer Augenblick. Ich sah ihn nicht einmal lange genug, um Atem zu einem Schrei zu holen. Der steile Hang, an dem mein Ahornbaum stand, gab die Sicht frei auf eine benachbarte Höhe, wo er gerade wieder zwischen die Bäume zurücktrat, nachdem er wohl Ausschau gehalten hatte. Aber er war keine zweihundert Schritte von mir entfernt! Vielleicht war noch nichts geschehen, ganz sicher nicht, und ich konnte noch eingreifen. Ich brauchte ja nur dem Steilhang zu folgen und musste dann irgendwie auf die nächste Erhebung gelangen. Es gab kein Besinnen. Diesen Dienst musste ich meinem geschundenen Leib noch abverlangen.

Ich ließ mich am Stamm hinunter gleiten und sprang ins Gras. Mein linker Fuß kam dabei etwas unglücklich auf und ich verspürte einen Schmerz. Gleichzeitig riss der Riemen meiner Sandale. Dieses letzte Missgeschick verdross mich so, dass ich heftig aufstampfte. Abermals zuckte es schmerzhaft, doch ich achtete nicht darauf und zog die Sandale aus, um mir den Schaden anzusehen.

Als ich wieder aufblickte, erschrak ich. Rasch verbarg ich mich hinter dem Stamm. Zwei Männer waren zwischen den Bäumen aufgetaucht. Ich erkannte sie gleich als junge Adalinge aus der Gefolgschaft des Hug. Vorsichtig lugte ich durch die Gabel des Ahornstammes und sah, wie sie sich, etwa fünfzig Schritte entfernt, im Gestrüpp zu schaffen machten. Dort lag der verendende Keiler, dem sie jetzt wohl den Todesstoß gaben. Offenbar waren sie ihm gefolgt, nachdem sie ihn vorher gejagt und mit Pfeilen und Lanzen getroffen hatten. Nach einer Weile traten sie aus dem Gestrüpp hervor, mit einem Jagdspieß, an dem der Keiler hing, über der Schulter. Es waren zwei große, kräftige Kerle, doch die mächtige Last zwang sie, langsam zu gehen. Allmählich verschluckte sie der Wald.

Mein erster Gedanke war, ihnen zu folgen. Ihr Ziel musste ja die Hütte sein. Ich erwog sogar kurz, sie anzurufen und einzuweihen. Dies verwarf ich aber gleich, denn viel zu ungewiss war, was sie tun würden. Vielleicht hätte ich Thankmar damit gleich das Todesurteil gesprochen. Mir selbst vielleicht auch. Aber noch anderes Unheil drohte, deshalb konnte ich mich ihrem schwerfälligen Trott nicht anschließen.

Ich musste vor ihnen die Hütte erreichen.

So führte ich mein ursprüngliches Vorhaben aus und eilte am Rande des Steilhangs dahin. Ich trug beide Sandalen in der Hand, hatte notgedrungen auch die rechte ausgezogen. Spitze Steine und Dornengezweig marterten meine bloßen Füße, aber das war nicht das Schlimmste. Bald merkte ich, dass der Abstieg vom Ahornbaum nicht folgenlos geblieben war. Der Schmerz im linken Fuß wiederholte sich bei jedem Schritt, den ich tat, und als ich kurz innehielt, um das Gelenk zu betasten, spürte ich, dass es bereits geschwollen war. Ohne Zweifel hatte ich eine *distractio,* eine Verzerrung oder Verstauchung erlitten.

Diese Erkenntnis war nicht gerade geeignet, meinen Mut zu beflügeln. Ich bereute jetzt heftig, mich auf dieses Abenteuer eingelassen zu haben. Wie sollte es ausgehen? Unter den gegebenen Umständen konnte nichts misslicher sein als eine solche Behinderung.

Mit dem verletzten Fuß vorsichtig auftretend, legte ich noch etwa hundert Schritte zurück und blieb dann abermals stehen. Der Schmerz pochte jetzt ohne Unterlass, auch wenn ich still stand. Verzagt sank ich ins Gras.

Im selben Augenblick ließ mich ein Schrei zusammenfahren. Gleich folgte ein zweiter und dann noch ein ein dritter, der aber rasch abbrach. Zu sehen war nichts. Ich befand mich am Ende des Steilhangs, wo nun ein sanfter Anstieg zu jener Höhe begann, die ich erreichen wollte. Unmittelbar hinter einer Wand von Büschen und Bäumen, die sich vor mir erhob, hatte jemand geschrien.

Ich raffte mich auf und hastete vorwärts. Der Fuß war inzwischen so angeschwollen, dass ich ihn nachziehen musste. Ich drang in das Dickicht vor mir ein und fand mich nach wenigen Schritten von hundert

Zweigen und Ranken umarmt, die mich festhielten und mir ins Gesicht schlugen. Wütend zog ich das Messer aus dem Lederbeutel, den ich am Gürtel trug, und bahnte mir eine Gasse. Zwischendurch blieb ich mehrmals stehen, um zu lauschen. Ich hörte aber nichts außer meinem eigenen Aufstöhnen, als mein verletzter Fuß in ein Loch rutschte, wohl den Eingang eines Fuchs- oder Dachsbaus. Ich zog ihn heraus und fiel dabei hin, und nun kroch ich auf allen Vieren, wimmernd vor Schmerz und gotteslästerlich fluchend, weiter durch das dichte Gestrüpp. Zweige und Blätter, die ich wegschlug, regneten auf mich herab. Ameisen krabbelten an meinen Armen und Beinen herauf. Die fromme Kahlheit meines Scheitels zog ganz Mückenschwärme an.

Als endlich mein Kopf ins Freie stieß und ich mich aus dem Gestrüpp erhob, musste ich einem Waldgeist ähneln. Es war aber niemand da, den ich erschrecken konnte. Vielmehr erschrak ich selbst.

Ich stand am Rande einer Lichtung und vor mir erhob sich die Hütte.

Die Tür war offen, doch ich konnte von meinem Standort aus nicht hineinsehen. Nur wenige Schritte fehlten noch, und ich hatte schon die ersten beiden getan, als ich erregte Stimmen hörte. Rasch wich ich zurück ins Gebüsch. Und da kamen auch schon auf der anderen Seite der Lichtung die beiden jungen Kerle heraus, die den Keiler erlegt hatten. Sie hatten wohl auch die Schreie gehört, ihre Last abgeworfen und sich eilends hierher begeben. Nun traten sie in die Hütte ein.

Im nächsten Augenblick hörte ich sie aufbrüllen.

„Er ist tot!“, rief einer. „Sie haben ihn gefunden, die Schufte!“

„Mach den Mund auf, Hug!“, schrie der andere. „Sag was! Rühr dich! Hug …“

„Lass! Der ist hin. Der sagt nichts mehr!“

Eine Weile rumorten sie drinnen, gräuliche Flüche ausstoßend.

„Drei Stiche!“, hörte ich wieder den Ersten sagen. „Wer war das?“

„Das werden wir gleich wissen“, erwiderte der andere. „Das Blut ist frisch. Weit kann er nicht sein!“

„Also sehen wir zu, dass wir ihn einholen.“

„Los!“

Sie kamen heraus und rannten eine Weile auf der Lichtung umher, wilde Blicke um sich werfend.

„Wenn es der Alte war, ist er am Wildbach entlang … bis zur Quelle hinauf.“

„Der Alte war es nicht. Sie bewachen ihn.“

„Aber wer sonst?“

„Einer von Rotharis Leuten. Vielleicht sogar einer der Franken. Das waren doch Irmos Herzensfreunde.“

„Du könntest Recht haben. In dem Fall ist er vom Rabennest her gekommen.“

„Unmöglich! Da hätten wir ihn bemerkt.“

„Siehst du Fußspuren oder irgendwas?“

„Nichts.“

Sie strichen mehrmals hart an mir vorüber. Ihre Reden ließen mich nicht im Zweifel, in welcher Gefahr ich mich befand. Damit sie mich nicht doch noch entdeckten, kam ich auf den unglückseligen

Gedanken, mich ein Stück tiefer in das Dickicht zurückzuziehen. Dabei vergaß ich meine Verletzung und trat zuerst auf den linken Fuß.

Der stumme Schmerzensschrei meines verstauchten Gelenks ließ mich taumeln. Ich ergriff einen Zweig, um mich festzuhalten, und brachte ein ganzes Gebüsch in Bewegung.

„Da drüben!"

Mit vier, fünf Schritten waren sie bei mir.

„Der dicke Mönch!"

„Vorsicht, er hat ein Messer!"

„Was hab ich gesagt? Ein Franke!"

Sie packten mich und zerrten mich hinaus auf die Lichtung.

„Hört mich an!", keuchte ich.

„Ah! Willst vielleicht noch leugnen, du Hund?"

Der Größere, ein schwarzbärtiger Schlagetot, riss mich hoch und ließ mir zweimal die Faust ins Gesicht krachen. Dann schleuderte er mich mit aller Wucht gegen die Wand der Hütte. Mit einem Klagelaut fiel ich zu Boden.

Schon war der andere über mir. Immer wieder stieß er mir die harte Spitze seines Stiefels ins Gesicht, in den Bauch, in die Seite. Dabei überhäufte er mich mit Schmähungen, die bald in ein weinerliches Gezeter übergingen.

„Du Hundsfott! Du Schandbube! Du gemeiner fränkischer Schwarzrock! Was hast du getan, du Lump? Den Besten von uns, unseren Anführer, unsern Gefolgsherrn ermordet … Feige umgebracht hast du ihn … einen Helden, der sich nicht wehren konnte, weil er verwundet war! Wo findet man so einen wieder? Er war mein Freund, wir hatten uns Treue gelobt … Ich zertrete dich, du Ratte! Dein verfluchter Christengott wird dich nicht retten. Ein Haufen von Blut und Dreck wirst du sein …"

Immer wieder trat er zu. Dabei liefen ihm Tränen an seiner spitzen Nase herab, in die hohlen Wangen hinein. Endlich packte der Schwarzbart ihn am Arm und zog ihn weg.

„Hör auf! Für's Erste hat er genug."

„Ich werde Torturen für ihn erfinden, die es noch nie …"

„Später, später! Der läuft nicht mehr weg. Wir müssen erst einmal beraten, was jetzt zu tun ist. Da kommt Atolf …"

Mein rechtes Auge war von den Schlägen und Tritten fast zugeschwollen. Über das linke rann Blut. Ich konnte den Dritten der Bande, der jetzt aus dem Walde hervortrat, kaum noch erkennen.

„Was ist hier los?", rief der Atolf Genannte. „Wer ist das? Was macht ihr mit ihm?"

„Erkennst du ihn nicht?", fragte der Schwarzbart. „Der Mönch aus Franken, der bei Garibald war."

„Er hat Hug umgebracht!", schrie der Spitznasige.

„Was?"

„Geh hinein! Er hat ihn dreimal erwischt. Zweimal von vorn, einmal von hinten. "

Atolf trat in die Hütte ein und kam gleich wieder heraus.

„Schöne Bescherung! Und der soll es gewesen sein?"

„Er war es!“, kreischte der Spitznasige. „Dieser elende fette Christenhund hat unsern Gefolgsherrn umgebracht!“

„Erklärt mir mal, wie das passieren konnte! Wart ihr etwa nicht hier?“

„Wir waren kurze Zeit fort“, erwiderte der Schwarzbart kleinlaut. „Ein prächtiges Schwein. Fleisch für eine Woche.“

„Ausgemacht war, dass mindestens einer bei ihm blieb.“

„Wer konnte denn ahnen …“

„Ach, ihr Dummköpfe! Macht lieber, dass ihr wieder nach Hause kommt, unter die Peitschen eurer Väter! Hug war schon lange der Meinung, dass ihr nicht zu brauchen seid.“

„Du lügst!“, empörte sich der Spitznasige. „Du bist es, den er nicht mehr getraut hat!“

„Wenn wir nichts taugten“, sagte der Schwarzbart, „hätten wir nicht seinen Mörder gefangen.“

„Seid ihr sicher, dass er es ist?“, fragte Atolf. „Habt ihr ihn überrascht? In der Hütte?“

„Das nicht. Er steckte dort im Gebüsch.“

„Sieh dir das an!“, rief der Spitznasige. „Er hat noch das Messer in der Hand. Wenn das kein Beweis ist …“

Tatsächlich! Obwohl ich halb ohnmächtig war, umkrampfte meine Rechte noch immer verzweifelt den Messergriff. Atolf trat näher und beugte sich über mich.

„So hört mich doch an“, sagte ich, „ich werde euch …“

Doch mein Gestammel war wohl nicht zu verstehen. Ich bekam kaum die Zähne auseinander, von denen einige locker waren. Meine Oberlippe war aufgerissen.

Atolf bog meine Finger auseinander und nahm das Messer.

Nachdem er es aufmerksam betrachtet hatte, lachte er verächtlich auf.

„Sagte ich nicht, dass ihr Dummköpfe seid?“

„Wenn du uns weiter so beleidigst …“, fuhr der Schwarzbart auf.

„Halt's Maul! Und blind seid ihr außerdem. Seht euch den Hug da drinnen an. Sieht er nicht aus wie ein abgestochenes Vieh? Überall Blut! Und dieses Messer? Nicht ein einziges Tröpfchen. Da … die Schneide! Ist Blut vielleicht grün? Äste und Zweige wurden damit durchschnitten. Keine Hälse!“

„Aber wie kommt der Kerl hierher? Was macht er hier?“

„Vielleicht spioniert er. Wer weiß? Die Franken neiden uns das Geschäft. Wollen Frieden mit den dreckigen Sorben. Es fehlte noch, dass sie die Grube mit den Knochen entdecken und …“

„Verrate nur immer noch mehr!“, fuhr der Spitznasige dazwischen. „Er kann uns hören. Er ist bei Bewusstsein.“

„Nicht mehr lange. Wir schicken ihn in sein Himmelreich. Dort kann er alles seinem Herrn Christus erzählen. Der soll ja dort irgendwo zu Gericht sitzen. Vielleicht auf der Wolke da hinten.“

Sie brachen in ein rohes Gelächter aus.

„Und was tun wir danach?“, fragte der Schwarzbart.

„Verschwinden. Was sonst? Hier ist es nicht mehr geheuer. Der hier war vielleicht nur die Vorhut. Was machen wir, wenn die anderen heute noch nachrücken? Wenn sie uns hier mit den Leichen finden!“

„Also beeilen wir uns!“

„Und der Mörder?“, rief der Spitznasige. „Soll er entkommen?“

„Darum soll sich Garibald kümmern. Er ist Hugs nächster Verwandter. Wenn ihr mich fragt … ich glaube, es war der verrückte Alte. Blutfehde! Reine Familiensache.“

„Aber Hug war unser Gefolgsherr! Hier, wo wir stehen, haben wir ihm den Treueid geleistet. Wir sind verpflichtet …“

„Zu gar nichts sind wir verpflichtet. Als Gefolgsherr hat er uns Benefize versprochen. Aber hast du auch nur einen einzigen Krümel sorbischer Erde bekommen?“

„Das ist wahr“, sagte der Schwarzbart. „Er hat immer nur große Versprechungen gemacht, Und von der Beute fast alles allein eingeheimst.“

„Und das dicke Geschäft mit den Sklavenhändlern machten Bardo und Garibald. Uns blieb die Drecksarbeit, wir mussten das Sorbenpack einsammeln. Dafür durften wir mal ein paar Alte mit unseren Dolchen kitzeln und ein paar Weiber vögeln. Das war schon alles.“

„Aber wir hatten auch unseren Spaß dabei“, maulte der Spitznasige.

„Wenn dir das so viel wert war, dann halte deinem Gefolgsherrn die Treue. Such seinen Mörder!“, höhnte Atolf.

„Ist ja schon gut. Ich komme mit euch. Aber lasst mich wenigstens den hier kalt machen, wenn es schon sein soll.“

„Ich glaube, die Mühe kannst du dir sparen.“

Jeder der drei gab mir einen kräftigen Fußtritt. Mit dem Rest von Willenskraft, der mir gegeben war, unterdrückte ich einen Schmerzenslaut. Ich musste so zugerichtet sein, dass sie mich für tot hielten.

Sie wandten sich ab und ließen mich vor der Hütte liegen.

Was weiter geschah, erlebte ich in einem Zustand, in dem ich bald nicht mehr wusste, ob ich wachte oder träumte, ob ich lebendig oder tot war. Solange meine Peiniger in der Nähe waren, hatte ich meinen Sinnen befohlen, in ihrem Dienst nicht nachzulassen, soweit sie dazu noch im Stande waren. Jetzt entließ ich sie nach und nach aus ihrer Pflicht, mein Geist verlor die Gewalt über sie. Sehen konnte ich schon vorher fast nichts mehr, und allmählich versagte nun auch mein Gehör. Ich bekam nur noch mit, dass die drei Kerle in die Hütte gingen und dort eine Weile kramten. Sie raffen zusammen, was sie an Beutegut mitschleppen können, dachte ich. Bald aber verloren sich diese Geräusche, und ich hörte nichts mehr als ein dumpfes Brausen, aber auch das wurde schwächer und ging in ein zartes Summen über. Ebenso war es mit den Schmerzen. Hatten sie sich anfangs wie wilde Bestien gebärdet, die mich am Kopf, am

Fuß, am Knie, an der Schulter und vielen Stellen des Leibes bissen und zerrten, so schienen sie sich jetzt zu beruhigen und mich nur noch träge zu benagen wie einen abgefressenen Knochen.

Zusammengerollt lag ich im Gras, im warmen Schatten der Hüttenwand. Meine verschwollenen, blutverklebten Augen nahmen ein angenehmes Halbdunkel wahr. Und wenn ich mich noch eines letzten Gedankens in diesem einer Ohnmacht ähnlichen Zustand erinnere, so war es der, dass nun wohl die Reise in jene andere Welt begonnen hatte. Und dass ich recht unvorbereitet und ohne alle Zeremonien hinüber ging. Das beunruhigte mich ein wenig, und vielleicht war diese fromme Besorgnis um meine Ankunft im Jenseits Voraussetzung für meine Rückkehr ins Diesseits.

Denn ein winziger Rest von wachem Bewusstsein war mir auf diese Weise geblieben. Vielleicht kam mir der Gedanke an eine Reise, weil ich mich wirklich fortbewegte oder, besser gesagt, weil ich wahrnahm, dass eine Ortsveränderung mit mir vorgenommen wurde. Ich stellte auch bald fest, dass ich an einen Ort gelangt war, der unangenehmer war als der vorige. Was meine fast betäubten Sinne mir zutrugen, erhöhte meine Besorgnis. Es waren vor allem seltsame Gerüche, die mir wie eine ferne Erinnerung an Tod und Gewalt in die Nase stiegen. Klopfgeräusche schienen auf die Ankunft an einer überirdischen Pforte hinzudeuten. Klopfte ich selbst an diese Pforte? Mir schien, als würde mir aufgetan und ich träte in einen Raum ein, wo es knisterte und knackte und wo ich, je weiter ich vordrang, in Rauchschwaden eintauchte, die anfangs nur Schleiern glichen, dann aber dichter wurden und meine Lunge reizten. Vor meinen geschlossenen Augen begann ein wundersames Farbenspiel, von allen Seiten wurde es hell, rote und gelbe Kreise tanzten. Es war jetzt nicht mehr warm, sondern heiß, eine Gluthitze herrschte, als strahlten hundert Sonnen auf einmal.

Wo war ich? Im Purgatorium? Empfing meine Seele ihr Reinigungsbad? Wurde sie durch Feuer geläutert, wurde alles Irdische in ihr ausgebrannt? Würde ich, war dies überstanden, in die Gefilde der himmlischen Seligkeit eintreten?

Ich breitete meine Arme aus, um sie dem Feuer darzubieten. Mich wunderte, dass ich noch einen Körper besaß. Unzweifelhaft hatte ich noch Empfindung, denn plötzlich war mir, als würde sich in meine Hand eine andere legen. Es war eine leblose Hand, die ich drückte. Als ich sie losließ, fiel mir gleich etwas entgegen. Es stieß so hart gegen meine Brust, dass ich erschrak. Ich wälzte es von mir, wobei ich in einen Haarschopf griff. Ein Auge aufreißend, nahm ich zunächst nur gelbliche Schwaden wahr. Dahinter aber erschien ein Jünglingsgesicht mit Stülpnase, schiefem Mund und gebrochenen Augen.

Ich stieß einen Schrei aus – und erwachte davon. Auf dem Rücken lag ich in einem Raum, der voller Rauch war. Ringsum züngelten Flammen. Das Dach über mir brannte licherloh. Ein Sparren löste sich und stürzte herab. Der Funkenregen besprühte mich und den Leichnam des Hug, den ich noch immer im

Arm hielt.

Was jetzt geschah, war Sache eines Augenblicks. Ich stieß den Toten von mir, in den wallenden Rauch. Hustend und tränenden Auges kam ich irgendwie auf die Beine. Dabei taumelte ich gegen die brennende Wand, die hinter mir nachgab. Mit Donnergetöse fiel sie nach außen. Ich wurde dabei hinaus geschleudert und landete auf der Lichtung im Gras.

Um mich her wirbelten Balken und Bretter mit Feuerschweifen. Der Aufprall war schmerzhaft, doch meine Sinne blieben wach, und so gelang es mir, bis zum Waldrand zu kriechen. Es war höchste Zeit. Im nächsten Augenblick stürzte das Dach ein und wie Geschosse flogen die brennenden Trümmer über die Lichtung. Eine gewaltige Lohe erhob sich, wo vorher die Hütte stand.

Ich spürte Regentropfen auf meiner Haut. Es war noch hell, aber schwarze Wolken zogen herauf. Eines der schnellen Unwetter nahte. Ich dachte noch, wie gut das jetzt war und dass es diesmal im richtigen Augenblick kam.

Den ersten Donnerschlag aber nahm ich schon nicht mehr wahr. Nun sank ich wirklich in Ohnmacht.

„Lupus! Wach auf! Komm zu dir!“

Es war Odos Stimme, die mich weckte. Ich klappte ein Auge auf und sah meinen Freund und Amtsgefährten neben mir knien. Er beugte sich über mich und umarmte mich heftig. Ich schrie auf.

„Verzeih!“ Er lächelte schuldbewusst. „Was ist dir

geschehen, mein Alter? Du siehst aus wie ein zertretener Fliegenpilz. Wie, zum Teufel, bist du hierher gekommen?"

„Ich …" Es fiel mir schwer zu sprechen, ich konnte nur stammeln. „Ich … ich wollte den Mord verhindern."

„Den Mord an Hug? Es ist also wahr … er ist tot."

„Er liegt dort … unter den Trümmern der Hütte."

„Streng dich nicht an, mein Freund! Bleib liegen, beweg dich nicht. Das meiste habe ich schon begriffen. Was unklar ist, lässt sich erraten. Hug bekam Streit mit seiner Bande. Da erschlugen sie ihn und, als du dazwischen gehen wolltest, beinahe auch dich. Dann zündeten sie die Bude an und verschwanden. War es so?"

Ich bewegte verneinend den Kopf.

„Nicht ganz …"

„Nun", sagte Odo seufzend, „wir werden später darüber reden. Du brauchst Ruhe und Pflege, und irgendwie müssen wir dich auch ins Tal bringen. Wie konntest du dich nur hierher verirren?"

„Ich folgte dem Mörder."

„Wie?" Odos gewaltige Nase stieß mir entgegen wie eine Speerspitze. „Du folgtest ihm? So kam er von unten?"

Ich bejahte.

„Es war also doch der Alte … Meginfred."

„Der nicht."

„Aber wer? Wer war es dann?"

„Thankmar."

„Der Sohn des Grafen?"

Kaum war dies heraus, hörte ich hinter Odo jemand aufschreien. Ich hatte in dem begrenzten Blickfeld meines halb geöffneten linken Auges (es war nur leicht an der Braue verletzt, während das rechte vollkommen zugeschwollen war) bisher nur ihn wahrgenommen. Jetzt, als er sich aufrichtete und umdrehte, sah ich auch seine Begleiter, die ein paar Schritte hinter ihm standen: Helko, unsere Männer und die Jungfrau Meinrade.

Es war ein frischer, kühler Morgen mit verhangenem Himmel. In der Mitte der Lichtung erhob sich ein Haufen halb verkohlter Hölzer, qualmender Überbleibsel der Hütte..

Meinrade hatte geschrien. Ihr rundes Engelsgesicht war starr vor Schrecken. Auch alle anderen machten betroffene Gesichter.

„Der Sohn des Grafen?" wiederholte Odo, wobei er sich mir wieder zuwandte. „Du täuschst dich nicht? Ist das wahr?"

Ich bejahte.

Das Mädchen brach in heftiges Schluchzen aus. Ihr ganzer Körper wurde geschüttelt. Helko, der neben ihr stand, machte einen ungeschickten Versuch, sie zu trösten.

„Du musst ihn verstehen. Er liebte Irmo. Es blieb ihm wohl keine andere Wahl. Dein Vetter hatte Irmo ermordet, nun musste auch er …"

„Aber ich bin ja schuld!", heulte sie.

„Du? Was hättest denn du damit zu tun?"

„Ohne mich hätte er es nicht gekonnt. Ich habe ihm ja den Weg gewiesen."

„So hast du also für ihn die Federn gesteckt“, sagte Odo. „Nicht weil du Angst hattest, dich zu verlaufen.“

Das arme Mädchen bedeckte, immerfort schluchzend, das Gesicht mit den Händen.

“Wenn das mein Vater erfährt, schlägt er mich tot. Aber ich habe es ja verdient!“

„Was redest du da!“, sagte Odo. „Du hast ja wohl nicht gewusst, was der Bursche vorhatte. Sonst wärst du jetzt nicht so erschrocken. Wann war er denn bei dir?“

„Gestern früh. Er passte mich an der Quelle ab, als ich Wasser holte.“

„Und was wollte er?“

„Er sagte, er hätte mich immer noch gern … und jetzt, da nun Allard und Irmo tot sind … könnten wir vielleicht doch noch heiraten. Damit war ich einverstanden. Aber ich fragte: Wie willst du denn meinen Vater versöhnen? Hast doch mit Irmo gegen Allard und Hug gekämpft. Da sagte er, dass er sich erst mit Hug aussöhnen muss … nur Irmo, sagte er, war gegen Hug, er nicht … und jetzt, wo Irmo nicht mehr am Leben ist, kann Hug doch noch in die Gefolgschaft. Dafür will er sich, sagte er, bei seinem Vater einsetzen. Ich sagte, aber Hug hat Irmo umgebracht, er kann nicht hierbleiben, er will fortgehen. Da antwortete er, das wird nicht nötig sein, das war die Rache für Onkel Bardo und Allard und er kann Hug verstehen, wenn er auch Irmos Freund war. Ich sagte, Hug ist noch in seiner Hütte mit einigen seiner Gefährten. Da sagte er, beschreib mir den Weg.

Ich sagte, das darf ich nicht. Herr Meginfred hat geschworen, ihn umzubringen, deshalb hat mir mein Vater streng verboten, jemand zu sagen, wo Hug sich versteckt hält. Da sagte Thankmar, wenn Hug erst mal fort ist und kommt nicht wieder … wer wird sich dann bei deinem Vater für unsere Hochzeit einsetzen? Wenn aber Hug erst wieder mein Freund ist, sagte er, spricht er mit deinem Vater und alles wird gut. Da dachte ich, was soll Hug denn geschehen, wenn Thankmar hinauf steigt, der wird ihm nichts tun, nur mit ihm reden und da … O Himmel! Mein Vater! Er schlägt mich tot! Er erwürgt mich! Wenn er erfährt, dass ich Thankmar den Weg gezeigt habe, bringt er mich um!"

Der Tränenstrom, versiegte nicht, während das arme Mädchen dieses Geständnis herunter haspelte. Immer wieder schrie sie, ihr Vater werde sie töten. Odo und Helko mühten sich abwechselnd, sie zu beruhigen, doch ohne Erfolg. Von Schuldbewusstsein und Angst geschüttelt, sank die Unglückliche ins Gras. Es ging ihr – auf eine andere Art – noch schlechter als mir.

Unterdessen hatte Odo bereits eine erste Untersuchung meiner Verletzungen vorgenommen. Es waren, wie sich wohl aus meiner Schilderung schließen lässt, nicht wenige. Der verstauchte Fuß, die Wunden und Prellungen von den Tritten und Schlägen, dazu Abschürfungen, Verbrennungen … mehr als genug für einen Frommen! Unsere Männer zerrissen ihre Hemden, um mir notdürftig Verbände anzulegen. Es fehlte aber Wasser, um die Wunden zu reinigen und die Schwellungen zu kühlen. Ich hatte auch einen entsetzlichen Durst. Ein Krug vom Hausrat der Hüttenbewohner war übrig geblieben, und Meinrade erbot sich, mit ihm zu einem nahen Bergsee zu eilen.

Helko wollte sie begleiten, aber Odo ordnete an, dass er und unsere Männer schnellstens ein Tragebett anfertigten, damit ich ins Tal gebracht werden konnte. Für das Tragebett hätten natürlich die Hände der beiden anderen genügt, doch mein Amtsgefährte wollte verhindern, dass Helko, obwohl er sonst ein guter Kerl ist, die Verzweiflung des Mädchens ausnutzte. Das hätte uns in eine üble Lage gebracht.

Allein, gesenkten Hauptes und mit noch immer vom Weinen zuckenden Schultern verschwand Meinrade im Wald.

Während die anderen das Tragebett bauten, gab ich Odo einen kurzen Bericht meiner Erlebnisse. Er ließ sich dazu neben mir nieder, damit ich mich beim Sprechen nicht zu sehr anstrengen musste. Was ich auf der Wiese unter dem Rabennest erfahren hatte, hörte er finster und schweigend an. Nur einmal knurrte er: „So ein Teufelsweib!“ und nach einer Weile: „Das alles darf jetzt noch niemand wissen, es muss unter uns bleiben.“

Als ich auf Atolf und die jungen Adalinge zu sprechen kann, meinte er nur: „Die kriegen wir noch! Es ist gut, dass du dich an einen Namen erinnerst.“

Das Sprechen ermüdete mich. Ich hatte auch Schmerzen und starke Körperhitze. Als ich Odo schließlich fragte, ob auch er für mich Neuigkeiten habe, sah er mich nur mitleidig an.

„Hast du noch immer nicht genug?“

Das war alles. Auch auf meine Frage, wie er dazu gekommen war, mich an diesem Ort zu suchen, antwortete er ausweichend.

Dabei war Ungeheuerliches geschehen.

Aber Odo wollte mich schonen, und so erfuhr ich erst alles am nächsten Tag.

Inzwischen war das Tragebett fertig geworden. Immer noch warteten wir aber auf die Rückkehr des Mädchens. Sie hatte von einem „nahen“ Bergsee gesprochen, und so war ihr Ausbleiben nicht zu erklären. Wir waren beunruhigt.

„Erlaubt, Herr Odo, dass ich ihr nachgehe“, sagte Helko.

„Du weißt doch gar nicht, wo …“

„Ich finde sie schon!“

Nun blieb Odo nichts anderes übrig als einzuwilligen.

„Aber dass du sie mir als Jungfrau zurück bringst!“

Helko war bereits unterwegs. Nur ein Pfeil wäre schneller im Wald verschwunden.

Neidvoll sah ich ihm nach. Der ganze Jammer meines erbärmlichen Zustands überkam mich und ich konnte ein Stöhnen nicht unterdrücken.

„Es ist besser, ihr macht euch mit ihm auf den Weg“, sagte Odo zu unseren Männern. „Wozu auf das Wasser warten? Gebt ihm zu trinken, wenn ihr an einer Quelle vorbei kommt. Seine Wunden müssen behandelt werden, und Meister Rouhfaz versteht sich am besten darauf. Ich möchte mich hier noch ein bisschen umtun. Habe gerade gehört, dass es allerlei zu entdecken gibt. Werdet ihr ohne mich den Rückweg finden?“

Sie bejahten die Frage und hoben mich vorsichtig auf das Tragebett. Es war geschickt aus ihren Speeren gemacht, die mit geflochtenen Zweigen verbunden waren. Auf einem Graspolster wurde ich niedergelegt. Odo gab auch noch seinen Mantel her, um mich zuzudecken.

Ein spöttisches Abschiedswort konnte er sich jedoch nicht verkneifen.

„Lass dir das eine Lehre sein, Vater! Bezähme künftig deine Abenteuerlust! Beinahe hättest du uns viel Arbeit gemacht. Wir hätten ja deine heiligen Märtyrerknochen dort aus den Trümmern und der Asche hervorsuchen müssen. Für den Reliquienschrein!“

10. Kapitel

Wie ich in das Tal hinunter gelangte, kann ich nicht berichten. Auf dem Tragebett hin und her geschüttelt, sank ich bald wieder in Ohnmacht. Als ich erwachte, fand ich mich auf unserem Gemeinschaftslager im Untergeschoss des Saalhauses ausgestreckt.

Beim Schein einer Fackel – es war bereits wieder Nacht – war Rouhfaz eifrig um mich bemüht.

Er wusch mich und bestrich meine Wunden, auch den Mund und die Augen, mit einer grünen Salbe, einem Allheilmittel, das er selbst aus Kräutern und Honig kocht. Meinen verstauchten Fuß umwickelte er mit einem festen Verband. Ich wollte dies und jenes wissen, aber er untersagte mir das Sprechen „bei aller Verehrung“, und es dauerte auch nicht lange, bis ich wieder entschlummerte. Diesmal wurde es ein langer, erquickender Schlaf

Es war heller Tag, als ich abermals zu mir kam. Unser glatzköpfiger Diener und Schreiber lag zusammengerollt an meiner Seite. Sein Schnarchen hatte mich geweckt. Ich zog ihn sanft an der Nase, und da fuhr er gleich auf und in die Kleider, sich wortreich entschuldigend, dass ihn die Nachtwache an meinem Krankenlager so sehr ermattet habe. Natürlich hatte der Schlingel die Gelegenheit genutzt, sich mal ein langes Schläfchen zu gönnen. Dabei häuften sich auf seinem Pult, das in der Ecke unter der Fensterluke stand, die unerledigten Schreibarbeiten. An die hundert Besitz- und Erbschaftsurkunden waren auszustellen. Ich tadelte Rouhfaz aber nicht, denn ich war ihm der Fürsorge wegen dankbar, und überdies viel zu froh gestimmt, weil ich, wenn auch noch immer geschwächt und leidend, das Ärgste überstanden und ins Leben zurückgefunden hatte.

Rouhfaz war auch gleich wieder beflissen, brachte mir einen Krug Milch und erneuerte meine Verbände. Die Männer hatten ihm mein Abenteuer erzählt, soweit sie davon Kenntnis hatten, und nun war er begierig, weitere Einzelheiten zu erfahren. Er begann mich auszufragen, und ich antwortete mit halb geöffnetem Munde, denn noch immer quälten mich meine gelockerten Zähne und die gespaltene Lippe. In der Hauptsache musste ich allerdings jede Auskunft verweigern. Wie ich herausgefunden hatte, dass Thankmar der Mörder des Hug war, sollte ja vorerst zwischen Odo und mir ein Geheimnis bleiben. Ich erkundigte mich auch besorgt, ob unsere Leute nicht etwa geplaudert hatten. Zwar war die Schuld des jungen Mannes in meinen Augen erwiesen, doch gab es keinen Beweis für die vollendete Tat. Ich war ja leider zu spät gekommen. Es hatte also niemand das Recht, mit Fingern auf den Sohn des Grafen zu zeigen.

„Seid unbesorgt", sagte Rouhfaz, „von uns hat niemand etwas erfahren. Es ist ja auch nicht nötig, dass noch einer dafür büßt. Sonst bleiben in diesem verfluchten Mördertal überhaupt keine Menschen übrig. Wenn wir hier nur erst heil heraus sind, Vater! Aus Dankbarkeit werde ich zehnmal alle hundertfünfzig Psalmen beten."

„Ich werde dich daran erinnern, Rouhfaz. Aber

was sagtest du da eben? ‚Dass noch einer büßt …‘? Noch einer? Soll das heißen …“

„Ja, wisst Ihr das etwa nicht?“

„Was? Wovon sprichst du?“

„Hat es Herr Odo Euch nicht gesagt`“

„Nein!“

„Ihr regt Euch auf, das ist nicht gut.“

„Wer hat gebüßt … für den Mord an Hug?“

„Nun, der alte Verrückte. Der blöde Saufaus. Der von der Mühle.“

„Herr Meginfred?“

Ich fuhr heftig auf, aber Rouhfaz drückte mich wieder auf die Matratze.

„Beruhigt Euch, Vater, beruhigt Euch! Ihr könnt ihn nicht wieder lebendig machen. Vielleicht wäre ihm das auch gar nicht recht. Er soll zwar ein großer Sünder gewesen sein. Weil er aber unschuldig starb, wird ihm vielleicht vergeben und er genießt schon die ewige Seligkeit. Ich habe für ihn gebetet …“

„Wer war es?“

„Ihr meint, wer ihn … Na, erratet Ihr es nicht?“

„Etwa Garibald?“

„Ja, dieser Unhold vom Rabennest war es. Ich konnte ihn vom ersten Tag an nicht leiden. Ist es nicht schauderhaft, wie sich hier alle gegenseitig umbringen?“

„Erzähle mir, wie es geschah!“

„Nein, Vater, nein! Eure Lippe blutet schon wieder. Wenn Ihr Euch weiter so aufregt …“

„Ich werde schweigen und du erzählst. Ich befehle es dir!“

„Ja, wenn Ihr befehlt, das ist etwas anderes."

Der Seufzer, den Rouhfaz ausstieß, erschien mir ein wenig übertrieben. In Wirklichkeit war er natürlich begierig darauf, mir Neuigkeiten mitzuteilen. „Ihr müsst mir aber versprechen, ruhig zu bleiben. Sonst war meine ganze Mühe mit Euch vergebens."

„Ich weiß ja schon, was geschehen ist. Berichte mir, wie es dazu kam."

Rouhfaz setzte sich auf einen Hocker, schlug die Beine übereinander, faltete die Hände vor der mageren Brust und räusperte sich.

„Hört also! Gestern saßen wir alle gemütlich in der Veranda … auch ein paar Thüringer waren dabei, von der Gefolgschaft des Herrn Grafen … Herr Odo erzählt ein Kriegsabenteuer … und zwar das von dem Rückzug aus Spanien und dem Verlust der Nachhut bei Ros …"

„Roscida vallis."

„Dort also, wo ja auch der berühmte bretonische Edle Graf Roland sein Leben ließ, nachdem er tapferen Widerstand gegen die übermächtigen Feinde …"

„Rouhfaz! Ich kenne Odos Geschichten. Sprich weiter zur Sache!"

„Ihr regt Euch schon wieder auf! Dabei habt Ihr mir …"

„Ihr wart also beisammen. Und was geschah nun?"

„Da kommt auf einmal ein Bauer herauf … oder besser: er schwankt, er torkelt herauf … war nämlich betrunken …"

„Was wollte der Bauer?"

„Er rief: ‚Wo ist der Herr Graf? Ich muss zum

Herrn Grafen!‘ Wir lachten alle, weil der Kerl dabei sehr komisch aussah. Einer von der Gefolgschaft tat ihm nun gleich Bescheid und sagte, der Herr Graf sei nicht anwesend. Er ist ja, wie Ihr wohl wisst, unterwegs mit dem Fräulein Eddila, die ja eigentlich Witwe ist und die demnächst, was Ihr vielleicht noch nicht wisst, in ein Kloster eintreten soll, und zwar in …“

„Rouhfaz!“, sagte ich. „Quäle mich nicht! Wolltest du mir nicht berichten …“

„Ihr seid wirklich ein undankbarer Zuhörer, Vater“, sagte er schmollend, „Habt Ihr mich nicht selber gelehrt, dass eine Geschichte einen Anfang, eine Mitte und ein Ende haben muss?“

„Gewiss, nur das Ende ist mir ja schon bekannt. Beginne ausnahmsweise mal in der Mitte.“

„Ich denke, Ihr wollt die ganze Geschichte hören!“

„Erzähle mir, wie es kam, dass Herr Garibald den Herrn Meginfred …“

„Ich bin ja dabei! Das kommt ja alles. Würdet Ihr mich nicht dauernd unterbrechen, Vater, so wüsstet Ihr es schon! Aber ich kann ja aufhören. Vielleicht wollt Ihr lieber, dass es Herr Odo erzählt. Der kann es natürlich besser.“

Wie ertrage ich nur diesen ständig beleidigten, rechthaberischen Nörgler! Obwohl ich fast vor Spannung verging, musste ich sein Gezeter anhören und ihn schließlich geradezu demütig bitten fortzufahren – mit dem Anfang oder womit auch immer.

„Also der Bauer, Rouhfaz … Er wollte zum Grafen …“

„Er sagte, es sei Lärm in der Schänke, und Herr Meginfred, der Vater des umgebrachten Herrn Irmo, sei betrunken und schreie immer: ‚Er ist tot! Der Hund ist tot!' Und er selber hätte ihn totgeschlagen."

„Wen totgeschlagen?"

„Den jungen Herrn Hug vom Rabennest. Er hätte es selber getan. Hätte ihn aufgespürt in seiner Waldhütte und …"

„Was? Wie denn das?"

„So wartet doch, Vater, es kommt, es kommt! Er sitzt also in der Schänke und hält solche Reden. Schwatzt auch von seinem Sohn Irmo, dem letzten Königsspross, der nun in Wodans wildem Heer diene, und anderes gottloses Zeug. Schließlich fängt er sogar an zu raufen, weil ihn einige auslachen und nicht glauben wollen, dass er Hug …"

„Das alles erzählte euch der Bauer?"

„Ja, und deshalb wollte er zum Herrn Grafen. Der sollte mit ein paar Leuten zur Schänke kommen und Ordnung schaffen. Doch der Herr Graf war ja mit seiner Tochter …"

„Und wie ging es weiter?"

„Da sprang Herr Odo vom Tisch auf und sagte zu dem Bauern, dass er ihn hinführen solle. Und er nahm Helko, Fulk und andere mit, und ich lief hinterher und auch die Männer vom Gefolge des Herrn Grafen …"

„Was geschah nun in der Schänke?"

„Als wir hinkommen, hören wir schon Geschrei und Gelärme. Und als wir oben sind – die Schänke liegt nämlich auf einem Hügel –, da kommt uns schon Herr Garibald entgegen ... mit rollenden Augen, Blutspritzern auf dem Wams und einem blutigen Sax in der Hand. Und hinter ihm wird ‚Mörder!' gerufen."

„Und weiter?"

„Er wirft Herrn Odo das Schwert vor die Füße und brüllt: ‚Da habt Ihr es! Damit hab ich es getan!' ‚Was habt Ihr getan?', schrie Herr Odo. ‚Gerechtigkeit hab ich geübt – an diesem Schurken von Meginfred, dem Mörder meines Neffen, dem Todfeind unserer Familie!' Da befahl Herr Odo, ihn festzunehmen, weil er raste und Schaum vor dem Mund hatte und völlig außer sich war und man nicht wissen konnte ..."

„Und dann? Und dann?"

„Dann gingen wir alle in die Schänke hinein. Das sind eigentlich nur ein paar Tische und Bänke, unter dichtem Gezweig einer Eiche, die Wurzeln ragen heraus, fußhoch, und auf einer der Wurzeln lag Herr Meginfred – tot gestochen. Das heißt, er war eigentlich noch lebendig, aber das Blut floss aus seinen Wunden und er sprach nichts mehr und dann war es aus. Und Herr Odo befragte nun die Bauern, die alles gesehen hatten, und ich musste ihm alles übersetzen, weil sie ein schauderhaftes Diutisk sprechen. Ich war nämlich schon früher einmal in dieser Gegend, wie Ihr ja wisst, und deshalb ..."

„Was erfuhr nun Herr Odo?"

„Zuerst redeten alle durcheinander und man erfuhr gar nichts. Aber dann schoben sie einen vor, so einen triefäugigen Rotschopf der sagte, er hätte es schon woanders gehört, nicht erst von Herrn Meginfred …“

„Was gehört?“

„Na, dass Hug tot ist, in seiner Hütte nieder gestochen. Es seien nämlich drei junge Edle, Adalinge, wie sie hier heißen, bei seinem Herrn zu Gast gewesen, und die hätten getrunken und erzählt, oben in seiner Hütte sei ihr Anführer umgebracht worden, und ein fränkischer Mönch habe es getan, doch der sei auch dabei draufgegangen. Und sie hätten Hug nach altem Brauch im Feuer bestattet, den Mönch gleich mit.“

„Sieh mal an! Ich wurde also bestattet. Wie rücksichtsvoll!“

„Wir dachten auch gleich an Euch und waren besorgt, denn Ihr wart ja noch nicht zurückgekehrt. Herr Odo schickte gleich einen Trupp los, um die drei jungen Adalinge zu fangen. Aber die waren schon nicht mehr da, waren weiter gezogen. Ihr Wirt wusste nicht wohin und konnte sich überhaupt an nichts erinnern.“

„Und wie kam es nun dazu, dass Herr Meginfred …“

„Wartet doch! Das kam so. Dieser triefäugige Satan war zuerst zu Herrn Meginfred gerannt, der in seiner Mühle hockte und ziemlich betrunken war. Dem sagte er: ‚Wisst Ihr das Neueste? Hug vom Rabennest ist tot. Er liegt oben in seiner Hütte, umgebracht. Aber Ihr habt es nicht getan, obwohl Ihr geschworen hattet …‘ Weiter kam er nicht, denn Herr Meginfred packte und schüttelte ihn und schrie: ‚Er ist tot? Der Mörder ist tot? Mein Schwur ist also erfüllt!‘ ‚Aber Ihr habt es ja nicht selber getan!‘, will der Triefäugige, um ihn zu ärgern, wieder eingewandt haben. Da aber schrie Herr Meginfred: ‚Was? Was? Woher willst du das wissen? Natürlich habe ich es getan! Ich war es, ich! Wer denn sonst?‘ ‚Der Mönch aus Franken war es!‘, rief der Triefäugige. ‚Ihr habt nur geschworen, doch nichts getan!‘ ‚Lüge!‘, brüllte Herr Meginfred. ‚Ich selbst habe meinen Sohn gerächt! Ich selbst! Was für ein Mönch? Ich, der Vater, war es, kein anderer! Und alle sollen wissen, dass ich es war. Ich stamme von Königen ab, ich lasse mir nicht meine Ehre nehmen! Ich erlaube nicht, dass so etwas verbreitet wird!‘ Na, und da schwang er sich auf seinen Esel und ritt nach der Schänke, und da soff er weiter und sagte jedem: ‚Ich war es! Ich habe Hug erschlagen. Mein Sohn ist gerächt.‘ Und so prahlte er ohne Unterlass und erzählte sogar noch alle möglichen Einzelheiten. Was nützte es, dass ihn die Männer, die ihn beobachtet hatten, der Aufschneiderei bezichtigten! Er schlug mit Fäusten auf sie ein. Inzwischen stieg einer hinauf zum Rabennest und berichtete Herrn Garibald, was Herr Meginfred in der Schänke verbreitete. Da gürtete sich Herr Garibald schweigend, nahm das Schwert und eilte nach der Schänke. Und als er dort ankam, ging er hinein und geradenwegs auf Herrn Meginfred zu. Und niemand wagte, ihn aufzuhalten. Und er schlug und stach mit dem Sax mehrmals zu und rief aus: ‚Für Bardo! Für Allard! Für Hug!‘ Und da war es aus mit Herrn Meginfred, weil dieser Satan, der rothaarige, triefäugige, ihn aufgehetzt hatte. Was sagt Ihr dazu, Vater?“

„Du bist noch nicht ganz fertig. Was geschah mit

Herrn Garibald?“

„Der stand noch gefesselt vor der Schänke. Als nun Herr Odo gehört hatte, was der Triefäugige berichtete, rannte er zu ihm hinaus und herrschte ihn an: ‚Du blöder Kerl! Du blindwütiger Schwachkopf! Du hast einen Unschuldigen getötet!‘ ‚Alle bringe ich um!‘, schrie da Herr Garibald außer sich. ‚Die ganze Sippe! Es sind noch einige da, aber keiner bleibt übrig. Noch heute drehe ich der Luitgard den Hals um. Binde mich auf der Stelle los, Franke, oder du wirst es bereuen!“ Darauf sagte Herr Odo gar nichts, sondern holte nur aus und drückte Herrn Garibald die Faust ins Gesicht. Der sagte dann auch nichts mehr, sondern fiel um und schwieg. Und Herr Odo befahl, ihn noch fester zu binden. Und dann ließ er ihn hierher bringen, als Gefangenen.:

„Hierher auf den Salhof? Und ist er immer noch hier?“

„Hinter den Tannen. In einem der Stallhäuser.“

„Und wer bewacht ihn`“

„Impetus.“

„Wer? Impetus? Odos Hengst?”

„Der steht neben ihm an seiner Krippe. Er ist wirklich ein kluges Tier … weiß genau, wen sein Herr nicht leiden kann. Wenn Herr Garibald hustet, schnaubt er. Wenn der den Kopf, den Arm oder den Fuß bewegt, schüttelt er die Mähne. Als der einmal versuchte, sich loszumachen, bekam er einen Tritt mit dem Hinterhuf. Das versucht er kein zweites Mal.“

„Wunderbar! Es fehlte noch, dass auch Impetus zu

dem Blutbad beiträgt."

Ich hatte genug gehört.. Es war zuviel für einen Mann in meinem Zustand. Ich stöhnte und zog mir die Decke über den Kopf.

„Wartet doch, Vater", sagte Rouhfaz und zog sie mir wieder weg. „Gleich könnt Ihr Euer Schläfchen machen. Ich muss Euch nur vorher noch den Fuß kühlen."

Er war wieder mit mir versöhnt und anscheinend sehr zufrieden mit der Wirkung seiner Geschichte. Während er meinen Fuß mit einem feuchten Tuch umwickelte, fuhr er fort:

„Trotz allem seid Ihr ja noch glimpflich davon gekommen. Ihr könnt Euch nicht vorstellen, was für Ängste wir um Euch ausstanden! Herr Odo dachte natürlich, dass Euch die Bande der jungen Adalinge umgebracht hatte. Er nahm an, sie hätten nach einem Streit erst Hug erschlagen und dann Euch. Weil Ihr die Spur zu der Hütte gefunden hattet und hinauf gestiegen wart, um Hug ins Gewissen zu reden. Er wollte auch gleich nach Euch suchen. Deshalb schlug er Herrn Garibald noch einen Zahn aus, weil der den Weg nicht beschreiben wollte. Da sagte Herr Garibald, seine Tochter wisse Bescheid. Inzwischen war es aber schon Nacht, und so konnte Herr Odo erst in der Frühe los. Eigentlich wollte er nur mit zwei Männern aufbrechen und Helko hier lassen. Aber der ließ nicht locker und wollte unbedingt mit hinauf. Bildet Euch darauf nichts ein, Vater! Nicht Euretwegen war er so eifrig. Nein, das war er nur dieser Jungfrau wegen! Stellt Euch vor, er ist in sie verliebt ..."

Das Geplauder des Rouhfaz machte mich schläfrig und ich wollte mich gerade zur Seite drehen, als ich von der Stiege her Schritte hörte. Es war Odo.

Mit einem schweren Seufzer ließ er sich auf einem der Weinfässer nieder, die längs der Wände aufgereiht waren.

„Bald sind wir allein in diesem Unglückstal, Vater. Helko ist gerade zurückgekehrt."

„Was heißt das? Wart ihr denn nicht zusammen?"

„Nein. Ich bin schon seit gestern Abend hier. Er hat den ganzen Tag und die Nacht lang nach der Meinrade gesucht. Heute Morgen erst fand er sie."

„Und wo?"

„Auf dem Grunde des Waldsees. Mit einem Stein um den Hals."

11. Kapitel

Die Dingstätte war, wie anderenorts auch, ein ehemaliger germanischer Opferplatz. Es war eine Wiese, an einem Berghang gelegen, feierlich von Fichten und Tannen gesäumt. Ein wenig erinnerte sie an die römischen Theater, die man noch hier und dort auf der anderen Seite des Rheins findet. In aufsteigenden Reihen lagerte vor uns die Versammlung der Dingpflichtigen. Wir, die Gerichtsherren, ließen uns auf einem kreisrunden Platz unter einer mächtigen alten Linde nieder.

Es war erst der vierte Tag nach meinem unglückseligen Abenteuer. Ich hatte mich jedoch so weit erholt, dass ich hoffen konnte, den Anstrengungen eines Gerichtstages gewachsen zu sein, Der Ort lag nur zweihundert Schritte oberhalb von Rotharis Salhof, aber diesmal hatte mich mein Grisel hinauf tragen müssen. Mit dem einen Arm auf Rouhfaz gestützt, unter dem anderen meine Kodizes mit Aufzeichnungen über das thüringische Volksrecht, hinkte ich zu meinem Richterstuhl.

Sehr hinderlich war allerdings, dass ich nicht in der Lage sein würde, mein Fragerecht wahrzunehmen. Meine Lippe war noch immer geschwollen und mit eitrigem Schorf bedeckt, und mein Unterkiefer weigerte sich beim Sprechen beharrlich, der Geschwindigkeit der Zunge zu folgen. So musste ich diesmal ein stummer Richter bleiben, ohne Aussicht, in den Gang der Verhandlung einzugreifen. Nur an den Beratungen über die Urteilsfindung würde ich teilnehmen können.

Die Adalinge und Freien, die hier dingpflichtig sind, waren in großer Zahl erschienen. Das hatte seine Ursache sicher einerseits im *„bannum ad placitum“*, der richterlichen Ladung, mit der Androhung von Bußen für den Fall des Ausbleibens. Dies wäre ja einer Verweigerung des Treueids gleichgekommen, der vor der Versammlung abgelegt werden sollte. Andererseits waren die meisten neugierig, ob fränkische Richter, die zum ersten Mal im Tannengrund walteten, ihrer Aufgabe gewachsen sein würden. Alle warteten natürlich darauf, dass die jüngste Kette gewaltsamer Todesfälle zur Verhandlung käme. Herr Garibald war von uns in Haft genommen, was die meisten als Willkür empfanden. Er sollte als Angeklagter in den Ring, nachdem er vor kurzem noch als Kläger auftreten wollte. Der Herr des Rabennests war zwar nicht gerade beliebt, doch gab es viele, die seine Tat billigten, die ihn verachtet hätten, wäre er untätig geblieben. Als er jetzt, von unseren Männern begleitet, erschien, begrüßten ihn lebhafte Zurufe, die an Feldgeschrei erinnerten.

Es begann mit Verspätung. Graf Rothari verzögerte sein Erscheinen, offenbar mit Absicht. Er war am Tag zuvor ermattet und übellaunig von seiner Reise zurückgekehrt, was er vor uns kaum zu verbergen suchte. Von seiner liebenswürdigen Aufmerksamkeit bei unserm Empfang war nichts übriggeblieben. Er behandelte uns wie beliebige lästige Fremde, die seine Gastfreundschaft über Gebühr missbrauchten, fast so, als seien wir es gewesen, die alle seine Pläne durchkreuzt hatten.

Dass es weitere Mordfälle gab, veranlasste ihn zu bitterem Spott über unsere „Ordnung stiftende" Anwesenheit. Wegen der Festnahme Garibalds kam es zwischen Odo und ihm sogar zu einem heftigen Wortwechsel. Rothari wollte den Herrn des Rabennests unverzüglich auf freien Fuß setzen. Um ihn daran zu hindern, musste Odo ihm schon mit dem Hofgericht drohen, weil er mit einem Totschläger, der öffentlich einem Königsboten Vergeltung angedroht hatte, gemeinsame Sache machte. Rothari fügte sich zähneknirschend, verlangte jedoch, dass eine Klage gegen Garibald vorerst nicht zugelassen werde. Zunächst müsse durch eine Untersuchung festgestellt werden, ob Meginfred nicht vielleicht doch der Mörder des Hug gewesen sein könnte.

Offensichtlich wollte er Zeit gewinnen, um nach unserer Abreise alles nach seinem Ermessen zu regeln. Odo lehnte denn auch diese Forderung rundweg ab, wobei er natürlich verschwieg, dass wir den wirklichen Mörder längst kannten oder zumindest zu kennen glaubten. Auch unsere Leute hatten eisern Stillschweigen bewahrt, der Name Thankmar war niemandem über die Lippen gekommen.

Der Graf beendete dann seinerseits das Gespräch mit einer Drohung. „Ihr werdet schon sehen, was Euch das einbringt, ich habe mächtige Freunde bei Hofe!", rief er Odo zu. Dann wies er Herrn Garibald eine bessere Unterkunft zu, und noch am Abend suchte er ihn dort zu einer vertraulichen Unterredung auf.

Endlich betrat Rothari als Letzter die Dingstätte. Auch ihn empfingen Beifall und Zurufe. Das galt dem Thüring und örtlichen Machthaber und war wohl als Herausforderung an uns zu verstehen. Der Graf genoss die seltene Volkstümlichkeit, winkte gönnerhaft und verneigte sich. Dann begab er sich zu der Bank der *scabini*, die seitlich von unseren Richterstühlen aufgestellt war und auf der schon ein paar alte Rechtskundige hockten. Hier setzte er sich, wobei er den Versammelten mit einer spöttischen Geste bedeutete, dass man ihm zwar einen niedrigen Platz zuweisen, ihn damit jedoch nicht erniedrigen könne. Mir nickte er kurz und förmlich zu. An Odo aber sah er vorbei, und auch mein Amtsgefährte tat so, als habe er nie etwas mit dem Grafen Rothari zu tun gehabt,

Wir begannen den Gerichtstag mit der Eidabnahme, so wie wir es anderenorts auch getan hatten. Der Vorteil dieses Verfahrens ist, dass die rebellischen Geister, die es ja überall gibt, sich unter dem Eindruck eines gerade geleisteten Schwurs zurückhalten und damit im Allgemeinen ein störungsfreier Ablauf der Verhandlungen gesichert ist. Odo, behelmt und in vollem Waffenschmuck, winkte zwei Priestern, die einen Reliquienschrein in den Ring trugen. Dann hieß er die Männer in langer Reihe vorüber ziehen, den Schrein berühren und ihm dabei die Formel nachsprechen, die mit den Worten beginnt: „Durch diesen Eid verspreche ich meinem Herrn, dem sehr frommen König Karl, Sohn des Königs Pippin und der Bertha, treu zu sein …“

Es gab keine Zwischenfälle. Der Graf trat als Erster an den Schrein und sprach die Formel, indem er auch jetzt Odos Blick vermied und den seinigen nach dem Himmel richtete. Herr Garibald und Herr Gumbracht vom Geierkamm schworen mit trotzigen Mienen. Es gab auch Herren, die hochmütig oder belustigt dreinschauten, als ließen sie sich dazu herab, eine seltsame Herrscherlaune zu befriedigen. Die einfachen Bauern näherten sich ehrfürchtig, mit tiefen Verbeugungen, sprachen die Formel stotternd, mit kurzem Atem, und schüchtern fragten sie manchmal nach, weil sie die vorgesprochenen Worte nicht verstanden hatten. Dann musste Rouhfaz einspringen und in ihr thüringisches Diutisk übertragen. Er saß neben Odo und notierte Namen, Vatersnamen und Stand eines jeden, der an den Schrein trat.

Diese Listen befinden sich gegenwärtig schon in der Hofkanzlei. Die Verschwörer um Hartrat hatten sich seinerzeit darauf berufen, dem König keinen Treueid geleistet zu haben. Niemand, der in unseren Verzeichnissen steht und den es dennoch irgendwann einmal nach Aufruhr gelüsten sollte, wird so etwas dann noch behaupten können.

Als der Letzte geschworen hatte, waren mehrere Stunden vergangen und so beschlossen wir, keine Pause zu machen. Am Ring drängten sich die Klägerparteien

Von den Beklagten war, wie gewöhnlich, nur der kleinere Teil erschienen. Diejenigen, die zum Stand der Freien gehörten, saßen unter den Dingpflichtigen. Fast ausschließlich ging es bei ihnen um Erbstreitigkeiten. Die Unfreien waren dagegen meist des Stehlens, Zündelns oder des verbotenen fleischlichen Umgangs bezichtigt. Von ihnen war nur ein kleines Häuflein anwesend. Die Übrigen wurden von ihren Herren vertreten, die im Falle der Verurteilung ja ohnehin die Buße zu zahlen hatten und zu diesem Schaden nicht noch den ganztägigen Verlust der Arbeitskraft ihres Unfreien hinnehmen wollten.

Ein einziger Adaling sollte angeklagt werden. Herr Garibald saß gleich in der ersten Reihe der Dingteilnehmer, die Ellbogen auf die Knie, das kugelige Haupt auf die Hände gestützt, wie immer mit halb geschlossenen Lidern, was ihm trotz der kindhaft aufgeworfenen Nase ein mürrisches, trotziges Aussehen gab. Die Augen jedoch huschten flink und wachsam umher. Da sein Fall auch der einzige von Bedeutung war, hatte er Anspruch auf den ersten Rang in der Reihenfolge.

Es war Odo zweifellos nicht unrecht gewesen, dass ich mich an der Vorbereitung des Gerichtstags nicht beteiligen konnte. Sonderlich in Bezug auf die Mordfälle hatte er mir ja Trägheit des Geistes und falsche Parteinahme vorgeworfen. Es passte ihm, dass ich, noch bis zuletzt an das Lager gefesselt, seine Maßnahmen nicht behindern konnte. Nur durch Rouhfaz erfuhr ich einiges.

So war von Odo Weisung ergangen, auch den Tod Meinrades geheim zu halten. Er selbst hatte sich noch einmal zum Rabennest begeben, um Frau Bathilda mitzuteilen, man habe die Jungfrau, die vor der abgebrannten Waldhütte aus Gram über das Schicksal ihres Vetters zusammengebrochen war, vorübergehend der Obhut von Nonnen anvertraut.

Er hatte dann auch mit Frau Luitgard gesprochen und sie anscheinend ermuntert, gegen Garibald Klage zu führen. Mit ihrer Hilfe war es ihm schließlich gelungen, zwei entfernte Vettern des Meginfred ausfindig zu machen. Diese beiden hatte er aufgesucht und ebenfalls zur Klage gedrängt. Offenbar war das nicht ganz leicht, weil der närrische alte Sonderling mit allen seinen Verwandten verfeindet gewesen war. Odo war aber Erfolg beschieden, wahrscheinlich hatte er mit der Aussicht auf Wergeld gelockt.

Als er jetzt die Partei der Kläger aufrief, traten nicht weniger als acht Männer in den Ring – die beiden alten Vettern und deren Söhne und Enkel, alle gerüstet und bereit zum Verschreien des Mörders. Zwei von ihnen trugen auf einem Stuhl ihre Verwandte, die Witwe Luitgard, herein. Zwei andere setzten vor uns, den Richtern, einen Sargkasten nieder und nahmen den Deckel ab.

Mit Fassung blickten wir auf den Leichnam des Meginfred.

„Ja, es ist wahr. Wozu es leugnen? Ich habe diesen Mann hingerichtet. Viele, die hier sind, waren dabei. Ich hatte nicht nötig, es heimlich zu tun. Mein Schwert hat ausgeführt, was meine Ehre befahl Und ich bin stolz darauf!“

Wuchtig und finster stand Herr Garibald vor dem Sargkasten mit dem Leichnam. Seine Worte fielen wie Hammerschläge.

Als er schwieg, erhob sich Beifallsgeschrei.

Es wurde wieder ein heißer Tag, am Himmel zeigte sich keine Wolke. Unter den Dingteilnehmern kreisten bereits die mitgebrachten Wein- und Wasserkannen. Herr Rothari und andere, die in der Nähe saßen, drückten die Zipfel ihrer Gewänder vor die Nasen, weil sie der Leichengeruch belästigte. Odo winkte der Klägerpartei und ordnete an, den Deckel zu schließen und den Sargkasten aus dem Ring zu schaffen. Der Mordbeweis per Augenschein war ja erbracht.

„Ist das alles, Herr Garibald, was Ihr zu Eurer Verteidigung vorbringen könnt?"

Der Herr des Rabennests wandte sich mehr an die Versammlung als an die Kläger und uns Richter.

„Alle, die hier anwesend sind, wissen: Die Sippe des Meginfred hat versucht, uns nach und nach auszulöschen. Zuerst brachte Irmo meinen Bruder Bardo um. Dann warf er meinen Neffen Allard in den Abgrund. Darauf entschloss sich mein Neffe Hug zu tun, was notwendig und gerecht war – den zweifachen Mörder, unseren geschworenen Feind, zu bestrafen. Er durfte nicht die Freuden des Brautbettes genießen, den großen Herrn spielen und über unsere Tränen lachen! So wurde seine Untat vergolten. Kaum aber war dies geschehen, leistete der Vater des Bestraften den Schwur, sich blutig an uns zu rächen. Ich war nicht dabei, als das geschah. Aber er schwor es am Abend der Hochzeit, vor aller Ohren. Und jeder, der es gehört hat, wird es uns hier bestätigen können!“

„Er wollte mit euch ein Ende machen“, rief einer, „ehe dreimal die Sonne unterging!“

„Den ersten Schritt dazu tat er“, antwortete Garibald dem Rufer. „Aber es war auch ein Schritt in sein eigenes Verderben. Die Sonne ging dreimal unter, dann war es auch mit ihm selbst zu Ende. Denn was sollte ich denken, Thüringer, Dinggenossen, als ich die Nachricht erhielt, mein Neffe Hug sei ermordet und Meginfred prahle in der Schänke, er habe seinen Schwur erfüllt? Was musste ich tun? Drei von uns waren tot – gegen einen von denen! Durfte ich eine solche Schmach auf uns sitzen lassen? Auf uns, einem alten Geschlecht, das schon im Rabennest saß, als die Ahnen des Meginfred und des Irmo keine Könige, sondern Bauern waren? Ich musste handeln, und wer mich dafür verurteilt, hat selbst keine Ehre im Leib!“

Wieder wurde von vielen Beifall geschrien. Einige schlugen ihre Lanzen gegeneinander.

„Nun behaupten die fränkischen Herren“, fuhr Garibald fort, „die uns der Herr König Karl als Richter gesandt hat und denen ich meine Achtung bezeuge trotz der schnöden, ungerechten Behandlung … sie behaupten, andere hätten Hug ermordet. Und die Ankläger, die nicht dabei waren, plappern es ihnen nach. Ich soll einen Unschuldigen getötet, ein abscheuliches Verbrechen begangen haben! Wie kommen sie zu dieser Behauptung? Zunächst durch das Geschwätz eines Unfreien, dieses Rotschopfs, den die meisten von uns für schwachsinnig halten. Der will drei junge Adalinge belauscht haben. Die hätten seinem Herrn, der sich an nichts mehr erinnern kann, eine Geschichte erzählt: Hug sei umgebracht, doch nicht von Meginfred, sondern von dem christlichen Herrn Lupus, demselben, den wir dort auf dem Richterstuhl sehen. Er leidet und ist verletzt, in einem beklagenswerten Zustand. Nun, dass dieser edle Herr, ein Diener Gottes und hoher Würdenträger, die Tat nicht begangen haben kann, steht außer Frage. Indessen – Herr Lupus war am Ort des Geschehens. Er fand die Spur meines Neffen – auf welche Weise kann ich nicht sagen – und wollte ihn ohne Zweifel bewegen, herunter zu kommen und vor Gericht zu erscheinen. Als er die Hütte erreichte, war Hug schon tot. Von den jungen Männern wurde Herr Lupus ergriffen und niedergeschlagen. Später legten sie ihn zu dem Leichnam in die Hütte und setzten ihn den schlimmsten Gefahren aus. Das war roh, das war grausam, und man möge sie suchen und dafür bestrafen. Mit all dem ist aber nicht erwiesen, dass diese drei jungen Adalinge die Mörder des Hug waren! Es waren ja seine besten Freunde, die ihn hinauf brachten zur Waldhütte, weil er verletzt war und weil sie sein Leben schützen wollten. Hier vor der Versammlung frage ich den edlen Herrn Lupus und er möge mir antworten, wenn er kann; Habt Ihr gesehen, wie die drei jungen Männer Hug ermordeten?"

Stumm verneinte ich die Frage.

„Es ist also möglich, dass jemand anders der Täter war. Dass aber diese drei Euch für den Mörder hielten und Euch deshalb so zurichteten."

Dies bejahte ich.

„Wenn sie nun Euch für den Mörder hielten, waren sie es doch vermutlich nicht selber …“ .

Auch dieser Folgerung musste ich zustimmen.

„Könnte es Meginfred gewesen sein?“

Abermals blieb mir nichts anderes übrig als zu nicken.

„Herr Lupus hält also für möglich, dass er es war!“, rief Garibald. „Und ich will euch sagen, wie es gewesen ist. Er schlich hinauf und lauerte so lange im Schutz des Waldes, bis Hugs Gefährten die Hütte verließen, um Nahrung zu besorgen, Dann ging er hinein, erschlug meinen hilflosen Neffen und floh. Zu Hause, in seiner Mühle, angekommen, trank er sich im Gefühl des Triumphs einen Rausch an. Als er dann aber von dem Unfreien hörte, dass die jungen Männer einen anderen Verdacht verbreiteten, packte ihn törichter Stolz und er ging in die Schänke und schrie seine Untat heraus. So und nicht anders verhielt es sich! Ich habe den richtigen Mörder getötet, wie es mir nach dem Recht unserer Väter zukam. Möge seine schwarze Seele zur Hölle fahren!“

Ich musste Garibald im Stillen Achtung zollen. Er vertrat seine Sache mit Geschick. Man merkte, dass er gewohnt war, Verhöre zu führen und Tatsachen, die ihm bekannt waren, bündig aneinander zu reihen. Dies tat er sonst freilich auf der anderen Seite, als Richter über sein Gutsgesinde. Was er von Odo oder wohl auch von Rothari erfahren hatte, deutete er überzeugend zu seinen Gunsten, sodass er wieder die allgemeine Zustimmung fand. Die alten Rechtskundigen nickten bedächtig. Die Klägerpartei stand hilflos und stumm. Von der Wiese ertönte es im Chor: „Sprecht Garibald frei! Sprecht Garibald frei!"

Odo ließ den Richterstab durch die Luft sausen und gebot Ruhe.

„Mein Amtsgefährte räumt nur als Möglichkeit ein, dass es Meginfred war. Aus einem einfachen Grunde: Er hat im Augenblick der Tat dem Mörder nicht über die Schulter geblickt. Wir glauben aber, dass es ein anderer war."

„Das erklärt, wenn Ihr könnt!", rief Garibald.

„Herr Meginfred wurde von uns beobachtet. In der Nähe der Mühle standen Posten."

„Er konnte ihnen heimlich entwischen."

„Dann bliebe ein zweites, entscheidendes Hindernis. Er kannte den Weg nicht."

„Er wird ihn ausgespäht haben."

„Sehr unwahrscheinlich, Herr Garibald! Die Hütte – es gibt sie ja nicht mehr – lag gut versteckt auf einer winzigen Lichtung. Tief im Wald, am Rande eines Steilhangs. Kein Weg führte hin. Hug hatte die Hütte erst kürzlich erbaut. Hier genoss er die Freiheit eines Banditen."

„Ihr beleidigt den Toten!"

„Von dieser Hütte wurden Raubzüge gegen Bauern der Umgebung und gegen die Sorben jenseits der Saale geführt. Wir fanden unter den Trümmern erbeutetes Gut und in der Nähe frisch verscharrte Leichen. Alte und Schwache, die nicht mehr weiter konnten, wurden dort oben ermordet. Die anderen wurden an Händler verkauft. Ihr und Euer sauberer Neffe hattet also allen Grund, den Ort geheim zu halten, wo sich die Hütte befand. Nicht etwa aus Furcht vor dem König, der Frieden mit seinen wendischen Nachbarn wünscht und sie deshalb nicht schädigen und herausfordern will. Euer schändliches Treiben wurde von anderen Herren beobachtet. Ohne Zweifel erregte das ihren Neid. Ihr musstet die Beute gut verstecken, damit sie euch nicht abgejagt wurde. Außer Hug und seiner schlimmen Gefolgschaft kanntet also nur Ihr den Weg. Oder wusste sonst noch jemand Bescheid?“

“Das ist Euch doch bekannt“, sagte Garibald schroff, nachdem er einige Male vergebens aufbegehrt hatte. „Meine Tochter, die Euch hingebracht hat.“

„Richtig! Sie kannte den Weg seit einigen Tagen. Sie musste Hug, dem meine Lanze den Schenkel verletzt hatte, mit Nahrung versorgen und pflegen …“

„Ich habe erst heute erfahren“, warf Garibald heftig ein, „dass sie noch nicht wieder zu Hause ist. Wollt Ihr der Versammlung erklären, Herr Odo, wie eine Jungfrau, die Euch anvertraut wurde, in einem Kloster verschwinden kann?“

„Dazu kommen wir gleich“, sagte Odo unbeirrt. „Zunächst einmal stellen wir fest, dass außer Hug und seiner Bande nur Ihr und Eure Tochter den Weg kanntet. Hug lag verletzt in der Hütte, Euch nehme ich aus. Glaubt Ihr, dass eine der anderen Personen Meginfred hingeführt hat?“

„Nein! Ich sage nochmals: Er muss den Weg selbst gefunden haben!“

„Und ich antworte Euch: Unmöglich!“

„Warum unmöglich? Herr Lupus war ja auch dort oben. Er sieht nicht gerade wie ein hurtiger Kletterer aus und ist auch noch fremd hier. Wie schaffte er es, den Weg zu finden?“

„Er schaffte es, weil er dem Mörder folgte.“

Garibald starrte erst Odo, dann mich an, als hätte er sich verhört.

„Was sagt Ihr da?“

„Der Mörder führte ihn hin. Er gewann unterwegs beträchtlichen Vorsprung. Als mein Amtsgefährte die Hütte erreichte, hatte er die Tat schon vollbracht und war wieder verschwunden.“

„Wer war es? Hat ihn Herr Lupus erkannt?“

„Herr Meginfred war es nicht.“

„Den Namen!“

„Wir wollen, dass er sich selbst nennt.“

Ein Raunen ging durch die Versammlung, das im Verlauf von drei Atemzügen zu einem Brausen anschwoll. Dem heftigen Wortwechsel zwischen Odo und Garibald waren alle mit offenen Mündern gefolgt.. Es war ungewöhnlich für diese Thüringer, dass sich der Richter in einen langen Disput mit dem Angeklagten einließ. Nach alten Brauch fand hier die gerichtliche Auseinandersetzung nur zwischen den beiden Parteien statt. Viele hatten nicht alles verstanden, was Odo in seinem rheinischen Diutisk gesagt hatte, und so wurde jetzt hastig hin und her gefragt. Als alle begriffen hatten, dass der wahre Mörder des Hug den Richtern bekannt war, trat wieder Stille ein. Die letzten Schwätzer wurden niedergezischt.

Vergebens suchte ich jetzt Thankmar unter den Dingteilnehmern. Bei der Eidleistung hatte ich ihn gesehen. Er wirkte verstört und noch linkischer als gewöhnlich. Seine geröteten Augen, zerzausten Haare und schmutzigen Kleider zeugten von schlaflosen Nächten und seelischer Not. Von Helko wusste ich, dass er einsam umher strich und sogar die Gesellschaft seines Freundes mied. Wo war er jetzt? Wenn er noch anwesend war, blieb er stumm. Ebenso wie seine Antreiberin, die inmitten der Klägerpartei im Ring saß. Nur durch das ruhelose Spiel ihrer Hände verriet sie etwas von ihrer Erregung.

„Ich hoffe, er findet noch den Mut, sich zur Wahrheit zu bekennen“, nahm Odo wieder das Wort. „Wir wollen ihm zum Nachdenken Zeit geben. Inzwischen, Herr Garibald, werde ich Eure Frage beantworten. Eure Tochter Meinrade ist nicht verschwunden, weder im Kloster noch sonst irgendwo. Wir hatten Gründe, die Wahrheit zunächst noch zurückzuhalten. Es ist viel schlimmer. Eure Tochter ist tot.“

Es versteht sich, dass diese Nachricht die größte Bestürzung auslöste. Von den Fichten und Tannen her ertönte ein Schrei. Ich bemerkte erst jetzt eine kleine Gruppe von Frauen, die offenbar ihre Männer zur Dingstätte begleitet hatten und dort, wohl eine Art Gewohnheitsrecht wahrnehmend, aus Neugier geblieben waren. Frau Bathilda hatte geschrien. Außer sich rang das kleine hutzlige Weiblein die Hände, vom Klagechor der Frauen begleitet.

Herr Garibald aber, dunkelrot im Gesicht, verließ seinen Platz im Ring und trat hitzig vor Odos Richterstuhl-

„Was höre ich da von Euch?“, schrie er. „Tot? Meine Tochter ist tot? Wer hat sie umgebracht? Wer war das?“

Er packte Odo mit beiden Fäusten und zerrte an seinem Mantel. Doch da erhielt er einen Stoß, der ihn acht, zehn Schritte zurück taumeln ließ.

„Beherrscht Euch!“, donnerte Odo. „Vergesst nicht, Ihr steht vor den Vertretern des Königs! Dort ist Euer Platz als Angeklagter.“

„Ihr seid mit ihr hinauf gestiegen!“, brüllte Garibald. „Ihr wart für sie verantwortlich!“

„Schweigt jetzt und hört, was ich Euch zu sagen habe! Bevor Eure Tochter starb, machte sie uns ein Geständnis. Sie bekannte, jemand den Weg nach der Hütte gewiesen zu haben. Es war der Mörder des Hug! Natürlich ahnte sie nicht, was er vorhatte. Erst als sie vor den Trümmern der Hütte stand, erkannte sie die schreckliche Wahrheit. Und immer wieder schrie sie: ‚Wenn das mein Vater erfährt, bringt er mich um!‘ Während wir den Ort des Verbrechens untersuchten, wollte sie unserm Verletzten, dem Vater Lupus, einen Krug Wasser holen. Sie kam nicht zurück. Keiner von uns, die mit ihr waren, kannte die Gegend. Wir suchten lange und fanden sie endlich. Auf dem Grunde eines Waldsees. Sie hatte sich selbst den Tod gegeben.“

„Wer war es, dem sie den Weg wies?“, stieß Garibald hervor.

„Ich war es!“

Er hatte ganz vorn in der zweiten Reihe, schmal und in sich zusammen gekrochen, hinter dem Rücken eines bulligen Mannes gesessen. Jetzt stand er auf. Sein Haar hing ihm wild in die Stirn. Aus seinen Augen starrte Verzweiflung.

„Ich war es!“, schrie Thankmar noch einmal. „Ich habe sie nach dem Weg gefragt!“

Da sprang auch der Graf von seiner Bank auf.

„Was fällt dir ein? Bist du nicht mehr bei Sinnen?“

„Ich bin ein Schuft! Ein gemeiner, niederträchtiger Lump! Ich habe Meinrade betrogen. Habe ihr vorgemacht, dass wir noch heiraten könnten. Habe behauptet, ich wollte Hugs Freundschaft gewinnen, damit er für uns den Fürsprecher machte. Dafür zeigte sie mir den Weg und …“

Er verstummte mit einer hoffnungslosen Geste. Odo gab einem unserer Männer ein Zeichen, ihn in den Ring zu führen. Herr Rothari wollte protestieren, doch Odo wies auch ihn scharf zurecht und forderte ihn auf, wieder Platz zu nehmen. Kopfschüttelnd fügte sich der Graf.

„Du also hast Hug getötet“, sagte Odo, als sich der junge Mann im Ring befand. „Warum?“

Man musste Mitleid mit diesem Verirrten haben, der mit weinerlich zuckenden Lippen, gekrümmten Schultern, zerrissenem Hemd und über den Boden schleifenden Wadenbändern vor unseren Richterstühlen stand. Sein unsteter Blick suchte den der Witwe, die aber starr an ihm vorbei sah.

Odo musste die Frage wiederholen.

„Warum ich das tat? Er tötete Irmo … der war

mein Freund, mein Vorbild, mein Lehrer … Ein edler Mensch, ein unerschrockener Held! Hug dagegen … Es musste sein, ich bedaure es nicht! Schuldig bin ich nur wegen … wegen Meinrade. Weil sie sterben musste, damit ich … Ich will jede Buße auf mich nehmen, die schwerste …"

„War es dein eigener Entschluss, Hug zu töten?" Odos Frage schnitt das Gestammel scharf ab.

„Ich … ob es mein … ich verstehe nicht …"

„Wer hat dich angestiftet`", schrie Garibald.

„Angestiftet? Wieso denn angestiftet? Es war meine Pflicht … ich konnte nicht anders. Niemand hat mich …"

„Sie war es! Meginfreds Tochter, die Zauberin! Mit Teufelswerk hat sie ihn dazu gebracht! Mit Kräutern, Tränken und Zaubersprüchen! Auch Meinrade hat sie auf dem Gewissen …"

Es war Frau Bathilda, aus deren zahnlosem Mund diese Anklagen kamen. Sie stand jetzt unmittelbar am Ring, ein Bild des Jammers und der Empörung. Immer wieder stieß sie den Finger nach Luitgard.

„Ja, diese Frau war es!", rief nun auch Garibald. „Die schändliche Witwe meines Bruders! Ihr verdanken wir alles Unglück!"

„Sie ist eine Hexe!", kreischte seine Gemahlin,

Frau Luitgard saß immer noch reglos in der Mitte ihrer Verwandten. Doch war ihre Haltung jetzt gespannt, so als wollte sie jeden Augenblick aufspringen. Ihr schöner Kopf mit dem langen Haar, das die rechte Hälfte ihres Gesichts verdeckte, war zurück geworfen, das Kinn gereckt, der Mund zusammen gepresst. Die eine Hand krampfte sich um die Stuhllehne, die andere griff in das Gewebe des weiten, bestickten Umhangs, der ihr bis zu den Füßen wallte. Ein rascher, glühender Blick traf Odo, als erwartete sie nur ein Zeichen von ihm.

Er aber wandte sich Garibald zu und herrschte ihn an:

„Wie kommt Ihr zu einer so ungeheuerlichen Behauptung?"

„Behauptung? Wie hätte sie ihn denn sonst dazu bringen können? Seht ihn Euch an! Er ist sanft wie ein Schaf, tut keiner Fliege etwas zu Leide. Und plötzlich steigt er hinauf in die Berge, um einen Mann zu ermorden!"

„Sie hat ihn verzaubert!", schrie wieder Frau Bathilda. „Er hat ihr sogar Geschenke gebracht!"

„Ja, so ist es!", bestätigte Garibald hastig. „Wir haben das alles genau beobachtet. Er kam in letzter Zeit oft ins Rabennest herauf. Fand immer neue Vorwände. Anfangs dachten wir, wegen Meinrade. Doch um die kümmerte er sich kaum. Wenn man ihn aus den Augen ließ, trieb er sich im Webhaus herum. Sprach mit Luitgard, angeblich brachte er ihr nur Nachrichten von ihrem Bruder. Auch die Geschenke, die Fibeln und Armreife, kamen angeblich von Irmo. Dabei waren sie von ihm selbst, denn sie hatte ihn in sich verliebt gemacht, um ihm nach und nach ihr Gift einzuflößen …"

„Ihr Gift?"

Der Sohn des Grafen ermannte sich plötzlich und fuhr mit einer so heftigen Geste gegen Garibald los, dass der erschrocken zurück wich. „Warum schmäht und verleumdet Ihr sie? Mit meiner Tat hat sie nichts zu tun! Ich allein war es – und ich will dafür einstehen! Wenn Ihr jedoch behauptet, dass ich sie liebe, so sprecht Ihr die Wahrheit! Ja, so ist es! Ich habe nur einen einzigen Wunsch: dass sie meine Gemahlin wird. Aber das hat sie nicht mit Kräutern und Tränken und Zaubersprüchen erreicht."

Diese kühne Entgegnung ließ die Versammlung wieder aufkochen, bis plötzlich ein scharfes „Genug!" wie ein Wasserguss hineinfuhr.

Der Graf war abermals aufgestanden. Mit einer gebieterischen Geste befahl er Ruhe.

„Ob es den Herren Richtern passt oder nicht – dazu werde ich sprechen!", rief er mit Zornbeben in der Stimme. „Wenn mein Sohn, der mein Erbe und Nachfolger sein wird, eine so schwere Tat begangen hat, ist es unmöglich, dass dies aus eigenem Antrieb geschah! Er ist ein Adaling und ein Christ, hat eine gute Erziehung genossen. Nie würde er selbst auf den Gedanken gekommen sein, einen Mann zu ermorden. Es gibt dafür nur eine Erklärung. Mein Sohn geriet unter den Einfluss von Kräften, die aus heidnischen und teuflischen Quellen gespeist sind. Eine Frau, die über solche Kräfte verfügt, hat ihn in ihre Gewalt gebracht. Ihr habt es gehört. Er wünscht sich nichts mehr, als dass sie seine Gemahlin wird. Gestern erfuhr ich von diesem unnatürlichen Wunsch, den ich selbstverständlich entrüstet zurückwies. Doch ist das für mich der Beweis dafür, dass ihn ein fremder Wille beherrscht."

„Wie Recht du damit hast, Rothari“, fiel Herr Garibald eifrig ein. „Dein Thankmar, ein hübscher, gesunder Bursche, verliebt sich in eine halbblinde, lahme Frau ... will sie heiraten. Nur eine Zauberin kann einen jungen Mann so verwirren!“

„Und doch wird sie meine Gemahlin!“, rief Thankmar.

„Niemals!“, gab Rothari zurück.

„Ich bin nicht mehr in deiner Munt!“

„Du wirst mir gehorchen.“

„Ich werde fliehen. Mit ihr fortgehen.“

„Daran werde ich dich zu hindern wissen!“

„Merkst du endlich, Rothari“, rief Garibald, „dass sie auch dich zerstören will? Gib Acht, sei wachsam! Sieh mich an ... Hier stehe ich als der Letzte meiner Familie, zu der sonst nur noch Alte gehören. Von Anfang an hat sie das gewollt – mit ihrem bösen Sinn, der darauf aus ist zu vernichten, Zwietracht und Unheil zu verbreiten und Gutes mit Schlechtem zu vergelten. Bei uns hat sie schon ihr Werk vollbracht. Tot sind alle: Bardo, mein Bruder ... Allard und Hug, meine Neffen ... und nun auch Meinrade, mein liebes Töchterchen. Ich selbst aber stehe als Mörder da, der einen Unschuldigen ums Leben brachte. Kann das alles mit rechten Dingen zugehen? Muss es nicht Teufelswerk sein, dass einer einzigen Familie in einer Zeit von wenigen Monaten so schreckliches Unglück zustieß? Es war allein diese Frau, die uns zugrunde gerichtet hat, die von dem Augenblick an, als sie zu uns ins Rabennest kam, besessen war von dem einzigen Ziel: uns allen den Garaus zu machen. Sie hasste und sie verfluchte uns! Sie bot alle Kräfte der Hölle gegen uns auf! Dabei schonte sie nicht einmal ihre eigene Familie. Wer würde die eigenen Leute opfern, um andere zu vernichten? Sie tat es! Ihr Bruder und auch ihr Vater sind umgebracht … Opfer des sinnlosen Mordens, das nur ihrer bösen Lust auf Zerstörung entsprang. Und mehr noch: Feindschaft säte sie zwischen zwei großen Familien, die sich verschwägern, die ihre Kinder miteinander verheiraten wollten. Was wurde aus diesen Kindern, Rothari? Die aus meiner Familie sind tot. Du aber hast eine Tochter, die lebendig ins Grab steigt, ins Kloster, und einen Sohn, der seine Braut, die ihn liebte, betrog und ins Wasser trieb. Der einen Mord beging und eine Teufelin heiraten will! Und was wird weiter geschehen? Wen wird das Unheil als Nächste treffen? Wir selber werden es sein! Wir werden elend zugrunde gehen …"

Dies alles trug Garibald gewissermaßen in einem Atemzug vor, schreiend, brüllend, die Hände ringend, sich mit den Fäusten gegen die Brust schlagend, am Ende von verzweifeltem Schluchzen geschüttelt. Der Herr des Rabennests hatte sein letztes Rettungstau gepackt und hielt sich mit zäher Kraft daran fest. Nach dem Geständnis des Thankmar war es nur dies noch, was ihn vor der Verurteilung zu einem Verderben bringenden Wergeld von 600 Solidi bewahren konnte. Ich musste an Odos Ausspruch von dem leidenden Teil der Menschheit denken, den man in letzter Not mal wieder ins Spiel brachte. Auch Herr Rothari ergriff dieses Tau, um seinen Sohn vor der gleichen Strafe zu retten. Pathetisch rief er:

„Ich verstehe deine Erregung, Nachbar! Und ich danke für die Warnung! Die Ursache unseres Unglücks ist klar und deshalb …“

Er raffte den Mantel und trat, seinen edlen Römerkopf hoch erhoben, entschlossen vor unsere Richterstühle.

„… und deshalb, meine Herren Königsboten, könnt Ihr in diesem Fall nur eines tun: sowohl Herrn Garibald vom Rabennest als auch meinen Sohn Thankmar von jeder Schuld freisprechen! Mein Sohn geriet unter fremden Einfluss, er ist nicht verantwortlich. Daraus folgt, dass der Tod des Hug zwar nicht durch Meginfred selbst, aber durch seine Tochter veranlasst wurde. Herr Garibald ist damit entlastet, weil er nach altem Volksrecht das, was ihm angetan wurde, an einem Mitglied der feindlichen Sippe vergalt. Ich erwarte nicht, dass Ihr die Frau dort bestraft, obwohl ihre Schuld erwiesen ist. Überlasst das nur uns, wir werden die richtigen Mittel finden. Sie ist vielleicht selbst nur das Opfer und Werkzeug des Bösen. Wir werden sie nötigen, in die Kirche zu gehen und Buße zu tun. Vielleicht lassen wir auch den Bruder Teufelsaustreiber vom Erfurter Kloster kommen. Ordnet das an und es wird geschehen! Aber bringt diesen Fall nun zu Ende. Da warten noch viele auf Euern Spruch!“

Es bedurfte nur eines Blickes, um uns zu verständigen.

„Nach dem Gottesurteil nun der Teufelsaustreiber“, erwiderte Odo. „Wahrhaftig, es fällt Euch stets etwas Neues ein, wenn es um die Gerechtigkeit geht. Ist das ein Antrag oder eine Forderung?“

„Sowohl das eine als auch das andere!“

„Dann lasst Euch darüber belehren, dass weder das eine noch das andere zulässig ist. Die *scabini* haben kein Recht zu solchen Bekundungen vor der Versammlung. Ihr könnt Euch dann bei der Beratung des Urteils äußern. Nehmt also wieder Platz und schweigt! Ihr habt uns einmal eine Geschichte erzählt, Graf Rothari. Jetzt wollen wir die gleiche Geschichte noch einmal hören.“

12. Kapitel

„Als ich ein kleines Mädchen war“, begann die edle Frau Luitgard, nachdem man den Stuhl, auf dem sie saß, etwas näher zu uns gerückt hatte, „lehrte mich meine Großmutter, wie man Kräuter und stärkende Tränke verwendet. Damit tat sie nützliche Werke. Sie heilte Wunden, auch Krankheiten. Es gibt Leiden, deren Ursache schwer zu erkennen ist, weil sie tief im Innern des Körpers verborgen liegt. Es gab da noch eine alte Frau, die oft zu uns auf den Herrenhof kam und seltene Kräuter brachte. Auch von ihr habe ich viel gelernt.“

„Zaubersprüche? Beschwörungsformeln?“

„Auch das. Ein Spruch verstärkt den Erfolg des helfenden Mittels. Er wirkt auf den Geist und gibt ihm den Glauben ein, das Mittel sei nützlich. Alles zusammen hat dann heilende oder lindernde Wirkung. Meine Großmutter und die alte Frau haben vielen Menschen geholfen. Und auch ich, die ich von ihnen gelernt und mir alles gemerkt habe, konnte viel Gutes und Nützliches tun. Meinen Ehemann Bardo heilte ich von einem Fieber, an dem er ohne meine Hilfe gestorben wäre. Und meinem Schwager Garibald behandelte ich die Wunden, die eine Bärin ihm geschlagen hatte. Keiner von ihnen nahm daran Anstoß, dass ich Kräuter und andere Beigaben kochte und dass ich Sprüche dazu hersagte, mit denen ich das Übel beschwor, damit es den Körper verließ.“

„Ihr spracht bisher nur von helfenden Mitteln.

Kennt Ihr auch solche, die Schaden anrichten können?"

„Ich kenne einige, auch von meiner Großmutter, die sie aber nie anwandte."

„Und Ihr? Habt Ihr sie angewandt?"

„Einige Male versuchte ich es, in verzweifelter Lage. Vergebens. Die Mittel waren entweder zu schwach oder ganz unwirksam. Vielleicht reichte auch meine Kraft nicht aus, um sie zur Wirkung zu bringen."

„Und im Falle des Allard und des Hug?"

„Ich glaube nicht, dass es meine Beschwörungen waren, die ihnen den Tod brachten. In der Nacht, als Allard starb, versuchte ich nur, mit einem Zauberspruch Irmos Leben zu retten. Im zweiten Fall wünschte ich zwar seinem Mörder den Tod, doch die Beschwörung misslang. Ich beachtete nicht alle Regeln und wurde auch unterbrochen."

„Aber Hug wurde umgebracht!", rief Garibald dazwischen. „Ob mit Beschwörung oder nicht – sie hat es Thankmar eingegeben!"

„War es so?", fragte Odo.

„Er hatte auch ohne mein Zutun ein starkes Verlangen danach", erwiderte die Witwe. „Er tat es aus Liebe zu meinem Bruder."

„Und aus Liebe zu Euch."

„Vielleicht."

„Ihr habt Euch bereit erklärt, ihn zu heiraten?"

„Ja."

„War es nicht etwa Eure Bedingung, bevor Ihr das tatet ..."

„Das ist nicht wahr!", rief der Sohn des Grafen.

„Sie hat es doch gerade gesagt. Ich wollte es selbst!"

„Wer soll ihm das glauben!", höhnte Rothari.

„Ja, es war meine Bedingung", sagte Frau Luitgard ruhig. „Der Mörder Irmos durfte nicht leben. So lange hatte ich nicht das Recht, mir das Glück eines neuen Brautbetts zu gönnen."

Sie saß aufrecht in ihrem Stuhl, die Hände im Schoß gefaltet, und obwohl sie nicht laut sprach, musste wohl ihre klare, glockenhelle Stimme den letzten Winkel der Dingstätte erreichen. Die Versammlung lauschte still und gespannt.

„So frage ich nochmals, Frau Luitgard: Habt Ihr Euch dem jungen Herrn Thankmar nur dafür versprochen, dass er die Tat vollbrachte, die Ihr selbst nicht ausführen konntet?"

„Nein, nicht nur dafür. Ich hoffte und hoffe noch immer, er wird wiedergutmachen, was mir ein anderer an Schaden zugefügt hat."

„Ein anderer? Wen meint Ihr?"

„Einer, den ich liebte und ehrte, bevor er mich verriet und man mich in das Rabennest brachte."

„Ich muss noch einmal entschieden Einspruch erheben!" Graf Rothari hielt es nicht auf der Schöffenbank, er sprang wieder auf. „Was bezweckt Ihr mir dieser umständlichen Befragung? Sie hat uns doch schon alles gestanden! Wir wissen nun von ihr selbst, dass sie meinen verwirrten und verblendeten Sohn zu der Tat verleitete. Wozu müssen wir noch mehr von ihr hören? Dass sie sich ihn zum Gemahl wünscht? Das ist so vermessen wie verständlich. Welche Jungfrau und welche Witwe täte das nicht! Doch das gehört nicht vor diese Versammlung. Was ihren Anteil an der Tat betrifft, so empfehle ich nochmals Bußen und Teufelsaustreibung. Kommt aber nun endlich zum Ende! Bedenkt, dass die Sonne schon hoch am Himmel steht und dass noch zwanzig Klägerparteien dort warten!"

„Wir sehen selbst, wo die Sonne steht", entgegnete Odo. „Fahrt fort, edle Frau! Wer fügte Euch Schaden zu, bevor man Euch in das Rabennest brachte?"

„Einer, der meine Unerfahrenheit ausnutzte."

„Heißt das. einer, der Euch verführte?"

„Ja."

„Ist er hier und wollt Ihr ihn nennen?"

Die Witwe bejahte.

„Wer war es?"

Sehr langsam wandte sie den Kopf. Mit ihrem einen Auge blickte sie auf den Grafen, der gerade mit einem halb unterdrückten Fluch wieder Platz nahm.

„Er!"

Einen Augenblick lang hörte man nur die Goldammer, die über unseren Köpfen sang. Odo befühlte seine Nase und nickte gedankenvoll. Der junge Thankmar stand wie zur Säule erstarrt. Garibald seufzte und wandte sich ab.

Der Graf, von Kopf bis Fuß ein ertappter Sünder, riss die Augen weit auf, knetete seine Hände und stieß schließlich hervor:

„Was? Wie? Was hat sie da eben gesagt? Ich hätte diese Frau verführt? Das ist unglaublich … ist lächerlich! Ich verbiete Euch weiterzureden, Lügnerin!"

„Damals habt Ihr mich vertraulicher angeredet

und mir allerlei Schmeichelhaftes gesagt", entgegnete Frau Luitgard.

„Nochmals sage ich: Sie lügt! Sie lügt! Gibt es hier jemanden, der das glauben kann?"

„Wir sind keine Versammlung von Heiligen", sagte Odo. „Warum sollten wir es also nicht glauben? Wann und wie kam es dazu, Frau Luitgard?"

„Vor drei Jahren war es, an einem Septembertag. Ich folgte der alten Frau, von der ich gesprochen habe, um ihr beim Kräutersammeln zu helfen. Wir trennten uns während der Suche, und im Eifer geriet ich tief in den Wald. Plötzlich stand er vor mir, erhitzt, den Jagdspieß in der Hand, erbeutetes Wild am Gürtel."

„Ihr kanntet Herrn Rothari?"

„Natürlich. Er war oft Gast meines Vaters gewesen, als ich noch Kind war und es uns besser ging."

„Was tat er?"

Mit zitternder Ungeduld folgte der Graf dem Verhör. Jetzt rief er wieder dazwischen:

„Das alles erfindet sie, um mir zu schaden! Merkt Ihr nicht, dass sie voller Ränke und Tücken steckt? Sie will sich rächen, weil ich die Heirat mit meinem Sohn verbiete. Glaubt ihr kein Wort!"

„Ihr beteuert Eure Unschuld zu laut, Rothari! Lasst doch die Tatsachen für Euch sprechen. Wenn Lügen dabei sind, finden wir sie schon heraus. Weiter, Frau Luitgard!"

„Er nannte mich einen Engel und eine Fee. Er sagte, dass er mich lieb habe und auf der Stelle um mich anhalten würde, wenn er nur frei wäre. Und dann umhalste und küsste er mich, und obwohl ich mich sträubte, warf er mich schließlich ins Gras. (An dieser Stelle stieß der Graf ein Gelächter aus.) „Als ich hinterher weinte, nahm er mir beim Leben meines Vaters und meines Bruders das Versprechen ab, über das Vorgefallene zu schweigen. Beide sind tot, also darf ich reden. Er versprach, mich zur Gräfin zu machen…“

„Aber damals lebte ja meine Mutter noch!“, rief Thankmar mit einem wilden Blick der Entrüstung auf seinen Vater.

„Sie war krank“, sagte Luitgard. „Sie hustete, spiel Blut und verließ kaum das Bett. Er glaubte, dass sie bald sterben würde. Anfangs hatte er auch die Absicht, mich zu seiner Friedel zu machen. Aber dann sagte er, eine Nebenfrau sei gegen die christliche Lehre, und ich wollte es auch nicht. So schwor er, gleich um mich anzuhalten, sobald Frau Immina gestorben sei, und dann trug er mir auf, mich auch am nächsten Tag wieder im Wald einzufinden. Ich war töricht genug, ihm alles zu glauben. Damals war ich schon neunzehn Jahre alt und hatte noch immer keinen Bräutigam, weil mein Vater die Mühle gebaut und nichts mehr für meine Mitgift hatte. Er aber, Rothari, versprach, mich auch ohne Mitgift zu nehmen, wenn es nur erst so weit sein würde. Für so viel Edelsinn meinte er aber, schon vorher eine Belohnung verdient zu haben. Denn traurig sei es bei ihm im Ehegemach mit der kranken Frau. Wir aber könnten schon von den Freuden kosten, die nach der Heirat auf uns warteten. Ich hatte nicht für möglich gehalten, dass mich ein hoch gestellter edler Mann hintergehen könnte. So kam es, dass ich mich seinem Willen ergab."

„Ich habe sie niemals angerührt!", schrie der Graf. „Mein Sohn, du wirst doch nicht solche Lügen glauben?"

„Wir trafen uns täglich an derselben Stelle im Wald", fuhr die Witwe unbeirrt fort. „So lange, bis es für das, was wir dort taten, zu kalt wurde. Und als der erste Schnee fiel, fand ich auch kaum noch einen Vorwand, um mich vom Hause zu entfernen. Rothari hatte mir zuletzt noch gesagt: ‚Immina liegt im Sterben, warte in Ruhe ab, noch ehe der Winter endet, halte ich um dich an.' Ich wartete, aber nichts geschah. Frau Immina blieb am Leben und man erzählte sogar, sie hätte sich erholt. Sobald es Frühling wurde und ich hinaus konnte, ging ich zu der Stelle, wo ich mich mit Rothari getroffen hatte. Ich ging immer wieder hin, voller Sorge und Unruhe und auch von Liebe erfüllt, denn ich gestehe, ich hatte ihn lieb gewonnen. Nur einmal hatte er mir Gewalt angetan, bei unserer allerersten Begegnung. Sonst war er immer freundlich und brachte mir kleine Geschenke und sagte mir viele schöne Worte. Der Frühling neigte sich schon zum Sommer hin … da endlich kam er. Auf einer Versammlung sei er gewesen, sagte er, wo sich die Großen trafen, beim König, später dann auch noch bei einem Freund in Italien, und außerdem habe er viele Pflichten und nicht mehr so viel Zeit wie früher. Doch immer noch sprach er vom baldigen Tod seiner Frau, und wieder glaubte ich alles, und so nahm ich das Moosbett im Wald für das versprochene Ehelager. Wir trafen uns aber nicht mehr so oft, und eines Tages war alles aus."

„Was war geschehen?"

„Mein Vater hatte den Müller erschlagen, den Spanier."

„Und um das Wergeld aufzubringen, verkaufte er Euch an den Bardo vom Rabennest."

„Ja."

„Und Euer Geliebter?"

„Ließ es geschehen."

„Ihr hattet ihn um Hilfe gebeten?"

„Ein letztes Mal trafen wir uns und ich flehte ihn an, den grausamen Handel nicht zuzulassen. Er ist ja reich und so bat ich ihn, meinem Vater die Summe zu geben. Ich selber wollte die Schuld allmählich abtragen. Ich mache sehr schöne Stoffe, die sich zu guten Preisen verkaufen lassen. Er lehnte ab. Ich fragte ihn: ‚Willst du denn nicht, dass ich frei bleibe?' Da sagte er: ‚Nicht nötig, an eine Heirat ist nicht mehr zu denken.' Denn wie sollte er sich vor dem König rechtfertigen, als Graf, mit der Tochter eines Mörders. Ich begriff: Er war froh, mich loszuwerden. Versteht Ihr nun, was für eine Zauberin ich bin? Wenn ich so zauberkundig wäre, dass ich Menschengeschicke lenken könnte … hätte ich dann nicht für mich selber gesorgt? Und so viel Unglück von mir abgewendet? Die Hingabe an einen treulosen Liebhaber? Den Verkauf an Bardo vom Rabennest? Die Misshandlungen, Demütigungen und was mir sonst alles zustieß?"

Sie deutete auf ihre unter dem Umhang verborgenen Füße.

Unnötig ist es, hier ausführlich zu berichten, wie sich der Graf bei dieser Erzählung der Witwe aufführte. Er lachte laut, schüttelte den Kopf, schlug sich an die Stirn, rief jeden Augenblick etwas dazwischen. Odo ermahnte ihn nicht mehr, das taten schon andere, die er störte und die nichts verpassen wollten.

„Ihr sprecht von dem Gottesurteil", fuhr mein Amtsgefährte mit der Befragung fort. „Wie kam es dazu?"

„Ich wurde denen vom Rabennest ausgeliefert. Vom ersten Tag an waren Schläge und alle möglichen Erniedrigungen mein tägliches Brot. Unentwegt hielten sie mir vor, ich hätte ja keine Mitgift in die Ehe gebracht und sei deshalb nicht mehr als eine Bettlerin. Mein Ehemann trieb es vor meinen Augen mit Mägden, die angeblich wertvoller waren als ich. Eines Tages erschien Rothari im Rabennest. Sie beredeten etwas wegen der Brautgabe für Meinrade, und anschließend gab es ein Mahl. Da gelang es ihm, mir etwas zuflüstern."

„Er bestellte Euch wieder dorthin …"

„Ja. Als wir uns trafen, brach ich in Tränen aus. Obwohl er mich verraten hatte, sank ich ihm an die Brust und klagte mein Leid. Er sprach freundlich und liebevoll mit mir, so wie früher. Er sagte, es tät ihm leid um mich und auch sich selbst, denn mittlerweile sei er nun Witwer und fühle sich einsam und sehne sich nach mir. Ich war viel zu unglücklich, um nicht alles begierig aufzunehmen, was mir als Morgenschimmer in dieser ewigen Nacht erschien. Obwohl es unendlich schwierig war, meinem Ehemann, dem Garibald und den misstrauischen alten Frauen zu entkommen, machte ich es möglich, dass wir uns wiedertrafen. So wurde alles wie vorher."

„Nochmals erkläre ich feierlich", rief wieder der Graf dazwischen, „dass sie die ganze Geschichte erfunden hat! Ich schwöre …"

„Das könnt Ihr später noch tun", sagte Odo. „Ich hoffe aber, Ihr kennt die Strafen für Meineid. Weiter, Frau Luitgard!"

„Wir trafen uns während des ganzen Sommers. Bardo merkte nichts, und vielleicht wurde ich deshalb ein bisschen leichtsinnig. Eines Tages, als ich zurückkomme, fährt er gegen mich los, reißt mich an den Haaren, wirft mich zu Boden. Ich sei entdeckt, schreit er, mit einem Liebhaber! Hug hatte mich ausgespäht. Der streifte in den Wäldern umher, stellte Menschen und Tieren nach, das war sein Vergnügen. Ich leugnete alles. Bardo schlug mich. Ich gab es dennoch nicht zu, weil ich annahm, dass Hug nur mich, nicht aber Rothari erkannt hatte. Denn Bardo fluchte und schimpfte zwar, erwähnte aber den Namen meines Liebhabers nicht. Er fragte auch mich nicht nach dem Namen, wollte ihn anscheinend gar nicht wissen. Ich bin heute sicher, Hug hatte uns beide erkannt. Aber sie wollten Rothari nicht öffentlich bloßstellen, schon wegen der beiden Verlobungen. In meiner Einfalt war ich noch stolz darauf, dass ich den Namen meines Geliebten nicht preisgab. Wie wurde es mir gelohnt! Bardo schleppte mich vor die Gerichtsversammlung. Höhnisch klagte er mich bei Rothari des Ehebruchs an. Von meinem Geliebten war auch vor ihm nicht die Rede, und ich hoffte natürlich, dass er die Klage abweisen würde. Aber er wagte es nicht, und weil ich weiter alles abstritt, verlangten sie ein Gottesurteil. Mein Bruder Irmo bot einen Zweikampf an, sie aber wollten das Feuerordal. Und Rothari war am Ende so schwach, sich ihnen zu beugen."

„Warum habt Ihr nicht wenigstens jetzt seinen Namen genannt?"

„Ich hatte geschworen und ich liebte ihn. Er hatte mir immer wieder gesagt, niemand dürfte von unserer Liebe wissen, sonst könnte es schlimm für ihn ausgehen."

„Ihr schwiegt also weiter. Und er sah ungerührt zu, wie der Schmied das Eisen zum Glühen brachte. Und dann …"

„Als ich den schrecklichen Gang getan hatte, ermahnte er mich, keine Heilmittel anzuwenden, weil das verboten sei. Meine Füße waren brennendes, blutendes Fleisch. Doch nach drei Tagen musste ich wieder vor die Versammlung. Bardo erwartete hämisch, was Rothari jetzt tun würde. Mit äußerster Willenskraft, den Schmerz verbeißend, schaffte ich es, zu stehen und langsamen Schrittes, ohne zu straucheln, den Ring zu betreten."

„Warum tatet Ihr das?"

„Ich weiß es nicht. Für das verstohlene, dankbare Lächeln, das er mir schenkte? Damit er anordnen konnte, mich ohne Prüfung, ohne dass ich die Binden und Strümpfe ablegen musste, zu entlassen? Damit er mich freisprechen und denen vom Rabennest wieder ausliefern konnte? Damit er selbst ohne Schaden davonkam?"

Zum ersten Mal hatte die Witwe ihre Stimme erhoben.

Thankmar starrte unentwegt seinen Vater an, der sich in heuchlerischer Entrüstung abgewandt hatte.

Ein unheilvolles Schweigen lastete auf der Versammlung.

Herr Garibald, der das Rettungstau seinen Händen entgleiten sah, rief mit ebenso schlecht gespielter Empörung:

„Als ob uns daran gelegen hätte, sie zurück zu bekommen! Hättest du sie nur damals verurteilt, Rothari, dann wären wir sie noch rechtzeitig losgeworden! Dann hätte Bardo das Recht gehabt, sie aus dem Hause zu jagen. Denn schuldig war sie, aber nicht deinetwegen. Der Teufel weiß, wer ihr Liebhaber war. Vielleicht war er es selber. Dich hatten wir niemals in Verdacht!"

„Im Gegenteil", sagte Frau Luitgard. „Sie wussten es. Sie wussten, wer es war und sie fanden das Urteil vorteilhaft. Sie hatten den Grafen in der Hand, mich aber weiter in ihrer Gewalt. Wieder im Rabennest angekommen, erklärten sie mich für überführt, und das war ich ja auch. Ob Gott dies verfügt hat oder nicht ... Ich brach zusammen und konnte nicht mehr gehen und stehen. Ein langes Krankenlager folgte. Die Brandwunden heilten schlecht, einige Zehen faulten ab, meine Füße blieben verkrüppelt. Jetzt war ich noch weniger wert als die letzte der Mägde. Ich wurde geschlagen und herumgestoßen. Alle lachten mich aus wegen meines wackligen Gangs und stießen mich an und warfen mich um. Wem immer es gefiel, dem musste ich jetzt zu Willen sein … dem Garibald, dem Allard, dem Hug. Sie feuerten sich dabei an, mir recht wehe zu tun. Allard brüstete sich damit sogar in der Gefolgschaft des Rothari. Das hörte auch Irmo, mein Bruder, der mich immer geliebt hatte. Der nahm sich Allard vor und drohte, er werde kommen und mich dort herausholen. Dies sagte Allard dem Bardo und der stürzte zu mir ins Webhaus und brüllte: ‚Sie wollen dich wiederhaben um dich noch einmal zu verkaufen! Du bist zwar lahm, aber immer noch schön, doch das wollen wir ändern!' Und da zog er ein Messer vom Gürtel und stieß es mir mehrmals ins Gesicht."

Sie verstummte und strich mit zitternder Hand über das Haar, das die Zerstörung verdeckte.

Weder Rothari noch Garibald wagte jetzt einen erneuten Protest. Ich sah, wie Odo die Faust um den Richterstab ballte und fürchtete schon, er würde im nächsten Augenblick etwas Unüberlegtes tun. Beruhigend legte ich ihm die Hand auf den Arm. Mit rauer Stimme fragte er:

„Wollt Ihr noch etwas hinzufügen, edle Frau?"

„Der Tod befreite mich von meinem schlimmsten Peiniger", sagte sie. „Vielleicht war es aber auch Irmo, der mich von ihm befreite. Ich wünschte, es war so! Die anderen Quäler und Folterer, die mir geblieben waren, hatten keinen Zweifel daran. Sie wollten ihn gleich vor Rothari verklagen, der ihnen ja meinetwegen gefällig sein musste. Um nicht gezwungen zu sein, ihnen Irmo zu opfern, verzögerte er aber den Gerichtstag, und nun besprachen sich Garibald, Allard und Hug, meinem Bruder aufzulauern und ihn zu töten. Voller Angst erwartete ich die Unglücksbotschaft. Da stieg Allard eines Tages herauf mit der Nachricht, dass hohe Gerichtsleute kämen. Aufgeregt ratschlagten sie, und ich erfuhr dann, dass Garibald umgestürzte Bäume auf den einzigen Weg werfen ließ. Ich dachte, sie wollten Euch zur Umkehr zwingen, damit ihre Blutrache nicht gestört würde. Erst später erkannte ich ihre wahre Absicht: Euch in das Rabennest zu locken. In meiner Verzweiflung eilte ich Euch entgegen und verwandelte mich in eine Seherin. Ich warnte Euch vor einer Blutquelle – in der Hoffnung, dies würde Euch im Gegenteil anziehen. Ich täuschte mich nicht. Doch Ihr konntet die Quelle nicht verstopfen. Sie strömte und gutes und schlechtes Blut wurde vergossen,“

Die edle Frau blickte zu uns auf und schloss mit den bitteren Worten: „Alles, was ich gesagt habe, ist Wahrheit. Solltet auch Ihr ein Gottesurteil befehlen, bin ich sicher, dass Gott mir beistehen wird. Bedenkt aber, dass ich das glühende Eisen diesmal nur noch mit meinen Händen aushalten könnte.“

Damit war die Vernehmung der Zeugin beendet. Odo, der immer noch Mühe hatte, sich zu beherrschen, gab ein Zeichen und die Knechte trugen sie an ihren vorige Platz zurück.

Wir neigten uns gerade einander zu, um zu beraten, als der Graf plötzlich aufsprang und in die Mitte des Rings trat.

„Männer des Tannengrunds!", rief er. „Was ihr gerade gehört habt, ist eine schlimme Geschichte. Doch lasst euch nicht täuschen. Mit großem Geschick fordert diese Frau euer Mitleid heraus. Dabei kommt es ihr aber trotz aller Beteuerungen keineswegs auf ein paar Lügen an. Sie spricht die Unwahrheit, wenn sie behauptet, ich hätte mich heimlich mit ihr getroffen! Ich kannte sie kaum, sah sie selten, nur manchmal bei Festen. Niemals hatte ich näheren Umgang mit ihr! Völlig unbekannt war mir, wer ihr Geliebter war und ob sie überhaupt einen hatte. Was das Gottesurteil betrifft, so wird ein solches – ihr wisst es alle – befohlen, wenn der Ehemann seine Frau beschuldigt, sie aber leugnet. Was also sollte ich anderes tun? Und dass ich sie nach drei Tagen freisprach ... Sie hat ja gerade gestanden, dass sie mich täuschte! Ebenso hoffte sie, ihren Gemahl zu täuschen. Das gelang nicht, und wegen der weiteren Folgen tut sie mir leid. Doch was habe ich damit zu schaffen? Wer kann mich dafür verantwortlich machen? Wer will mich anklagen?"

„Wir!", rief Odo.

Jetzt war es mit seiner Beherrschung vorbei und ich konnte ihn nicht mehr zurückhalten. Er sprang von seinem Richterstuhl auf, trat an die Seite des Grafen, den er um ein halbes Haupt überragte, packte ihn vorn am Gürtel und zog ihn so heftig zu sich heran, dass ihre Nasen sich fast berührten.

„*Primo.* Ihr habt einer edlen Jungfrau Gewalt angetan. *Secundo.* Ihr habt ihr die Ehe versprochen, obwohl Eure Frau am Leben war. *Tertio.* Ihr habt sie auf unmenschliche Weise bestraft – für eine Tat, die Ihr selber verübt hattet. *Quarto.* Ihr habt ihr heroisches Opfer hingenommen ohne das mindeste Zeichen von Reue und Dankbarkeit. Habt sie im Gegenteil beschimpft und verleumdet, der Zauberei und des Mordes bezichtigt. *Quinto.* Ihr selber wart es, der alle belogen hat – die Adalinge und Freien, die hier anwesend sind, und uns, die Vertreter des Königs! Ist es das, was Ihr unter der Treue versteht, Rothari, die Ihr gerade geschworen habt?"

Er stieß den Grafen mit einer so zornigen und verächtlichen Geste von sich, dass dieser Mühe hatte, sich auf den Beinen zu halten. Er bewahrte jedoch einen Rest von vornehmer Haltung und rief:

„Was Ihr da vorbringt, sind Behauptungen! Ich wiederhole, dass ich unschuldig bin! Und ich werde es Euch und diesen Männern beweisen. Priester! Bringt die Reliquie! Schafft sie zurück in den Ring! Hier und sogleich will ich meine Unschuld beeiden. Eure Anklage wird zu Staub zerfallen! Aber glaubt nicht, dass es damit abgetan ist. Es dürfte kaum im Sinne des Königs sein, dass seine Grafen vor allem Volk als Hurer, Lügner und Rechtsbrecher hingestellt werden. Man wird sich künftig bei Hofe die Männer genauer ansehen, die man als Richter hinaus ins Reich schickt!"

Die beiden Priester, die sich für solche Fälle bereit

halten mussten, trugen bereits den Schrein in den Ring.

„Nun, wenn Ihr schwören wollt", sagte Odo unbeeindruckt, „dann benennt uns zunächst die elf Männer, die Euch als Eidhelfer beistehen sollen. Denn Ihr müsst ja den Eid selbzwölft leisten."

„Darüber braucht Ihr mich nicht zu belehren. Viele hier werden freudig bereit sein, für meine Unschuld einzustehen. Diese drei würdigen Greise werden die Ersten sein. Bitte erhebt euch und tretet zu mir!"

Er sagte dies zu den drei alten Rechtskundigen, die neben uns auf der Bank saßen. Einer von ihnen folgte der Aufforderung. Die beiden anderen wandten die Köpfe ab.

„Das ist erst einer", sagte Odo.

Nach einer kurzen Verblüffung wandte Rothari sich an ein paar Adalinge in der Versammlung.

„Herr Brandolf … Herr Poppo … Herr Irmfried … Herr Archimbald …"

Diesmal erhoben sich zwei der Benannten und kamen herunter in den Ring.

„Herr Eggo vom Adlerhorst … Herr Gumbracht vom Geierkamm …"

Nur der Letztere, der Dicke mit der zerschlagenen Nase, stand auf.

„Herr Garibald!"

Der Herr des Rabennests zögerte kurz. Dann aber gab er sich einen Ruck. Er wollte die drei, vier Schritte machen, die ihn vom Grüppchen der Eidhelfer trennten.

„Zurück!“, sagte Odo. „Ihr steht hier noch immer als Angeklagter. Bedenkt sorgsam, was Ihr jetzt tut!“

Herr Garibald seufzte und senkte den Blick.

„Agino!“, rief Herr Rothari wütend. “Turibert! Leuthold!”

Das waren schon Namen von Bauern. Er nannte wohl an die fünfzehn, zwanzig. Nur vier der Aufgerufenen erhoben sich. Zusammen waren es jetzt acht, und nach langem Bemühen wurde ein Neunter gefunden.

„Neun Männer“, sagte Odo, wobei er nach und nach jedem scharf in die Augen blickte. „Neun Männer, die bereit sind, ihren dem König geleisteten Eid zu entwerten, indem sie bei einem Meineid helfen.“

„Das ist nicht zulässig!“, sagte Rothari scharf. „Ihr versucht, die Eidhelfer einzuschüchtern.“

„Wozu hätte ich das nötig? Sie sind nur neun, es fehlen ja zwei. Sie haben Glück, es geht an ihnen vorüber. Ihr werdet Eure Unschuld auf eine andere Art beweisen müssen.“

„Dazu bin ich entschlossen!“, schrie der Graf. Er riss sein Schwert aus der Scheide und stieß es mit einer theatralischen Geste hoch in die Luft. „Damit werde ich es tun! Damit werde ich meine Ehre verteidigen!“

„Ihr wollt also einen Zweikampf?“

„Auf der Stelle! Diese Versammlung darf nicht auseinander gehen, bevor ich mich vom Schmutz der Verleumdung gereinigt habe.“

„Es handelte sich nur um eine Zeugenaussage. Noch ist kein Verfahren gegen Euch …“

„Ihr selber habt mich doch bereits angeklagt. In fünf Punkten! Vermutlich als Vorsprecher für die Frau dort. Ob ein Richter das tun darf, weiß ich nicht. Vielleicht ist das bei euch Franken so Brauch, hier ist es nicht üblich. Seltsame Bräuche … Einer ist noch nicht verurteilt, da wird der nächste schon angeklagt. Das ist Willkür! Aber man darf es nicht übertreiben. Ein Angeklagter hat das Recht zur Verteidigung. Das war immer so und das bleibt so. Ihr hattet ja auch nichts gegen den Eid, vermutlich weil Ihr damit gerechnet hattet, dass sich nicht genug Helfer finden würden. Eure Rechnung ging auf. Ich ahnte nicht, dass es hier so viele Feiglinge gibt. Aber ich werde ihnen eine Lehre erteilen. Ich stehe bereit! Ich werde kämpfen! Aber jetzt seid Ihr in Verlegenheit. Wer würde sich wohl dazu hergeben, für eine solche Frau das Schwert zu ziehen?“

Da trat ohne Zögern der junge Thankmar vor, und mit beiden Händen, als sei er besorgt, er könnte es nicht mit einer allein schaffen, packte er den Griff seines Schwertes. Im nächsten Augenblick stach die Spitze der Waffe dem Grafen entgegen.

„Ich werde für sie kämpfen!“

Es erübrigt sich, die Erregung zu schildern, die sich nun der Versammlung bemächtigte. Alles schrie durcheinander. Dass ein Sohn gegen seinen Vater einen gerichtlichen Zweikampf ausfechten wollte, erhitzte die Gemüter zum Sieden. Im Ring kam es zum Gedränge, weil Rothari, völlig außer sich geratend, das Schwert in die Scheide zurück stieß und aus seinem Lederstrumpf eine Gerte zog, um Thankmar zu züchtigen. Die Eidhelfer, sich um ihn scharend, versuchten, den Rasenden zu beruhigen. Eilig, besorgt um ihre Reliquie, trugen die Priester den Schrein aus dem Ring.

Odo trat zu mir und beugte sich über mich, den Arm auf die Lehne meines Stuhls gestützt.

„Was tun wir jetzt, Lupus? Lassen wir Hildebrand und Hadubrand aufeinander los?"

„Nichts stünde dagegen", erwiderte ich, „nur das Verfahren. Er hat ja Recht, wenn er sich beschwert. Zuerst müsste ordnungsgemäß eine Anklage, dann die Verhandlung, dann die Ladung der Gegner zum Zweikampf …"

„Vater?"

„… und zwar unter Einhaltung einer Frist von mindestens …"

„Du hast ja Recht, mein Teurer, nur ist es zu spät! Ich gebe ja zu, es ist meine Schuld, doch wir können das nicht mehr aufhalten. Etwas ganz anderes macht mir Sorgen."

„Und was?"

„Ist dieser Junge seinem Vater gewachsen? Er ist ungeschickt, nicht waffengewandt. Es steht schlecht um die Wahrheit, wenn sie der Falsche verteidigt."

„Ein anderer wird sich kaum finden. Aber man kann es natürlich versuchen. Indem man, wie gesagt, eine Frist setzt."

„Du verstehst nicht!"

„Was meinst du denn?"

„Was hältst du davon, dass ich … ich selbst …"

„Du? Was? Du selbst wolltest für diese Frau als

Kämpfer …?“

„Ja!“

„Bist du verrückt? Du sitzt hier als Richter.“

„Wir dürfen auch anklagen.“

„Aber nicht kämpfen. Jedenfalls nicht im Ring.“

„Warum nicht? Jedem anderen Ankläger ist es erlaubt.“

„Ja, wenn es um seine eigene Sache geht.“

„Ich mache das zu meiner Sache.“

„Noch nie hat es einen solchen Fall …“

„So führen wir etwas Neues ein! Einer fängt damit an, und bald ist es Gewohnheit. Ich könnte es nicht ertragen, dass dieser Schuft triumphierte und …“

Ein helles Schwerterklirren unterbrach uns.

Wir wandten die Köpfe und sahen, wie Vater und Sohn aufeinander einschlugen.

Während Odo und ich noch uneins waren, hatte Rothari erneut sein Schwert gezogen und war gegen Thankmar ausgefallen. Mit wuchtigen Hieben drang er auf ihn ein. Der junge Mann wich zurück, parierte aber die Schläge. Die Blicke des Grafen sprühten Zorn. Sein Mund stieß unentwegt Tadel und Schmähungen aus.

Auf der Wiese sprangen die Männer auf und reckten die Hälse. Die Rechtskundigen, die Ankläger und die Eidhelfer hatten den Ring verlassen und drängten sich hinter der Hegeschnur. Auch Rotari hatte sich, Kodizes und Pergamente an sich raffend, in Sicherheit gebracht. Außer den Kämpfern waren nur Odo und ich noch im Ring.

Und eine fünfte Person: die Witwe. Vielleicht hatte man sie einfach vergessen. Vielleicht hatte sie abgelehnt, den Ring zu verlassen. Beide Hände um die Lehnen des Stuhls geklammert, ließ sie keinen Blick von den Kämpfern.

Noch immer bewegte Thankmar sich rückwärts. Er verteidigte sich, so gut es ging, doch ohne Aussicht, zu wirksamen Hieben zu kommen. Er hoffte vielleicht, den Älteren zu ermüden. Doch eher schien es mir, dass er zögerte. Er fürchtete wohl, dass er seinen Vater verletzen, dass der Kampf einen ernsten Ausgang nehmen könnte. Aus seinem Blick sprach kaum noch Entschlossenheit. Eher der Schreck über das, was sich hier ereignete.

Umso tatendurstiger ging der Graf zu Werke. Erbarmungslos schlug er zu. Er wollte nur siegen und sich reinigen, unbekümmert darum, ob er diesen verwilderten und entarteten Sohn verwundete oder gar totschlug. Und schnell gehen musste es! Nur ein flüchtiger Eindruck durfte bleiben – der Eindruck einer raschen und strengen Abstrafung.

Schon war es so weit. Ein kraftvoller Hieb brachte Thankmar ins Stolpern und Wanken. Er rutschte aus und fiel auf ein Knie. Der rechte Arm mit dem Schwert beschrieb einen Bogen. Der linke griff Hilfe suchend ins Leere.

Da stieg ein Schrei aus dreihundert Kehlen auf. Eine weiße Gestalt eilte auf den Knienden zu – entriss ihm das Schwert.

Verwirrt stand er auf und fuhr zurück.

Es war Luitgard, die das Schwert gepackt hielt.

„Nun zeige, was deine Ehre wert ist!", rief sie. „Beweise mir deine Unschuld, Rothari!"

Der Graf, der hinterher gestürzt war, um seinen Sohn mit einem letzten Schlag außer Gefecht zu setzen, sprang so heftig zurück, dass er fast ausglitt. Mit einer hastigen Geste der freien Hand fuhr er sich über die Augen, als könnte er ihnen nicht trauen.

Er wurde von einem Weib herausgefordert.

Die Witwe hatte den Umhang abgeworfen, sich ihrer groben Schuhe entledigt und mit ein paar Sprüngen den Ring durchmessen. Jetzt stand sie auf ihren verstümmelten Füßen, nur mit einer Tunika bekleidet, vier, fünf Schritte vor ihm.

Ein Griff nach dem Stirnband – es lag im Gras. Eine Kopfbewegung – das lange Haar flog zurück. Enthüllt war das geteilte Gesicht – halb Madonnenantlitz, halb Höllenfratze.

Ein Aufstöhnen ging durch die Versammlung. Rothari stieß einen Laut des Entsetzens aus und wollte sich abwenden. Doch sah er es gerade noch rechtzeitig vor sich aufblitzen.

Das Schwert, von der Hand der Frau geführt, sauste haarscharf an ihm vorbei.

Erschrocken sprang er zurück und packte die eigene Waffe fester. Der Mantel, den er aus Geringschätzung für seinen Gegner nicht abgelegt hatte, behinderte ihn. Feuerrot war sein vornehmes Leidensgesicht.

Wie könnte ich diesen Kampf vergessen! Noch jetzt verfolgen mich die Bilder bis in den Schlaf.

Stelle man sich die Erinnyen oder Furien, die die alten Völker erschreckten, in Menschengestalt vor, so mussten sie dieser entfesselten Streiterin ähneln.

Mit wilden, grotesken Sprüngen, den Körper dabei vor und zurück schnellend, warf sie sich auf den Gegner. Hemmungslos schlug sie auf ihn ein, ohne Pause und unbekümmert um Regeln, die ihr wohl auch kaum bekannt waren.

Bei jedem Hieb stieß sie einen Schrei aus. Das lange braune Haar umflatterte ihre Schultern. Das geteilte Gesicht glich einer Maske, aus der ein lebendes und ein totes Gesicht hervor starrten.

Der Graf wich zurück, noch immer betroffen, eher unwillkürlich die Streiche parierend. Wie eine Tänzerin in der römischen Posse umkreiste ihn die Angreiferin. Auch er glich einem Spaßmacher, wenn er sich schroff nach links oder rechts wandte oder um sich selbst drehte. Doch niemand lachte. Man hörte nur das Klirren des Eisens, das laute Keuchen der beiden ungleichen Kämpfer, die Schreie der Witwe.

Dann aber gewann Rothari die Oberhand. Er hatte sich etwas gefasst und seine Bewegungen wurden sicherer. Jetzt zeigte sich seine Überlegenheit. Mit halben Drehungen wich er aus und die Schläge Luitgards gingen ins Leere. Das machte sie ungeduldiger, unvorsichtiger. Blindwütig schlug sie weiter. Die Wucht der Schwertstreiche riss ihren schmalen, auf wackligen Füßen stehenden Körper mit. Sie torkelte durch den Ring wie eine Betrunkene.

So gab sie sich bald die Blöße, die er nutzen konnte. Ein rascher Ausfall. Ein sorgsam gezielter Hieb. Das

Schwert flog ihr aus der Hand. Sie wälzte sich stöhnend im Gras.

Geschrei erhob sich. Es klang erleichtert. Das hybride, dämonische, furchterregende Weib war geschlagen.

Odo sprang vor, um ihr aufzuhelfen.

Aber der Kampf war noch nicht zu Ende.

Mit einer katzenhaften Bewegung streckte sich Luitgard. Sie packte die Waffe erneut. Jetzt nahm sie den Griff in beide Hände.

Sie raffte sich auf, und mit einem Schrei, der als schauriges Echo von den Bergen zurück kam, stürzte sie sich erneut auf ihren Gegner.

Wieder erschrak Rothari, und diesmal wurde es ihm zum Verhängnis. Er parierte zu spät.

Die Klinge sauste an seinem Kopf vorbei und fuhr ihm tief in die Schulter. Seine Hand entfielt die Waffe. Mit einem Klagelaut sank er zu Boden. Blut sickerte aus der Wunde und färbte das Gras.

Kein Laut war in der Versammlung zu hören.

Luitgard warf das Schwert fort. Tief atmend starrte sie auf den Liegenden.

Plötzlich kniete sie neben ihm nieder. Er ächzte erbarmungswürdig und drehte den Kopf von ihr weg. Sie beugte sich über ihn und murmelte etwas. Ihr langes Haar bedeckte seinen Kopf und seine Schultern. Ich glaube, in diesem Augenblick küsste sie ihn.

Rasch richtete sie sich wieder auf. Als würde sie jetzt erst gewahr, dass hunderte Augen sie anstarrten, strich sie hastig das Haar, an dem Rotharis Blut glänzte, über ihr zerstörtes Gesicht.

Dann sprang sie auf. Hinkend und schwankend drängte sie sich durch die Menge am Ring hindurch und floh. Der junge Thankmar hob ihren Mantel und ihre Schuhe auf, eilte ihr nach. Sein Schwert vergaß er.

Ich habe die Witwe Luitgard nicht wiedergesehen.

Längst war die Mittagsstunde, die sechste, vorüber, als der Gerichtstag fortgesetzt wurde. Rouhfaz hatte dem Grafen einen Verband angelegt und der Verletzte konnte, von mehreren seiner Leute getragen, zum Salhof zurückkehren. Vorher hatte ihn Odo gefragt, ob er den Kampf, der nicht ganz nach den Regeln verlaufen sei, als Gottesurteil gegen sich anerkenne. Dies hatte Rothari stumm bejaht, und so galt seine Schuld nun als erwiesen. Wir sind nicht berechtigt, von Grafen Bußgelder zu erheben. Wir dürfen auch Grafen nicht aus dem Amt entfernen. Odo forderte Rothari deshalb vor der Versammlung auf, sich sobald als möglich nach der Pfalz zu begeben. Dort sollte der König selbst über seine Bestrafung entscheiden.

Den Garibald verurteilten wir zu einem Wergeld von 600 Solidi wegen Mordes an einem Adaling, die Hälfte davon an den Fiskus zu zahlen. Ein Friedensgeld von 60 Solidi erhoben wir darüber hinaus wegen seiner Mitwirkung an den Verbrechen des Hug. Dieses soll ihm aber erlassen werden, wenn er die drei jungen Kerle, Atolf und seine Mittäter, die mich in der Hütte verbrennen wollten, am nächsten Gerichtstag zur Bestrafung herbei schafft.

Im Falle des Thankmar entschieden wir, keine Anklage zuzulassen, weil er einen gefährlichen Räuber, Mörder und Menschenjäger getötet hatte.

Es gelang uns sogar noch, in der verbliebenen Zeit alle anderen Fälle zu erledigen. Wie ich schon anmerkte, waren es fast nur Erbstreitigkeiten und kleinere Vergehen von Unfreien. Jetzt musste ich doch noch, obwohl es mir schwer fiel, die Verhandlungen übernehmen, denn Odo hatte jedes Interesse an den Vorgängen im Ring verloren. Mit düsterer Miene saß er auf seinem Richterstuhl, sprach kein Wort, hörte den Parteien nicht zu und hing seinen Gedanken nach. Auch die Versammlung war nicht mehr im Stande, den Streitereien um ein Stück Weideland oder um ein paar gestohlene Hühner zu folgen. Alle redeten durcheinander, viele stritten, es ging nur um das Ereignis des Tages. Mit Hilfe meiner Aufzeichnungen, die ich zum größten Teil dem Irmo verdankte, entschied ich fast alle Fälle mühelos. Wo ich unsicher war, halfen mir die drei alten Kenner des Volksrechts.

Die Versammlung endete rechtzeitig vor Sonnenuntergang, sodass die meisten noch bei Tageslicht nach Hause kamen. Wir kehrten zum Salhof zurück, und ich setzte mich gleich mit Rouhfaz hin, um einen Bericht zu verfassen, in dem die an diesem Tag ergangenen Urteile aufgelistet waren. Er war für das gräfliche Archiv bestimmt, das Rothari natürlich selbst verwaltete. Das Zweikampfurteil ließ ich rücksichtsvoll weg und trug es nur in die Abschrift für die Hofkanzlei ein. Ich schlug Odo vor, dem Grafen das Pergament gleich zu überreichen und uns bei der Gelegenheit – wir waren ja immerhin seine Gäste – nach seinem Befinden zu erkundigen. Odo zeigte dazu aber keine Neigung und unternahm lieber vor Einbruch der Nacht noch einen Ausritt mit Impetus. Natürlich wollte er den Grafen nicht sehen. Obwohl ich sehr müde war und wieder unter Schmerzen litt, entschloss ich mich, das Haus auf dem moosbewachsenen Hügel allein aufzusuchen.

Die Tür war angelehnt. Ich machte mich durch ein Räuspern bemerkbar. Ein alter Knecht erschien, der den Grafen zu bedienen pflegte. Seine Augen waren vom Weinen gerötet. Er ließ mich wortlos eintreten und führte mich in den hinteren Raum, das Schlafgemach.

Rothari lag auf seinem Bett, unter der bestickten Seidendecke, die fast bis zum Kinn herauf gezogen war. Von den bemalten Wänden lächelten Eva und Bathseba auf ihn herab. Reglos war sein bleiches Gesicht, seine Augen waren geschlossen. Von seiner linken Hand, die unter der Decke hervor hing, tropfte Blut in eine schon halb gefüllte silberne Schale. Auf einem elfenbeinernen Tischchen neben dem Bett standen ein Krug mit Wein und ein goldener Trinkbecher. Daneben bemerkte ich eine Lanzette und ein Buch mit lateinischen Versen.

Er wollte wohl wie ein Römer sterben, wie ein Seneca oder Petronius. Es war zu spät, noch etwas für ihn zu tun. Er lag bereits in tiefer Bewusstlosigkeit.

So konnte ich nur das Knie beugen und trotz der

schrecklichen Sünde, die er zuletzt noch begangen hatte, seine Seele dem Herrn empfehlen.

Noch zwei lange Wochen vergingen, ehe wir den Tannengrund endlich verlassen konnten.

Es gab keinen geeigneten Nachfolger für Rothari, und so entschlossen wir uns zu einer Maßnahme, die unser Herr Karl zwar erst noch bestätigen muss, die aber keinen Aufschub duldete. Auch im Fall der Bestrafung und Abberufung Rotharis hätten wir sie dem König vorgeschlagen. Wir hoben die Selbstständigkeit der Grafschaft auf und verfügten die Angliederung an das Gebiet des Grafen Hademar. Ein Eilbote – Helko bewarb sich dringend um diese Mission – unterrichtete Hademar davon, und er ließ uns durch einen Gefolgsmann wissen,, dass er an einem der letzten Septembertage kommen und die fünf neuen Zenten, in die wir den Tannengrund eingeteilt hatten, übernehmen werde. Wir beschlossen, seine Ankunft nicht abzuwarten und ihm entgegenzuziehen.

Mit großem Gefolge brachen wir auf, denn es versteht sich, dass die Leute Rotharis bei der Begrüßung des neuen Herrn nicht fehlen wollten. Nur Thankmar schloss sich uns nicht an. Er wollte künftig in keiner Gefolgschaft Dienst tun, sondern nur noch sein Allod verwalten.

Er wollte auch seine Braut nicht allein lassen – Luitgard.

Nach der Entlassung aus Garibalds Munt, die wir noch schriftlich verfügt hatten, lebte sie jetzt vorerst in der Mühle. Thankmar, der neue Herr des Salhofs, verabschiedete uns am Tor. Ganz zuletzt zog ihn Odo noch zu einem kurzen Gespräch beiseite. Es endete damit, dass ihn der junge Mann unter Freudentränen umarmte.

Als ich, schon unterwegs, Odo nach der Ursache für diesen glücklichen Abschluss fragte, sagte Odo:

„Ich sollte ihm noch etwas von seinem Freund Helko ausrichten, Das hat ihn mächtig gefreut."

„Es war also etwas Angenehmes."

„Auch du wirst es noch erfahren, Vater, und ich bin sicher, es wird dich ebenfalls freuen. Wenn du mich auch dafür kaum umarmen wirst.

„Willst du es mir nicht gleich sagen?"

„Wart es nur ab."

„Warum hast du Helko eigentlich nicht zurück kommen lassen?"

„Geduld, Geduld! Du wirst ihn ja heute noch wiedersehen."

Wir trafen den Grafen Hademar an der vereinbarten Stelle auf der Straße nach Würzburg. Auch er zog mit großem Gefolge daher, und so gab es ein tüchtiges Gedränge. Der Graf lud uns zu einem Becher Wein und kaltem Geflügel ein und wir ließen uns seitlich unter Bäumen nieder.

Das Gespräch wurde lebhaft. Es war ja auch viel zu berichten. Gründlich besprachen wir Irmos Plan für den Bau einer Straße. Wir waren so vertieft, dass ich Helko gar nicht bemerkte, der schon eine Weile neben mir stand. Erst als er endlich das Wort an mich richtete und mich grüßte, blickte ich auf.

Ich glaube, es fehlte nicht viel daran, dass mich in diesem Augenblick der Schlag traf. Bisher hatte ich immer angenommen, die Auferstehung von den Toten sei unserm Herrn Jesus allein gelungen. Nun aber bemerkte ich neben Helko ein Engelsgesicht mit frischen Pausbäckchen, das mich holdselig anstrahlte.

Meinrade!

Ich muss sie so fassungslos angestarrt haben, dass ringsum alle, die längst Bescheid wussten, in ein gewaltiges Gelächter ausbrachen.

„Nimm es nicht übel, mein Freund, dass du der Letzte warst, der von diesem Wunder erfuhr", sagte Odo, als wir später, die Reise fortsetzend, nebeneinander ritten. „Wir wollten dir die Aufregung ersparen."

„Sag lieber, du warst nicht sicher, ob ich bei diesem Spiel auch mitmachen würde", sagte ich streng.

„Ich widerspreche dir ungern. In der Tat …"

„In der Tat ist das alles ziemlich verantwortungslos! Was soll aus der armen Jungfrau nun werden?"

„Sie wird eine reiche Ehefrau."

„Wie?"

„Nun, reich ist vielleicht übertrieben. Doch eine Mitgift von dreihundert Solidi …"

„Ach, glaubst du, dass Garibald so viel für seine entführte, entehrte Tochter …?`"

„Er hat schon! Wir haben das Geld im Gepäck."

„Was? Aber wie …"

„Ich begab mich doch neulich zu ihm, um das Bußgeld für den Fiskus einzutreiben, Da zeigte er mir seine Truhen voll ergaunerter Reichtümer, mit denen er auch noch protzte. Und da hatte ich einen glücklichen Einfall. Ich erhob weitere dreihundert Solidi wegen der Drohungen gegen mich. Das war ja ein Anschlag auf den König! Natürlich sträubte er sich zunächst. Aber ich ließ ihm nur die Wahl: entweder zahlen oder Hofgericht."

„Da zahlte er lieber."

„Zähneknirschend. Aber so kamen wir zu der Mitgift."

„Wahrhaftig, du bist ein Hort der Gerechtigkeit", sagte ich seufzend. „Erschwindelst Bußgelder, lässt eine Jungfrau verschwinden, täuschst die bedauernswerten Eltern …"

„Da du der irdischen Liebe entsagt hast, mein guter Vater", erwiderte Odo lachend, „bist du auch nicht im Stande, ihren Wert zu ermessen. Die Liebe zwischen den beiden dort wiegt alle meine Schandtaten auf!" Er deutete auf das Pärchen, das einträchtig, ungeniert miteinander turtelnd, auf demselben Pferderücken dahin ritt. „Kannst du dir übrigens vorstellen, was der Meinrade jetzt blühte, wenn wir sie nicht sterben lassen und zu Hademar in Sicherheit gebracht hätten?"

„Trotzdem, was immer Garibald wert ist", versuchte ich einen letzten Einwand, „es war nicht richtig, ihn so zu erschrecken. Ihn und Frau Bathilda. Indem du während der Gerichtsversammlung die Todesnachricht …"

„Das tat ich nur deinetwegen, mein Bester."

„Meinetwegen?"

„Es war ja die einzige Möglichkeit, Thankmar zum

Geständnis zu bringen. Die Erschütterung löste ihm die Zunge."

„Und was hat das mit mir zu tun?"

„Ich hätte doch sonst einen Zeugen aufrufen müssen. Ein gewisses frommes Väterchen, das sich hinter Himbeersträuchern versteckte, um ein Liebespaar zu belauschen. Wäre dir das vielleicht angenehmer gewesen, mein ehrenwerter Klosterbruder und Königsbote?"

Jetzt blieb mir nichts anderes übrig, als in sein Lachen einzustimmen.

„Die anderen beiden werden nicht glücklich", sagte Odo nach einer Weile. „Obwohl sie nun auch bald heiraten werden. Luitgard liebte den Alten noch immer. Und ich glaube, sie wird nie damit aufhören."

„Und du warst eifersüchtig."

„Ja. Auf jenen unbekannten Liebhaber. Ich wollte wissen, was für ein Kerl das war, für den eine Frau das alles erlitt. Ich musste es unbedingt herauskriegen. Hätte ich es lieber gelassen. Jetzt verstehe ich die Frauen noch weniger …"

Mittlerweile hat nun schon der Winter begonnen. Der Herr Kanzler gab mir die Erlaubnis, mich vollständig auszukurieren, und so hatte ich ein paar Wochen Zeit, um diese Erzählung niederzuschreiben. Jetzt sitze ich wieder an meinem Schreibpult in der Kanzlei und alles geht seinen gewohnten Gang.

Ab und zu schaut Odo herein, um ein bisschen zu plaudern Er hockt dann neben mir auf einem Schemel und sieht belustigt zu, wie ich Zeile um Zeile fülle. Das wäre wahrhaftig nicht seine Sache, er hat ja auch Größeres im Sinn.

Neulich beugte er sich zu mir und sagte, die Stimme dämpfend, damit es die anderen im Raum nicht hören konnten:

„Ich habe eine Idee, Vater. Möchte dazu mal deine Meinung hören."

„Nun?"

„Mit einer Jungfrau durchzubrennen und dafür zu sorgen, dass sie für tot gilt, ist als Methode doch sehr vernünftig. Habe ich Recht? Man erspart sich Ärger, Verfolgungen ... Was meinst du? Ob ich das wage? Mit Rotrud?"

„Was? Mit Prinzessin Rotrud? Der Tochter des Königs?"

„Nicht so laut! Der Alte gibt sie nicht her. Ich habe mich bei Leuten aus seiner Umgebung erkundigt. Es hat gar keinen Zweck, um sie anzuhalten."

„So. Und da willst du sie also ins Reich der Toten entführen. Und dann?"

„Dann werden wir irgendwo unerkannt glücklich sein."

„Und wovon wollt ihr leben? Ohne Mitgift?"

„Nun, weißt du ... ich könnte ..."

„Ah, ich verstehe. Ein großer Plan. Willst du vielleicht auch vom König ein Bußgeld erpressen?"

Er sah mich an, halb verblüfft, halb erheitert.

„Darauf bin ich noch gar nicht gekommen! Ich glaube, darüber sollte ich nachdenken ..."

Wie findest Du das, mein lieber Volbertus? Ich hoffe, er bleibt vernünftig. Sonst ist es aus mit den

Reisen als Königsbote. Seltsam, kaum bin ich gesund, packt mich schon wieder diese verdammte weltliche Lust auf Abenteuer, und ich fiebere dem nächsten Aufbruch entgegen.

Doch was wäre ich allein ohne Odo!

Hüte Deine Gesundheit, mein teurer Vetter, und schließ mich in Deine Gebete ein. Bald wirst Du wieder Neues von mir erfahren.

Leb wohl!

Dramatis personae

Im Lauf der Handlung auftretende oder namentlich erwähnte Personen

Odo, Vasall Karls des Großen, Königsbote
Lupus, Mönch und Diakon, Königsbote

Rothari, Graf
Thankmar, sein Sohn
Eddila, seine Tochter

Hademar, Graf

Meginfred, Adaling
Irmo, sein Sohn, Gefolgsmann Rotharis
Luitgard, seine Tochter, Witwe des Bardo

Garibald, Adaling, Herr des „Rabennests"
Bathilda, seine Gemahlin
Meinrade, seine Tochter
Bardo, sein Bruder
Allard, dessen älterer Sohn
Hug, dessen jüngerer Sohn

Gumbracht vom Geierkamm, Adaling
Seine Gemahlin

Atolf, junger Adaling
Der Schwarzbart, sein Gefährte
Der Spitznasige, sein Gefährte

Gumbracht vom Geierkamm, Adaling
Seine Gemahlin

Nandolf, ein Pächter Garibalds
Torwächter im „Rabennest“
Ein Köhler

Helko, Anführer des Schutztrupps
Rouhfaz, Diener und Schreiber
Fulk und zwei andere Männer des Schutztrupps

Und die animalischen Reiseteilnehmer:
Impetus, ein Grauschimmel
Grisel, ein Esel

Glossar

Allod
(ahd.) vererbbares Eigentum an Grund und Boden

Brünne
Schutzgewand aus eisernen Ringen und Schuppen

Dekumatland
das Gebiet zwischen Rhein, Neckar und Main

De mortuis nil nisi bene
(lat.) Über Tote soll man nur Gutes reden. (Cicero)

Ding
Volks- und Gerichtsversammlung

Diutisk
(ahd.) deutsch, wörtlich „zum Volke gehörig"

Friedel
(von ahd. *friudila* – Geliebte) Ehefrau minderen Ranges, Konkubine

Hartrat
thüringischer Graf, 785–786. Haupt einer Verschwörung gegen Karl den Großen, die rechtzeitig aufgedeckt und schwer bestraft wurde

Hermenefred
letzter König der Thüringer († 531)

Hexe
ungefähre Bedeutung: Zaunreiterin (von ahd. *hagazussa*)

Kebse** oder **Kebsweib
(von ahd. *kebisa* – Magd) nicht rechtmäßig angetraute, d.h. nicht durch Erlegung eines Brautpreises erworbene Ehefrau

Lex Thuringorum
thüringisches Volksrecht, wurde erst 802 kodifiziert

Morgengabe
(ahd. *morginegive*) Geschenk des Ehemanns für die Frau nach der Hochzeitsnacht

Munt
Vormundschaft (ahd. Hand, Schutz)

Muntwalt
Vormund

O tempora, o mores
(lat.) O Zeiten, o Sitten! (Cicero)

Ordal
Gottesurteil

periculum in mora
(lat.) Gefahr im Verzug!

Salhof
(ahd. *selihof*) Herrenhof

Sax
einschneidiges Kurzschwert

Vollding
Gerichtsversammlung mit Teilnahmepflicht aller Freien

Wergeld
die vom Täter an die Sippe des Opfers zu zahlende Geldsumme (eigtl. Manngeld von ahd. *wer* – Mann)

Wittum
(ahd. *widemo*) einer Witwe zur Nutzung auf Lebenszeit überlassene Besitztümer

Zent
Siedlungsverband mit eigener Gerichtsbarkeit

Zwölfereid
der mit den benötigten elf Eidhelfern geleistete Eid eines Angeklagten